FENÊTRES SUR CRIMES

DANS LA MÊME COLLECTION

Mystère, mystère

Jacques Baudou

présente

FENÊTRES SUR CRIMES

9 ouvertures sur la littérature policière par

Doug Allyn, J. Barine, Elizabeth George, Wendy Hornsby, Richard D. Nolane, James Powell, René Reouven, Benjamin M. Schutz, Peter Tremayne

Denoël

SUEURS FROIDES

Collection SUEURS FROIDES
sous la direction de Jacques Chambon

9, rue du Cherche-Midi, 75006 Paris
ISBN 2.207.24519.5
B 24519.7

SOMMAIRE

Avant-propos

Le roman policier anglo-saxon a été traversé ces dernières années par deux grands courants dont l'importance n'a pas été perçue immédiatement en France, mais qui ont fini par s'imposer tant sur le plan éditorial que sur celui du succès public, voire, plus tardivement encore, sur le plan critique.

Le premier est l'apparition d'auteurs féminins de tout premier plan – ces femmes figurent d'ailleurs régulièrement aux meilleures places dans la liste des meilleures ventes – qui mettent souvent en scène des héroïnes au caractère bien trempé, et qui abordent le genre avec une approche très sensiblement différente de celle de leurs collègues masculins.

Ce fut tout d'abord au sein du mouvement du « retour au privé », qui marqua profondément le roman policier américain des années 70 et des années 80, que le phénomène prit son essor, avec Marcia Müller, Sara Paretsky et sa privée dure à cuire V.I. Varshawski, et surtout Sue Grafton et son personnage de Kinsey Milhone, archétype de la jeune femme moderne et indépendante qui exerce un métier plutôt masculin sans rien concéder de sa féminité.

Puis le relais a été pris par d'autres auteurs n'œuvrant pas exclusivement dans le champ du « private eye novel ». Trois d'entre elles ont acquis un statut particulier, ne serait-ce qu'en raison de leur énorme succès public : les Américaines Patricia Cornwell et Elizabeth George ; l'Anglaise Minette Walters, la dernière venue, qui, avec ses trois premiers romans, a trusté toutes les récompenses majeures du genre, notamment l'Edgar Poe Award et le Gold Dagger Award du meilleur roman [1].

Ce mouvement de féminisation du roman policier a touché la production française. La qualité des romans de Fred Vargas, Andréa Japp ou Béatrice Nicodème est là pour en témoigner. Et le Grand Prix de littérature policière attribué à Brigitte Aubert pour son remarquable et très original suspense *La Mort des bois* l'a très justement sanctionné.

La présence dans cette anthologie de la seule nouvelle écrite par Elizabeth George (ni Patricia Cornwell ni Minette Walters ne se sont, à notre connaissance, livrées à cet exercice) a valeur d'illustration de ce courant essentiel.

Le second courant est l'engouement pour le roman policier historique. Le succès des aventures du frère Cadfael d'Ellis Peters n'y est sans doute pas pour rien. Mais le Moyen Âge n'est pas, et de loin, la seule époque qui ait vu un surgissement soudain de détectives littéraires. De l'Antiquité (avec les romans de Steven Saylor ou de Lindsay Davis) à l'époque victorienne (avec les romans de Laurie King et de Carole Nelson Douglas), ce sont toutes sortes de périodes historiques qui ont attiré l'attention d'écrivains soucieux de répondre à l'appétit du public pour ce type de romans.

Là encore, ce mouvement a contaminé l'édition française et l'on se doit de signaler les romans de Marc Paillet et d'Anne de Leseleuc dans la collection « Grands détectives » des éditions 10/18 ou la réussite d'Olivier Seigneur avec *Les ferrets sont éternels* au Masque. Sans parler du tout récent *Le Château des poisons* de Serge Brussalo.

La nouvelle de Peter Tremayne, l'un des plus talentueux successeurs d'Ellis Peters avec P.C. Doherty (alias Paul Harding), a été choisie spécialement pour représenter cette veine florissante.

1. On lira avec intérêt l'excellent article que Michel Abescat leur a consacré dans *Le Nouvel Économiste*, n° 1055 du 4 juillet 1996.

D'autres tendances actuelles – strictement franco-françaises – ne sont pas représentées dans l'anthologie : celle à qui le présupposé idéologique tient bien trop souvent lieu de talent ; celle surtout qui se complaît dans l'éloge du crade et du sordide. On aura compris que nous n'avons guère d'inclination pour l'une et l'autre...

Mais la nouvelle policière est un genre à part entière, qui a sa propre vie, ses auteurs spécialisés, une évolution qui ne recoupe pas forcément celle du roman. C'est pourquoi les critères de choix des autres nouvelles de ce recueil relèvent d'un autre ordre.

Deux d'entre elles ont obtenu la distinction suprême : l'Edgar Allan Poe Award, décerné chaque année par les Mystery Writers of America. Elles sont parues toutes deux dans des anthologies originales, dont le nombre a sensiblement augmenté ces derniers temps aux États-Unis. L'une est l'œuvre d'un romancier intéressant dont un seul ouvrage a été traduit en France (mais que font les éditeurs ?). Quant à la seconde, Ed D. Hoch n'a pas craint d'invoquer la mémoire de Shirley Jackson en la présentant aux lecteurs de son anthologie annuelle.

Deux autres proviennent d'écrivains qui se consacrent presque exclusivement à la nouvelle et qui travaillent pour la revue reine du genre : *Ellery Queen's Mystery Magazine*. L'un est canadien, l'autre américain, et ils sont tous les deux, comme vous allez pouvoir en juger, fort talentueux. Enfin, la France est représentée par deux auteurs atypiques : l'énigmatique J. Barine qui a figuré très souvent au sommaire des anthologies *Mystères* du Livre de poche, et Richard D. Nolane qui nous convie à un voyage plein d'exotisme. C'est en fouinant sur les marchés aux puces de Marseille et en y dénichant des documents surannés sur l'Extrême-Orient et ses ports dont les noms sont autant d'appels au rêve qu'il a eu l'idée de cette longue nouvelle aussi fascinante que dépaysante.

Elle est représentée aussi par l'un des meilleurs praticiens du genre, René Reouven, dont nous proposons un texte « rare » puisqu'il s'agit de sa seule pièce radiophonique – écrite pour l'émission *L'heure du mystère* diffusée sur une chaîne de la radio publique (Inter Variétés) entre 1965 et 1974 – et qu'elle n'avait jamais encore été éditée.

Ainsi donc, en neuf textes d'auteurs célèbres (Elizabeth George, René Reouven) ou inconnus en France (Wendy Hornsby, Peter Tremayne) – sans compter quelques « mavericks » (J. Barine, Richard D. Nolane) –, c'est à une plongée révélatrice dans le monde mystérieux, roboratif et changeant de la nouvelle policière que nous vous convions.

Il nous incombait de détailler la carte. Il vous appartient de composer le menu à votre guise. Vous pouvez suivre le guide ou faire le tour du propriétaire à votre convenance.

Pas besoin de clé ou de plan, il suffit de tourner la page.

Bonne pioche.

Jacques Baudou, C.E.O.G.G.

Mary, Mary, ferme la porte

BENJAMIN M. SCHUTZ

Enzo Scolari se propulsa dans mon bureau et, de la main, me fit signe de m'asseoir. Et bon Dieu, je m'assis. Il fit faire demi-tour à son fauteuil roulant, entrelaça ses doigts sur ses genoux et m'examina attentivement.

« Je veux vous engager, monsieur Haggerty, annonça-t-il.

– Pour faire quoi, monsieur Scolari ?

– Je veux que vous empêchiez ma nièce de se marier.

– Je vois. Et pourquoi ça ?

– Elle est en train de commettre une terrible erreur et je ne peux pas rester là à ne rien faire.

– Quelle sorte d'erreur, exactement ?

– Elle ne sait rien du gars. Ils viennent juste de se rencontrer. C'est une passade, tout au plus. Elle ne connaît rien aux hommes. Mais ce qui s'appelle rien. Le premier type qui s'intéresse à elle, elle veut l'épouser.

– Vous dites qu'ils viennent juste de se rencontrer. Depuis combien de temps ? »

Simple vérification.

« Deux semaines. Imaginez un peu. Deux semaines. Et je ne l'ai découvert qu'hier. Elle l'a amené à la maison à l'occasion d'une soirée. Elle l'a présenté à tout le monde et nous a annoncé qu'ils allaient se marier. Comment peut-on épouser quelqu'un qu'on ne connaît que depuis quinze jours ? C'est ridicule. C'est la garantie d'un mariage raté et elle aura le cœur brisé. Je ne peux pas laisser faire ça.

– Monsieur Scolari, je ne suis pas sûr de pouvoir vous aider. Votre nièce est peut-être en train de faire une bêtise, mais c'est son droit le plus strict. Je comprends que vous vous souciiez de son bonheur, mais je ne crois pas que vous ayez besoin d'un détective privé. Voyez plutôt un prêtre ou un psychiatre. On ne fait pas d'enquêtes... comment dire ?... prénuptiales. On s'occupe essentiellement d'affaires criminelles.

– Le crime n'a pas encore eu lieu, monsieur Haggerty. Ma nièce est peut-être idiote, mais pas lui. Il sait parfaitement ce qu'il fait.

– Et que fait-il ?

– Il profite de sa naïveté, de son innocence, de ses peurs, de sa solitude, pour lui piquer son argent. Voilà le crime, monsieur Haggerty. »

Foutrement difficile à prouver. « Que craignez-vous, monsieur Scolari ? Qu'il la tue pour son argent ? Dans ce cas, il ne s'agit plus seulement d'un mariage précipité. Avez-vous une raison de penser que ce type est un tueur ? »

Il se redressa et réfléchit un instant. Enzo Scolari était carré et trapu. Il était si large d'épaules et son visage était si plat qu'on aurait dit un candélabre. Ses sourcils, très blancs, et sa moustache faisaient comme des auvents au-dessus de ses yeux et de ses lèvres.

« Non. Je n'en ai pas. Mais je peux affirmer qu'il n'aime pas Gina. Hier soir, je l'ai observé. Chaque fois que Gina le laissait seul, il en regardait une autre. Un homme amoureux ne quitte jamais des yeux la femme qu'il aime. Lui regardait la serveuse ou la meilleure amie de Gina. Et quand Gina revenait vers lui, il lui souriait comme si elle était la huitième merveille du monde. Et elle, elle le croit sincère.

« Il a passé plus de temps à effleurer les tapisseries qu'à lui tenir la main. Il se comportait dans la maison comme un créditeur, pas comme un invité. Non, ce n'est pas Gina qu'il désire, mais son argent. Vous avez raison, il ne s'agit pas de meurtre.

Mais il y a des façons beaucoup plus faciles de voler. Gina est une jeune femme timide et douce qui n'a jamais eu, de sa vie, une seule décision à prendre. Ma sœur, Dieu ait son âme, était terrifiée à l'idée qu'il puisse arriver quelque chose à sa fille, aussi l'a-t-elle élevée dans un cocon. Mais cela n'a pas marché. La mort de ma sœur a gravement perturbé la jeune femme. Gina doit désormais mener une vie normale et elle ne sait pas comment s'y prendre. Si ce type peut lui parler de mariage aussi vite, il ne lui faudra pas longtemps pour qu'elle lui confie la gestion de sa fortune.

– Quel en est le montant ?

– Dix millions de dollars, monsieur Haggerty. » Scolari sourit, très content de son effet. Des gens ont tué – ou ont épousé – pour beaucoup moins que ça.

« D'où lui vient tout cet argent ?

– C'est un héritage. De mon père, par voie de succession. À sa mort, ma sœur et moi avons hérité, à parts égales, des entreprises Scolari. Quand elle est morte, sa part de succession est revenue à Gina, sa fille unique.

– Qui gère cet héritage ?

– Moi, bien sûr. »

Bien sûr. Pas besoin d'être grand clerc pour comprendre la seconde raison de sa présence ici. « Alors, où est le problème ? Si vous contrôlez la gestion de sa fortune, ce type est hors d'état de nuire.

– Je gère sa fortune comme curateur désigné par ma sœur. Je le fais depuis que Gina est toute petite. Maintenant, elle est majeure et peut disposer de son argent comme elle l'entend.

– Et ces dix millions de dollars sont sur le point de vous échapper. Je me trompe ? »

Scolari ne prit même pas la peine de débattre de ce sujet avec moi. Cela me plaisait. Je méditerais sur les illusions que font naître les sentiments altruistes un autre jour.

« S'ils viennent juste de se rencontrer, comment savez-vous que ce type est au courant de la fortune de votre nièce ? »

Scolari me regarda fixement. Il cracha une réplique acerbe :

« Pour quoi d'autre la poursuivrait-il de ses assiduités ? C'est une petite bonne femme timide, ennuyeuse et sans beauté. Elle a passé son temps dans de coûteuses écoles privées où on lui a appris l'art et la manière de dresser la table. Elle vivait dans le giron de sa mère. Tout l'effrayait. Bon, aujourd'hui elle est seule, et je crois qu'elle s'est entichée de la première personne qui l'a sortie de cette situation.

– Elle connaît vos sentiments à cet égard ? »

Il hocha la tête. « Oui, elle les connaît. Je crois avoir été très clair à ce sujet, la nuit dernière.

– Comment a-t-elle réagi ?

– Elle m'a dit de m'occuper de mes oignons. » Scolari grogna. « Elle s'est méprise sur mes intentions. Elle m'a dit qu'elle l'aimait et qu'elle allait l'épouser, un point c'est tout.

– Elle n'a pas l'air si timide que cela. Elle vous avait déjà tenu tête avant ?

– Non, jamais. Et en d'autres circonstances, je l'aurais félicitée. Mais se marier ne devrait pas être la première décision que l'on prend dans sa vie.

– Il n'y a personne d'autre capable de lui parler et qu'elle pourrait écouter ?

– Non. C'est une enfant solitaire. Elle avait deux ans quand son père est mort dans la même explosion qui a tué mon père et bousillé mes jambes. Sa mère est morte, il y a un peu moins d'un an, dans un accident d'auto. Je suis veuf, et Gina n'a jamais été très proche de mes fils. Ils lui faisaient peur, lorsqu'elle était petite. Ils étaient durs et turbulents. Ils la tourmentaient et la faisaient pleurer. » Scolari eut un haussement d'épaules, comme si les garçons ne devaient jamais changer. « Je désapprouvais leur attitude et j'intervenais chaque fois que je le pouvais. Mais elle était si timide et eux si cruels quand ils étaient seuls avec elle... Nous n'avons pas d'autre famille. »

J'attrapai ma pipe, la collai dans ma bouche et en mâchonnai le tuyau. C'était mieux qu'une sucette. C'était mieux, en tout cas, que de mâchouiller du chewing-gum. Je n'eus pas besoin de me forcer pour m'occuper de cette affaire. Un boulot, c'est un boulot.

« D'accord, monsieur Scolari, nous allons faire ce travail. Mais je veux d'abord que vous compreniez que nous ne pouvons pas empêcher ce mariage. Il y a des spécialistes pour ça. Je les connais et je ne vous donnerai pas leurs noms. On va vérifier les antécédents de ce type et on verra si on trouve quelque chose qui pourrait la faire changer d'avis. Ou qui vous ferait changer d'avis, vous. Peut-être qu'ils sont fous amoureux l'un de l'autre. Cela arrive, vous savez. C'est peut-être dingue comme départ dans une vie de couple, mais je ne pense pas que ce soit un handicap. N'est-ce pas la meilleure façon de commencer la course que de ne pas en connaître la fin ? » Je n'attendais pas de réponse et Scolari n'en fit pas.

« Monsieur Haggerty, je n'ai jamais eu peur de prendre des risques. Mais je ne me suis jamais lancé à l'aveuglette. S'il y a une information qui me permette de prendre une décision, mûrement réfléchie, je la veux. C'est cela que j'attends de vous. J'apprécie votre franchise, monsieur Haggerty. Peut-être parviendrez-vous à me faire changer d'avis, mais j'en doute.

– Très bien, monsieur Scolari. Je veux une description de votre type, son nom, et tout ce que vous savez sur lui. La première chose que je ferai, lundi matin, c'est de désigner un détective qui se mettra aussitôt sur sa piste.

– Impossible, monsieur Haggerty. Vous devez vous y mettre tout de suite. À cette seconde même.

– Et pourquoi cela ?

– Parce qu'ils ont pris l'avion ce matin, pour l'île de Sainte-Marie, où ils vont se marier.

– Et ce n'est pas déjà trop tard pour nous ?

– Non. À Sainte-Marie, il faut avoir déjà passé deux jours dans l'île pour pouvoir demander une licence de mariage.

– Et cette demande est acceptée au bout de combien de temps ?

– J'ai téléphoné à notre ambassade. Selon eux, il faut trois jours. J'ai demandé s'il y avait une façon de retarder encore l'opération, mais il apparaît que la plupart des gens se marient le jour même où ils ont obtenu la réponse, ou le lendemain au plus tard.

– On dispose donc de cinq ou six jours. Monsieur Scolari, on ne peut pas faire une enquête complète sur quelqu'un dans un tel laps de temps. C'est trop court.

– Et si vous y mettez tous vos hommes ? Vingt-quatre heures sur vingt-quatre ?

– Ce ne serait quand même qu'une ébauche d'enquête avec des résultats aléatoires. Il faudrait qu'il ait sur une fesse un bouton gros comme le mont Rushmore pour qu'on le démasque aussi rapidement. Si ce type est un hypocrite, rusé et opportuniste, comme vous le pensez, il a bien tout dissimulé. Peut-être pas d'une façon parfaite, mais il nous faudrait plus de six jours pour accumuler les preuves. De plus, je ne peux pas utiliser tous mes agents, car j'ai déjà plusieurs affaires en cours.

– Engagez de nouveaux agents. Confiez-leur les affaires en cours et mettez tous vos hommes sur mon enquête. Ce que cela peut coûter n'est pas un problème pour moi, monsieur Haggerty. Je veux que vous mettiez tous vos moyens sur cette affaire. »

À force de serrer le tuyau de ma pipe, ma mâchoire me faisait mal. Scolari était assez grand pour faire des bêtises. Je lui dis qu'il y avait très peu de chances qu'on obtienne un résultat. Que pouvais-je lui dire d'autre ? Restons lucides. Comment les choses pouvaient-elles tourner ? Croyait-il qu'on trouverait un truc du genre trois ex-femmes mortes ? Bon. Arrêtons de plaisanter. Toute mon équipe au travail pendant six jours, vingt-quatre heures sur vingt-quatre, cela faisait une sacrée somme d'argent. Que disait Rocky, déjà ? Quand on acceptait un boulot, l'argent était une condition toujours nécessaire, mais jamais suffisante. Ne confondez pas les deux, et ce que vous faites au bureau ne viendra pas chez vous vous hanter la nuit.

Je pesai mentalement le pour et le contre, et je pris ma décision. « D'accord, monsieur Scolari. J'accepte. Je ne peux pas vous dire combien cela va vous coûter. On vous facturera toutes les heures passées sur cette enquête, plus les frais. Je pense que trente mille dollars d'avance est une somme raisonnable. »

Il ne cilla pas. Cela ne devait même pas représenter une semaine d'intérêts des dix millions de dollars qu'il gérait.

« Je ne vous promets pas qu'on trouvera quelque chose, monsieur Scolari. Pas dans ces circonstances. Ce dont je peux vous assurer, c'est que nous ferons tout ce qu'il est humainement possible de faire.

– Je ne vous en demande pas plus, monsieur Haggerty. »

Je cherchai un carnet pour prendre quelques notes.

« Savez-vous où ils sont descendus à Sainte-Marie ?

– Oui. Dans un hôtel touristique : le Banana Bay Beach Hotel. J'ai pris la liberté de vous y réserver une chambre.

– Pardon ? » Je ressentis la même impression que s'il m'était passé dessus avec les roues avant de son fauteuil roulant.

« L'hôtel est situé dans un coin très retiré et perché au bord d'une falaise. Je l'ai fait vérifier : il m'est impossible de m'y rendre moi-même. Je veux que vous soyez mes jambes et mes yeux. Si vos agents découvrent quelque chose ici, quelqu'un doit être capable d'en informer ma nièce. Quelqu'un doit donc être là-bas. Et je veux que ce soit vous, monsieur Haggerty. C'est pour cela que je vous paie. Votre cerveau, vos yeux et vos jambes doivent être là-bas à la place des miens. »

Je regardai ses jambes mortes et le fauteuil roulant dont il se servait. En contrepartie, il avait de l'argent, beaucoup d'argent. Et l'argent était la meilleure des prothèses.

« Commençons par le commencement. Quel est son nom ? »

L'île de Sainte-Marie est l'une de ces grandes montagnes vertes, luxuriantes, qui semblent avoir été jetées du ciel dans la mer. La seule portion plate de l'île se trouve sur la côte Ouest. C'est là que vivent presque tous les habitants. Au centre, les montagnes et leurs sommets sont des terres vierges et sauvages.

Mon avion contourna la pointe sud de l'île et se dirigea vers un endroit plat. L'aéroport international. Je feuilletais le dossier que l'on avait constitué pendant les quelques heures séparant la fin de la visite de Scolari de mon départ en avion. Pendant que Kelly, ma secrétaire, réglait les derniers détails de mon voyage, j'avais convoqué tout le monde dans la salle de conférences et réparti les tâches. Hank Purtzer était chargé de réexaminer les dossiers et d'embaucher le personnel temporaire nécessaire pour les affaires en cours. Del Winslow devait enquêter sur notre type, Derek Marshall. On avait un nom, vrai ou d'emprunt, une adresse, un numéro de téléphone. Del allait devoir faire du porte à porte, muni du portrait dessiné à partir des indications données par Scolari. Bobby Lee Underwood allait devoir faire de grands sourires et donner des tas de coups de téléphone. Il allait devoir consulter les bases de données informatiques auxquelles on pouvait accéder. Chaque fois qu'il trouverait le nom de Marshall, il transmettrait l'information à un enquêteur qui la vérifierait. Au moyen du téléphone et en se déplaçant auprès des gens, on finirait par reconstituer la vie de Derek Marshall. Notre meilleure chance était le bureau des mariages de Sainte-Marie. Pour obtenir une licence de mariage, Marshall devait donner des copies de son passeport, de son certificat de naissance, d'actes de divorce – s'il avait déjà été marié – ou de décès – s'il était veuf. Et il devait aussi, si cela s'était produit, prouver un changement de nom. Si les registres étaient ouverts au public, on pourrait demander qu'on nous faxe des copies ou je pourrais me rendre moi-même au bureau des mariages et consulter les documents. Je jetai un dernier regard à la photo de Gina Dalesandro et au portrait dessiné de Derek Marshall, refermai le dossier, le rangeai dans mon sac de voyage, tandis que la piste d'atterrissage apparaissait par le hublot.

Je descendis de l'avion et m'engageai dans la fournaise. Un vent sec, mêlé à la grande chaleur, m'accompagna tout le temps de la traversée de l'aéroport. Un employé de l'accueil me guida jusqu'à mon taxi, une Toyota toute cabossée. Je m'installai sur le siège avant droit et coinçai mon sac entre mes jambes. Le chauffeur claqua la portière et me demanda où j'allais.

« Banana Bay Beach Hotel », dis-je. Il mit la clé de contact et démarra.

« Pas de problème.
– Combien ? » Nous passâmes en trombe près d'un policier endormi.
« Quatre-vingts E.C. »
Trente-cinq dollars américains. « C'est loin ?
– En kilomètres ou en temps passé ?
– Les deux.
– Vingt-cinq kilomètres. Une heure et demie. »

J'aurais dû descendre à cet instant. Si la route de l'enfer est pavée, alors elle ne traverse pas l'île de Sainte-Marie. La route côtière, qui serpentait le long des montagnes, était une suite ininterrompue de trous. Il n'y avait pas de voies de circulation, pas d'éclairage, pas de poteaux indicateurs, pas de barrières. La mer se trouvait à trois cents mètres en dessous de nous et nous n'étions toujours qu'à quelques millimètres de faire un plongeon.

En haut et en bas de la pente, on apercevait de nombreux sacs bleus sur les arbres.

« C'est quoi ces sacs ? demandai-je.
– Bananiers. Les sacs empêchent les insectes d'approcher pendant que les bananes mûrissent. »

J'étudiai la déclivité et essayai de me mettre à la place de ceux qui avaient accroché les sacs. Quelles que soient ces personnes, on ne devait pas les payer suffisamment pour ce travail. Après avoir été secoué pendant quatre-vingt-dix minutes comme un boxeur envoyé dans les cordes, j'étais épuisé et j'avais perdu mon équilibre. Je m'attendais presque à entendre la cloche sonner la fin du voyage quand la voiture arriva dans la cour de l'hôtel.

Je m'inscrivis à la réception, déposai mes objets de valeur dans un coffre, emportai ma clé et la pochette d'information, puis commençai l'ascension vers ma chambre. Le dîner était servi dans une heure. Cela me laissait assez de temps pour m'orienter dans l'hôtel, défaire mes bagages et prendre une douche.

Ma chambre surplombait le bar du premier étage et le restaurant, et encore plus bas, la plage, la baie et les falaises environnantes. J'avais une véranda coiffée d'un tas de chaume, avec un hamac et des grappes de fleurs de flamboyant et de bougainvillier, si proches qu'on pouvait les cueillir facilement. La salle de bains était propre et fonctionnelle. La chambre, très vaste, était sommairement meublée. De toute évidence, c'était un lieu de vacances où tout se passait à l'extérieur et où les chambres étaient faites surtout pour dormir. La moustiquaire sur le lit et les diffuseurs électriques antimoustiques posés sur la commode n'étaient pas bon signe. C'était la saison des pluies et les moustiques des Caraïbes peuvent se montrer drôlement insolents. À Antigua, un moustique était venu me chercher jusque dans la salle de bains. Il avait traversé le rideau de douche comme s'il avait été Norman Bates[1].

Je rangeai rapidement mes affaires et lus le contenu de la pochette d'information. Il y avait un plan de l'hôtel, la liste des services offerts, les horaires d'ouverture et des indications sur la façon d'éviter certains petits problèmes inhérents aux Caraïbes : les coups de soleil, les pièges de l'océan, les variétés de morsures et de piqûres, les fruits non comestibles. Je me familiarisai avec le plan et emportai les portraits de Gina et Derek. Mon premier travail consistait à les trouver et à les suivre discrètement jusqu'à ce que mon équipe me donne des éléments concrets me permettant d'agir.

Je me douchai, me changeai et m'allongeai sur le lit en attendant l'heure du dîner. Le meilleur moment pour faire une apparition, c'était le milieu du repas. De cette façon, je ne manquerais ni les premiers dîneurs ni les traînards.

Vers vingt heures trente, je me vaporisai sur tout le corps un produit contre les insectes, glissai les clés dans une de mes poches, et descendis dîner. Le panneau d'affichage annonçait qu'il y avait un barbecue sur la plage.

1. Le personnage interprété par Anthony Perkins dans *Psychose* d'Alfred Hitchcock. (*N.d.T.*)

Je m'arrêtai près de la réception et regardai, par-dessus un muret, la plage en contrebas. Scolari avait raison. Il n'aurait pas pu venir ici lui-même. Les chambres surplombaient un à-pic et étaient reliées entre elles par un passage escarpé. De l'endroit où je me trouvais, j'avais l'impression d'être au bord d'un précipice. On descendait à la plage par un escalier. Cent vingt-six marches, au dire de la femme de chambre.

J'empruntai cet escalier, m'arrêtant régulièrement afin de vérifier la solidité de la rampe. Il n'y avait aucun éclairage. Tard dans la nuit, un peu ivre d'avoir bu trop de champagne, une jeune mariée pourrait avoir un terrible accident. Je regardai l'allée en ciment en bas. Non, elle ne survivrait pas.

À la fin de ma descente zigzagante, je notai intérieurement que le retour allait être une épreuve encore plus pénible.

Des lampes à pétrole éclairaient le chemin jusqu'au restaurant et au bar de la plage. Je m'assis sur un tabouret, commandai un cocktail et me tournai vers le restaurant. Il n'y avait pratiquement que des couples. Plus quelques familles. Tous blancs et venus, pour la plupart, des États-Unis, du Canada, d'Angleterre et d'Allemagne. Du moins, selon la brochure publicitaire de l'hôtel.

Je sirotai ma boisson et scrutai la salle. Aucun signe de leur présence. Pas de problème. La nuit était encore jeune, si moi je ne l'étais plus. Je venais de m'envoyer un second verre quand je les vis sortir de la pénombre. Notre dessin du visage de Marshall était joliment réussi. Il était mince, le teint pâle, et avait des cheveux bruns séparés par une raie au milieu. Il portait des lunettes rondes avec des montures d'écaille. Son sourire, destiné à la femme qu'il tenait par le coude, accentuait ses fossettes. Il la guida ainsi entre les tables, comme s'il tenait la barre d'un bateau.

Ils s'assirent à une table et je cherchai où je pourrais bien m'installer. Je voulais voir le visage de Marshall et entendre leur conversation, sans que personne ne se rende compte de ce que je faisais. Une table était libre à une rangée et deux tables plus loin que la leur. Je quittai le bar, mon verre à la main, et m'avançai d'un pas tranquille. Un garçon débarrassait la table. Je bus une longue gorgée et m'assis.

Gina Dalesandro portait une robe longue à fleurs, sans bretelles. On pouvait voir les marques laissées par le maillot de bain sur son bronzage. Elle fit courir un doigt le long de son oreille et secoua ses cheveux en arrière. Vue de profil, elle avait les lèvres minces, un nez recourbé et l'air intello. Sa main dans la main de Marshall, elle le regardait. Puis elle approcha la main de l'homme de ses lèvres. Elle l'embrassa, passant d'une articulation à une autre. Quand elle l'eut entièrement couverte de baisers, elle prit un de ses doigts et le fourra lentement dans sa bouche.

« Gina, s'il te plaît, les gens nous regardent, murmura-t-il.

– Et alors ? » fit-elle. Elle souriait, le doigt toujours dans sa bouche.

Marshall retira son doigt et embrassa la salle du regard. La serveuse était arrivée et prenait ma commande au moment où ses yeux étaient sur moi. Je commandai une soupe de poissons, du dauphin grillé avec des christophines farcies, et un autre verre.

Gina reprit la main de Marshall et la posa contre sa joue. Elle lui dit sans doute une chose gentille car il sourit et lui donna un baiser. Ils commandèrent leur repas et bavardèrent en mangeant : des chuchotements ponctués d'éclats de rire et de sourires. J'étais assis non loin d'eux, observant, attendant, gargouille à la solde de son oncle, en quelque sorte.

Au moment du dessert, Gina s'excusa et se dirigea vers les toilettes des femmes. Marshall la regarda s'éloigner. Je ne lus rien sur son visage ou dans ses yeux. Quand elle eut disparu derrière la porte des toilettes, il parcourut la salle du regard. Ses yeux ne s'arrêtèrent sur personne en particulier. Lorsqu'elle réapparut, ils s'immobilisèrent sur elle et l'accompagnèrent tout le temps qu'elle regagnait sa place. Tout cela ne prouvait rien.

Tout le monde apprécia le gâteau à la banane et le café, et après un discret temps d'arrêt, je les suivis jusqu'à leur chambre. On clopina silencieusement dans l'escalier et, après avoir dépassé le bar du premier étage et la réception, on pénétra dans l'obscurité. Je gardais les yeux rivés sur eux quand j'arrivai à la porte de ma chambre. Je vis qu'ils avaient la chambre 7, presque au-dessus de la mienne, mais deux étages plus haut. Quand j'entendis leur porte se refermer, je fis demi-tour et allai consulter le tableau des activités du jour, près du bar. J'examinai la liste des excursions prévues le lendemain, cherchant leurs noms. Oui, ils s'étaient inscrits à l'excursion du matin vers le volcan. J'ajoutai mon nom à la liste et demandai à la réception que l'on me réveille tôt.

Après une douche rapide, je branchai les diffuseurs antimoustiques et laissai les lampes d'appoint éclairer la pièce. Emportant avec moi le téléphone et un livre, je rampai sous la moustiquaire. Appuyé contre les oreillers, j'appelai mon bureau. Pour son argent, Scolari avait droit à une réponse. Il en aurait une.

« Franklin Investigations

– Bonsoir, Del. Qu'avez-vous trouvé sur Derek Marshall ?

– Pas grand-chose, patron. Voilà ce qu'on a !

– Bon. Raconte-moi tout.

– Entendu. J'ai fait le tour du voisinage. C'est l'homme invisible. Il loue un appartement. Le propriétaire dit qu'il paye toujours son loyer à temps. Rien d'autre. J'ai raté le facteur, mais je le rattraperai demain. Peut-être aura-t-il quelque chose à m'apprendre. Les voisins le connaissent de vue. C'est tout. Pas de soirées bruyantes. Ils ne l'ont jamais vu avec des filles. Quelqu'un croit avoir vu une fois la fille de la photo, mais il a ajouté qu'il ne l'a jamais revue depuis.

– Depuis quand habite-t-il dans cet appartement ?

– Trois ans.

– Le propriétaire t'a laissé regarder le contrat de location ?

– Leo, tu sais que c'est confidentiel. Je n'ai pas le droit de lui demander ça.

– Notre entreprise prospère grâce à la négligence des autres, Del. Tu lui as demandé ?

– Oui. Et il s'est déclaré choqué et indigné.

– Quel salaud !

– Lundi matin, on fera le tour des tribunaux et des endroits où on a délivré des permis, des autorisations, au cours de ces trois dernières années. On verra bien si on trouve quelque chose.

– Les voisins ne t'ont rien appris d'autre ?

– Non. Comme je te l'ai dit, ils le connaissent de vue. C'est tout.

– Vous avez trouvé sa voiture ?

– Ouais. Une vraie mine d'or. L'objet est recouvert d'autocollants.

– Quel genre ?

– Bush-Quayle. On vérifiera auprès des Jeunes du Parti républicain. Ah, il y en a un aussi sur l'école de droit de Georgetown.

– Tu as cherché son nom dans tous nos bottins ?

– Ouais. Rien. Ou c'est un feignant, ou il est modeste.

– Appelle Walter O'Neil, ce soir. Donne-lui le nom. Vois s'il peut trouver un cabinet d'avocats qui l'a employé. Ou même une personne qui pourrait nous parler de lui.

– D'accord. J'irai aussi à l'école de droit, demain. Je ferai des recherches à la bibliothèque. Je consulterai les annuaires de l'école, et ainsi de suite. Je verrai si on peut localiser l'un de ses anciens condisciples. Cependant, la vérification de son passé d'étudiant devra attendre lundi.

– Et son casier judiciaire ?

– Vierge. Pas de mandat d'arrêt, pas d'arrestation. Ou c'est un petit saint, ou il a l'art du camouflage.

– Rien d'autre à propos de sa voiture ?

– Ah si. Un autocollant pour un truc qui s'appelle "Le Dernier Frisbee". Personne d'entre nous ne sait ce que c'est. On essaie de trouver une association au courant. Quelqu'un pourrait nous apprendre où on y joue. Et on irait ensuite interroger les gens.

– Bien. On dispose de trois jours. Peut-être quatre. Comment marchent les affaires, à part ça ? Vous pouvez quand même mener les autres enquêtes ?

– Oui. Hank les a bien réparties. Il n'a pas eu besoin d'engager quelqu'un. On a deux gars qui s'en occupent sans relâche. Lundi, quand les bureaux seront ouverts et qu'on pourra consulter les bases de données, on sera probablement de quatre à six détectives pour faire tout ce boulot.

– Bon. Des nouvelles du bureau de l'état civil de Sainte-Marie ?

– Non. Même problème qu'ici. Fermé pendant le week-end. On ne saura rien avant lundi.

– Très bien. Beau travail. Del. » Je lui donnai mon numéro de téléphone. « Appelle-moi jour et nuit. Si tu ne peux pas m'avoir directement, fais-moi appeler. Je serai sorti demain matin. Une promenade champêtre avec Marshall et Gina. Mais je serai à l'hôtel le reste de la journée.

– Bon. Je te retéléphone demain. »

Je reposai le téléphone sous la moustiquaire. Je secouai les oreillers et ouvris mon livre. Vivre seul a fait de moi un lecteur vorace. Comme si tous mes appétits s'étaient concentrés dans l'envie de lire. Lire faisait de moi quelqu'un d'autre, me donnait l'impression de vivre ailleurs, ou au moins m'aidait à dormir. Mais plus je lisais, plus il devenait difficile de maintenir mon attention éveillée. L'ennui s'insinuait en moi comme la mort lente qu'il était. J'étais un vieux type fatigué qui avait besoin de rebondissements et de bizarreries juste pour continuer sa lecture, ou pour terminer son livre. Très bientôt, plus rien ne me donnerait envie de lire. En attendant, j'étais reconnaissant à Michael Malone de toutes les surprises et tous les détails que recelait *Juges et assassins*.

Je fus réveillé par la sonnerie insistante du téléphone. Je me glissai hors du lit et remerciai la réception de leur ponctualité. Un caméléon, sorti de dessous le lit, fonça comme une flèche vers la porte. « Content de te voir », lui criai-je. J'espérais qu'il avait passé une excellente nuit à faire de ma chambre une zone sans insecte. Je m'habillai et dévalai l'escalier pour aller prendre un petit déjeuner.

Après un verre de jus de corossol, je commandai du poisson, des oignons, des viennoiseries, accompagnés d'un grand pot de café. Derek et Gina n'étaient pas dans la salle à manger. Peut-être prenaient-ils leur petit déjeuner dans la chambre. Ou peut-être dormaient-ils encore, ayant décidé de ne pas faire l'excursion. Je mangeai rapidement et surveillai ma montre en buvant ma seconde tasse de café. Notre chauffeur était arrivé. Il prenait connaissance des noms inscrits sur le panneau d'affichage. Un couple se présenta à lui. J'essuyai ma bouche et sortis de table pour les rejoindre. Derek et Gina descendaient l'escalier au moment où je me présentais à mon tour.

Notre chauffeur nous annonça qu'il s'appelait Wellington Bramble et qu'il était aussi guide agréé par le ministère du Tourisme. L'autre couple s'installa au fond du minibus, Derek et Gina prirent les places du milieu, et moi je sautai sur le siège avant droit, à côté de Wellington. Je me retournai et me présentai.

« Salut, mon nom est Leo Haggerty.

– Bonjour, je suis Derek Marshall et voici ma fiancée, Gina Dalesandro.

– Très heureux de vous connaître. »

Derek et Gina se tournèrent aussi et nous fîmes tous connaissance avec Tom et Dorothy Needham de Chicago, Illinois.

Wellington passa sa tête par la vitre ouverte et s'adressa à l'une des femmes de chambre. Ils parlèrent rapidement en patois jusqu'à ce que la femme lui donne une tape sur l'avant-bras et le réprimande d'un signe du doigt.

Il démarra. Le minibus quitta l'enceinte de l'hôtel. Wellington nous annonça qu'on allait visiter la forêt tropicale qui entoure le volcan de l'île encore en activité. Tout cela dit dans un anglais parfait, la langue des étrangers à l'intention des étrangers.

Dorothy Needham posa la question que l'on voulait tous poser : « Combien de temps roulerons-nous avant d'arriver au volcan ? »

Wellington éclata de rire. « Vingt minutes, m'dame, puis nous atteindrons le volcan à pied. »

On quitta la route côtière et on passa une barrière avec une pancarte sur laquelle était inscrit : PARC NATUREL DE L'ÎLE DE SAINTE-MARIE - CRATÈRE DU VOLCAN ET FORÊT TROPICALE. Je fus le premier à sauter du véhicule et j'aidai les femmes à descendre sur le sentier boueux. Wellington nous fit mettre en file indienne et nous conduisit à travers la jungle, énonçant les noms des plantes et des fleurs, répondant à nos questions.

Il y avait des corossoliers, des limettiers, des muscadiers, des goyaviers, des bananiers, des cocotiers, des cacaotiers, des gingembres fleuris, des plantes ressemblant à des pinces de homard, des flamboyants, des hibiscus, des grandes fougères et des bougainvilliers. On s'arrêta en chemin auprès d'une grande plante. Wellington se retourna et nous la montra du doigt.

« Là. Touchez la plante à cet endroit, indiqua-t-il à Derek qui le regarda avec méfiance. Elle ne vous fera pas mal. »

Derek pointa un doigt et toucha la plante. Les feuilles se rétractèrent immédiatement et se refermèrent sur elles-mêmes.

« C'est Mary, Mary, ferme la porte. Comme vous pouvez le voir, une plante très douce et très délicate. »

Il nous fit signe d'avancer. On le suivit. Gina entoura du bras le cou de Derek et mit la tête sur son épaule. Elle se serra contre lui.

« Derek, tu sais que j'étais comme cette plante. Avant que tu viennes. Toute repliée sur moi-même et effrayée dès que quelqu'un s'approchait de moi. Mais plus maintenant. Je suis si heureuse. » Elle se serra à nouveau contre lui.

En dehors de la gêne que j'éprouvais à les épier, je passais moi aussi un bon moment. On sortit de la forêt pour arriver en vue du cratère du volcan. Wellington se retourna et s'adressa à nous.

« Mesdames et messieurs, j'attire votre attention, s'il vous plaît. Nous sommes au sommet d'un volcan en activité. Il n'y a pas de danger d'éruption. Il n'y a pas de croûte et donc pas de pression qui se forme. La dernière éruption date d'il y a deux cents ans. Ce qui ne signifie pas qu'il n'y ait pas de danger. Vous devez sans cesse suivre le sentier balisé et être très prudents aux endroits sans garde-fou. L'eau du volcan a une température de trois cents degrés Farenheit. Si vous trébuchiez et tombiez dans l'eau, vous seriez brûlés vifs. Je ne veux pas vous alarmer inutilement, mais il y a deux ans on a perdu un visiteur. Aussi, soyez très prudents. Bon, maintenant, suivez-moi. »

Avançant, sur une seule file, on parcourut un paysage comme je n'en avais jamais vu de ma vie. Le sommet circulaire du volcan faisait comme une blessure dans la terre. Des émanations de gaz, des fumerolles sortaient du sol sur lequel rien ne poussait. Ici et là de l'eau noire, provenant de flaques croûteuses, coulait comme le sang d'une plaie. L'odeur du soufre était présente partout.

Je suivais Derek et Gina. Je le vis s'arrêter plusieurs fois et essayer la rampe des garde-fous, avant de lui permettre de continuer à avancer. Prudent, Derek ? Ou était-ce une répétition ?

Après avoir fait le tour du volcan, on reprit le sentier en sens inverse jusqu'au minibus. Comme promis, nous étions de retour à l'hôtel vingt minutes plus tard. Gina était rouge d'excitation. Elle demanda à Derek s'ils pouvaient retourner au volcan. Il répondit que cela lui semblait possible, mais qu'il n'y avait pas d'autre visite guidée prévue cette semaine. Ils devraient louer une voiture. Je fermai les yeux et imaginai la scène : elle, au bord de la route, prenant une photo peut-être, et lui, utilisant la portière pour la faire valdinguer dans le décor, en route pour l'éternité.

Tout le monde alla déjeuner, à des tables séparées. Je les suivis jusqu'à leur chambre et les vis ensuite descendre à la plage. Ils allèrent tout au bout de la grève et s'installèrent loin des autres baigneurs. J'entrai au bar et me frayai un chemin au milieu des couples qui se bécotaient.

Dans la salle de restaurant, un couple se querellait... à moins que ce ne fût qu'une explication un peu vive. Quoi qu'il en soit, elle le traita de *Schwein* et le frappa d'une droite dans les côtes. Le visage de l'homme devint plus rouge que le cul d'un babouin.

Elle repoussa sa chaise en arrière, fit voler sa longue chevelure blonde dans une sorte de demi-tour, et quitta la pièce violemment. Je la regardai partir. Elle marchait comme si, à chaque pas, elle écrasait une cigarette sous son pied. Le spectacle du balancement de ses hanches et de son derrière était vraiment terrible.

Je cessai de la regarder quand je réalisai que quelqu'un se tenait à côté de moi. Il me dévisageait d'une manière chaleureuse.

Je me retournai lentement. « Oui ? »

C'était l'un de ces combinards locaux qui patrouillaient sur la plage, aussi omniprésents et pleins de ressources que les noix de coco jonchant le sable.

« Je t'ai vu dans le coin, mec. T'jours seul. C'est pas très bon, ça, mec. J'ai pensé qu't'avais p't'êt' envie d'une compagnie. Quelqu'un avec qui partager un p'tit coin de paradis. Qu'est-c' t'en dis, mec ? »

Je secouai la tête. « Je ne crois pas, non... »

Il fronça les sourcils. « Je sais qu'tu penses pas c'que tu dis, mec. J't'ai vu lorgner la blonde au gros cul. Qu'est-ce qui se passe ? T'as la trouille ? » Il se tut puis répondit à une question que je ne posais pas. « Elle est saine, mec. Pas de danger. »

Comme je ne disais rien, il se mit en colère. « Alors quoi ? Tu baises pas les étrangères, mec ?

– Suis bien le mouvement de mes lèvres, mon petit vieux. Je ne suis pas intéressé. Inutile de compliquer ce qui est simple. »

Il me jaugea et décida que ça ne valait pas le coup d'envenimer la situation. Faisant tourner son tabouret, il me traita de quelque chose en patois. J'étais sûr que ça ne voulait pas dire « Monsieur ».

Je trouvai un fauteuil libre sous un bohio et gardai un œil posé sur Derek et Gina. Je m'étais à peine assis que Gina se leva, traversa la plage de sable volcanique, couleur cacao, et se dirigea vers le bar. Elle était un peu rose sur les bords. Elle n'allait probablement pas rester longtemps au soleil aujourd'hui. Derek, qui l'avait rejointe, me tournait le dos. Ma tête pivota pour ne pas la perdre de vue. Elle s'assit. Une des femmes du personnel de l'hôtel s'approcha d'elle et commença à la peigner. La chevelure à tresser. Elle en avait au moins pour une heure.

Je commandai un verre à un serveur qui passait près de moi, fermai les yeux et me relaxai.

Gina déambulait, la chevelure divisée en petites tresses, avec, au bout de chacune, une série de perles de couleur. Elle souriait et s'amusait à asperger Derek. Je la vis le prendre par les mains et le tirer de son fauteuil. Elle tournoya sur elle-même et secoua sa tête dans tous les sens, juste pour regarder les perles voler. Ils ramassèrent leurs tubas et leurs palmes et s'avancèrent vers l'eau. Je regardai quelle direction ils prenaient. L'extrémité gauche de la baie est plantée de nombreux panneaux avertissant des dangers que cachent les courants rapides. L'un d'eux, en particulier, prévient : FAITES DEMI-TOUR... PROCHAIN ARRÊT : PANAMA.

Ils entrèrent dans l'eau. Moi aussi. C'était peut-être un peu de peur, peut-être de l'amour, mais elle lui donnait la main quand ils se glissèrent au milieu des récifs. Je les dépassai puis je revins en arrière de façon à les avoir toujours en vue. Le récif était le plus somptueux que j'avais jamais vu et méritait bien sa réputation de plus beau récif des Caraïbes.

Je restais à distance constante du couple. J'avançais quand ils avançaient, exactement comme le banc de calmars au-dessous de moi. Ils nageaient en formation, les tentacules rentrés, maintenant leur position par ondulation des nageoires de chaque côté du tronc. Quand le banc bougeait, ils bougeaient tous en même temps, gardant toujours la même distance entre eux. J'abandonnai les coraux pour un lit d'herbes marines. Deux bêtes étranges marchaient sur l'herbe. Gris-vert, avec des boutons et des excroissances partout, ils avaient des jambes et des ailes. Ce n'était pas des mutants, résultat de la pollution industrielle, mais des rougets volants. Je plongeai vers eux. Ils déployèrent leurs ailes violettes et s'envolèrent.

Quand je revins à la surface, j'aperçus Derek et Gina juste devant moi. Je nageai au fil du courant, les dépassai et repris pied sur le rivage, comme eux. Gina se tenait le côté et regardait la paume de sa main. Derek la rassurait et l'aidait à retirer ses palmes.

« Je ne sais pas ce que c'était, Derek. Quelque chose m'a

frôlée et j'ai senti comme une piqûre de guêpe. Ça me brûle », fit Gina.

Je m'approchai et dis : « On dirait une brûlure de méduse. C'est arrivé quand ?

– Il y a juste une seconde. » Ils avaient répondu d'une seule voix.

« Ce qu'il y a de mieux pour ça, c'est l'écorce de papaye. Elle contient une enzyme qui neutralise le poison. Le restaurant de la plage en garde des quantités. Justement pour ce genre de situation. Mais il faut y aller maintenant. Cela ne marche que lorsqu'on l'applique tout de suite.

– Merci, merci beaucoup », dit Derek. Puis il se retourna pour aider Gina à traverser la plage. « Oui, merci », dit-elle par-dessus son épaule.

« De rien », répondis-je. J'allai me sécher.

Assis au bar, j'attendais l'heure du dîner en jouant tout seul au backgammon. Derek et Gina firent leur apparition. Ils commandèrent deux verres au barman. Sa robe était un tourbillon de pourpre, de noir et de blanc. Les couleurs s'harmonisaient avec celles des perles dans ses cheveux. Derek portait un short citron-vert et une chemisette blanche. Leur verre à la main, ils s'avancèrent vers moi. Je me levai, les saluai et les invitai à se joindre à moi.

« Merci pour votre bon tuyau. Il m'a sauvé la vie. On est allés au bar de la plage et on a posé l'écorce de papaye sur la brûlure. Je crois que la douleur a disparu en cinq minutes.

– J'ai été touché par une méduse. Quelqu'un m'en a parlé. Je vous l'apprends. On appelle cela le bouche à oreille.

– Eh bien, nous vous en sommes reconnaissants, dit Derek. Nous allons nous marier, ici, sur l'île, et je ne voudrais pas que quelque chose retarde la cérémonie. »

Je levai mon verre et portai un toast. « Félicitations. C'est un endroit charmant pour se marier. Quand a lieu la cérémonie ? demandai-je tout en sirotant ma boisson.

– Demain, dit Gina en glissant son bras autour du cou de Derek. Je ne tiens plus en place. »

Je l'inondai presque de punch au rhum, mais je me retournai à temps. M'étranglant légèrement, je me frappai la poitrine et leur fis signe que je n'avais pas besoin d'aide.

« Vous allez bien ? me demanda Derek.

– Oui, oui, ça va », fis-je. Je retrouvai mon self-control. Demain ? Comment diable cela pouvait-il avoir lieu demain ? « Désolé. J'ai voulu parler tout en avalant ma boisson. Cela ne marche jamais. »

Derek me proposa un autre verre. J'acquiesçai. Il se rendit au bar avec mon verre vide.

« J'ai lu ce qui concerne les mariages dans la brochure touristique. Combien de temps faut-il pour qu'ils acceptent une demande ? Je croyais qu'il fallait être depuis au moins deux jours dans l'île pour déposer la demande. »

Gina se pencha en avant et me toucha le genou. « D'habitude, cela prend deux ou trois jours, mais Derek a trouvé une solution pour accélérer les choses. Il a envoyé les papiers au directeur de l'hôtel qui les a fait enregistrer comme si nous étions déjà dans l'île. Ils seront prêts demain matin et nous serons mariés à midi.

– C'est magnifique. Où aura lieu la cérémonie ? » Ma tête tournait un peu.

« Ici à l'hôtel. Sur la plage. Ils ont prévu un gâteau, du champagne, des photographes, des fleurs. Voulez-vous vous joindre à nous pour fêter ça ?

– Merci. C'est très gentil. Je ne suis pas certain d'être encore là. Mon avion décolle dans l'après-midi, et vous savez qu'avec le trajet entre l'hôtel et l'aéroport, il est préférable de partir en avance. Mais si je ne suis pas encore parti, ce sera avec plaisir. »

Derek revint avec nos verres. Il s'assit tout près de Gina et l'entoura de son bras.

« Chéri, j'espère que tu ne m'en voudras pas. J'ai invité M. Haggerty à se joindre à nous après la cérémonie. » Elle sourit, un peu inquiète tout de même.

« Non, c'est formidable. Je serai ravi de vous avoir avec nous. Au fait, j'ai l'impression que vous êtes déjà venu dans ces îles. Nous, c'est la première fois. Vous avez déjà fait de la plongée sous-marine ? » Derek était d'une remarquable aménité.

« Oui. Vous pensez essayer ?

– Peut-être. Il y a un cours pour débutants demain. On se demandait si on ne pourrait pas s'y inscrire, juste pour voir si ça nous plairait, fit-il.

– Je suis un peu effrayée. Est-ce vraiment dangereux ? » demanda Gina.

Absolument mortel. De la roulette russe. Avec une chambre toujours vide dans le barillet. N'en faites jamais. Moi, je ne le recommanderais pas, même à mon pire ennemi.

« Non, pas vraiment. Il y a des dangers, mais seulement si on n'est pas prudent. Et dans ce cas, ce sont de très grands dangers. La mer ne nous pardonne jamais nos erreurs. Mais si vous êtes bien entraînés et si vous prenez au sérieux ce que vous faites, il n'y a aucun danger.

– Je ne sais pas. Peut-être me contenterai-je de te regarder, Derek.

– Allons, chérie. Tu as tellement aimé plonger avec un tuba. Imagine à quel point ce serait plus amusant si on n'avait pas à s'inquiéter sans cesse de revenir à la surface pour respirer ? » Derek serra Gina très fort contre lui. « Mais surtout, j'aime l'allure que tu as dans cette nouvelle robe. »

Je vis les gens se diriger vers le restaurant et commencer à s'installer autour des tables.

« Monsieur Haggerty, voulez-vous..., commença Gina.

– Je suis sûr que nous reverrons monsieur Haggerty, Gina. Merci pour votre aide, cet après-midi », dit Derek. Il la mena à la salle à manger.

Je finis mon verre et allai dîner. Ensuite, je m'assis dans un fauteuil et les regardai danser au rythme d'un orchestre tropical. Elle posa sa tête sur son épaule et moula son corps au sien. Ils se balancèrent en parfaite harmonie, comme seuls savent le faire les amoureux et les mères avec leur bébé.

Ils quittèrent la salle de cette façon, la tête de Gina sur l'épaule de Derek, un sourire paisible aux lèvres de la jeune femme. Je n'aurais pas pu boire assez pour faire partir le mal de crâne que je sentais venir. Je n'essayai pas et allai me coucher.

J'appelai mon bureau. Del décrocha. Il me fit un bref résumé des mauvaises nouvelles.

« Le facteur, c'était une impasse. Je suis allé à la bibliothèque de l'école. J'ai bavardé avec des professeurs et des étudiants. Personne ne se souvenait de lui. J'ai la liste des étudiants de sa promotion et on s'en occupe en ce moment. Walt a quand même trouvé quelque chose sur Marshall. Il est jeune associé dans un petit cabinet d'avocats, une "boutique", selon leur propre terme.

– Quelle est leur spécialité ? » Voyons, impôts, successions ?

« Immigration et naturalisation.

– Merde. Quoi d'autre ?

– Eh bien, il est nouveau chez eux. Ils ne savent pas encore d'où il vient. On va essayer d'avoir des informations auprès de ses associés. C'est la première chose que l'on fait demain matin.

– Il vaut mieux que ce soit très tôt. Notre bel emploi du temps est fichu en l'air. Ils se marient demain à midi.

– Bon Dieu, on n'est pas dans la merde.

– Ne m'en parle pas. Où en est-on ?

– Maintenant ? Bobby fait le tour des bars. Il cherche quelqu'un qui joue au "Dernier Frisbee". Il a un portrait dessiné dans sa poche. Il n'a pas encore appelé.

– Bon. S'il trouve quelque chose, rappelle-moi à n'importe quelle heure. Demain ; je serai là toute la matinée. Si tu ne m'as pas personnellement, fais-moi appeler. Dis que c'est urgent. Pour l'instant, on a que dalle.

– Allons, patron. On n'a pas eu beaucoup de temps. Je suis sûr qu'avec quelques jours supplémentaires, on aurait trouvé quelque chose.

– Peut-être bien, Del. Mais demain à midi, quand l'officiant regardera par-dessus leurs têtes et demandera si quelqu'un, dans l'assistance, a une raison de s'opposer à leur mariage, je ne me vois pas lever la main et demander deux jours de délai parce qu'on est sur le point de découvrir quelque chose.

– On a fait tout ce qu'on a pu. On n'avait pas de très bonnes cartes en main.

– Del, on avait de la merde. » J'aurais dû me défiler quand Scolari m'avait fait sa proposition.

Je raccrochai et préparai ma chambre de façon à repousser n'importe quel assaillant. Je me glissai sous la moustiquaire, me mis en position assise, et remâchai mes choix. Je n'avais aucune raison de mettre mon nez dans les affaires de Gina. Absolument aucune raison de penser que Derek n'était pas l'homme de sa vie. Son bonheur était vrai, fort. Elle rougissait quand il la touchait. Je l'avais vu. Et le bonheur est une chose fragile. Qui étais-je pour laisser planer sur eux une ombre ? Et de surcroît, sans aucune raison. Demain était un grand jour pour elle. Comment se le remémorerait-elle ? Et moi, quel souvenir en aurais-je ?

Je me réveillai tôt le matin, après une nuit de sommeil agité. J'appelai mon bureau. Rien de nouveau. Je composai le numéro de Scolari et lui parlai brièvement. Je lui dis que nous n'avions plus de temps devant nous et que nous n'avions rien trouvé de probant. Je lui posai des questions et il me donna quelques informations. Des bonnes et des mauvaises. Il n'y avait rien d'autre à faire. Je descendis donc trouver les fiancés.

Ils étaient dans la salle à manger. La main dans la main, ils terminaient leur café. Je m'approchai et leur demandai l'autorisation de me joindre à eux.

« Bonjour, monsieur Haggerty. Belle journée, n'est-ce pas ? » dit Gina, le visage rayonnant.

Je décidai d'y aller carrément. « Avant que vous procédiez à la cérémonie de mariage, j'ai quelques informations à vous donner. »

Ils s'assirent bien droit sur leurs chaises et retirèrent leurs mains, toujours jointes, de la table.

« L'oncle de Gina, Enzo Scolari, souhaite que je vous informe du point suivant : ses avocats ont obtenu que son pouvoir discrétionnaire, comme curateur de la part d'héritage de mademoiselle Dalesandro, soit étendu. Désormais, elle ne peut plus entrer en possession de l'argent ni même l'utiliser d'une quelconque façon sans son consentement. Il regrette d'avoir dû agir ainsi, mais votre insistance à vous marier rapidement ne lui a pas laissé le choix.

– Espèce de fils de pute. Vous nous espionniez pour le compte de ce salopard. » Derek hurla et me jeta son verre d'eau au visage. Je m'assis, tout mouillé, et comptai intérieurement jusqu'à dix. Gina était pâle et au bord des larmes. Marshall se leva. « Viens, Gina, partons. Je ne veux plus voir ce type. » Il se pencha en avant et pointa un doigt vengeur vers moi. « J'ai l'intention d'appeler votre employeur, monsieur Scolari, et de lui faire savoir quelle méprisable ordure il est. Et cela vaut pour vous aussi. Doublement, même. » Il se tourna. « Gina, tu viens ?

– Juste une seconde, chéri, murmura-t-elle. Je viens dans une seconde. » Marshall fit une sortie fracassante, bousculant toutes les chaises et toutes les tables qui se trouvaient sur son passage.

« Pourquoi m'avez-vous fait ça ? J'ai attendu toute mon existence pour vivre cette journée. Pour trouver quelqu'un qui m'aime, veuille partager ma vie, et célébrer cela par une cérémonie officielle. Nous sommes venus ici pour échapper à mon oncle et à ses obsessions. Vous savez ce qui me fait le plus mal ? Vous me rappelez que mon oncle croit que personne ne peut m'aimer pour moi-même. Que c'est seulement pour mon argent. Qu'est-ce qui ne va pas chez moi ? Vous pouvez me le dire ? » Elle commença à pleurer et s'essuya les yeux avec la paume de sa main. « Une foutue question à poser le jour de ses noces, hein ? Vous avez fait du beau travail. J'espère que vous êtes fier de vous. »

J'aurais préféré que Marshall me jette de l'acide au visage plutôt que d'entendre les paroles qu'elle me lançait. « Pensez à une chose, mademoiselle Dalesandro. Ainsi, vous ne serez pas perdante. S'il ne vous épouse pas aujourd'hui, vous vous éviterez bien des migraines, et peut-être pire. S'il le fait, sachant ce que je lui ai appris, vous pouvez être rassurée : il vous épouse pour vous, pas pour votre argent. De la façon dont je vois les choses, vous ne pouvez pas perdre. Mais je suis désolé. S'il y avait eu une autre façon de m'y prendre, je l'aurais fait.

– Oui, bon. Je dois y aller, monsieur Haggerty. » Elle se leva, jeta sa serviette et traversa lentement la salle, rassemblant tous les petits morceaux épars de sa dignité blessée.

Je passai le reste de la matinée au bar à attendre le dernier acte de la pièce.

À midi, Gina apparut, vêtue d'une longue robe blanche. Elle tenait un bouquet de fleurs à la main et avait un sourire un peu forcé. Je sirotai un peu d'anesthésique et regardai ailleurs. Inutile de rendre les choses plus pénibles. Je n'étais plus très sûr de vouloir dévoiler la personnalité réelle de Marshall.

Derek surgit à son côté. Il était vêtu d'un pantalon kaki et d'une chemise blanche brodée. Advienne que pourra. Ils descendirent lentement l'escalier. Je regagnai ma chambre, fis mes bagages et réglai ma note. À trois heures de l'après-midi, j'avais quitté l'île et je volais vers les États-Unis.

Il s'était passé presque une année quand Kelly m'appela sur la ligne intérieure pour m'annoncer qu'un certain monsieur Derek Marshall voulait me voir.

« Faites-le entrer. »

Il n'avait pas changé. Aucun de nous deux ne fit l'effort de serrer la main de l'autre. Je ne lui offris pas de s'asseoir, mais il prit quand même un siège.

« Que voulez-vous, Marshall ?

– Vous savez, je n'ai jamais oublié le moment où vous m'avez dit que Scolari avait fait modifier les termes de la succession. Comme ça, devant tout le monde. J'étais très en colère que vous me fassiez passer pour un salaud aux yeux de Gina et de tous ceux qui étaient présents dans la salle à manger de l'hôtel. Cela m'a toujours tracassé. Aujourd'hui, je suis sur le point de quitter la région. J'ai pensé que je devais venir vous voir et retourner la situation en ma faveur avant de partir.

– Comment va Gina ? » demandai-je. J'essayai de prendre un ton détaché, mais j'étais en proie à une violente agitation intérieure.

« C'est marrant que vous me demandiez ça. Je suis veuf, vous savez. Elle a eu un terrible accident, il y a six mois. On faisait de la plongée sous-marine. Pour elle, c'était la première fois. Moi, j'avais eu quelques heures d'entraînement avec des moniteurs. Je suppose qu'elle a mal compris mes instructions et retenu trop longtemps sa respiration. Éclatement d'un poumon. Elle est morte avant que je puisse la ramener sur le rivage. »

Je sectionnai presque le tuyau de ma pipe. « Vous êtes une sacrée ordure, pas vrai ? Drôlement malin, la mort par manque d'informations. Et évidemment, vous vous en êtes tiré ?

– Le tribunal a conclu à une mort accidentelle. Scolari était partie civile, comme vous pouvez l'imaginer. Et me voilà, moi, seul héritier de la fortune de Gina et, selon les termes du testament, propriétaire de la moitié de l'héritage du grand-père. Tout était en actions de la société de Scolari, aussi ai-je passé un marché avec le vieux. S'il voulait se débarrasser de moi, il devait me racheter mes parts à une fois et demie leur valeur.

– Vous devriez vous montrer prudent, Derek. Le vieil homme n'en a plus pour longtemps à vivre. Et il pourrait être tenté de vous emmener avec lui dans son dernier voyage.

– Cette pensée m'a traversé l'esprit. C'est pourquoi je m'apprête à prendre tout mon argent et à mettre une longue distance entre lui et moi. »

Marshall se leva pour sortir. « Au fait, votre coup de bluff n'était qu'à moitié raté. Cela m'a vraiment désarçonné quelques instants. C'est pourquoi je vous ai aspergé d'eau. Je devais quitter la pièce et réfléchir. Être sûr de n'avoir négligé aucun détail. Et je n'en avais négligé aucun.

– Comment saviez-vous que c'était du bluff ? » Espèce de merdeux culotté.

Marshall réfléchit un moment. « Cela n'a plus d'importance. Vous ne pourrez jamais rien prouver. Et on ne va pas mettre ça par écrit. Quand j'étais étudiant en droit, j'ai travaillé un an comme stagiaire non rémunéré dans le cabinet d'avocats d'affaires qui gérait la succession du vieux Scolari, le grand-père. C'était à l'époque de la mort de la mère de Gina. J'ai tourné dans les différents services et je lisais tous les documents dont j'avais à faire les photocopies. C'est ainsi que j'ai eu connaissance de la situation. La part de sa mère revenait à Gina. Et si quelque chose lui arrivait, sa fortune allait à la personne qu'elle avait désignée. Une orpheline, sans fratrie. Cela faisait de moi le seul héritier, même si Gina mourait intestat. Scolari ne pouvait pas changer les termes de la succession. Votre petit stratagème, en fait, a convaincu Gina de ma sincérité. Je n'étais pas du tout pressé de la voir rédiger son testament et elle a absolument refusé quand Scolari a tenté de l'en persuader.

« Comme je disais tout à l'heure, votre coup de bluff n'était qu'à moitié raté. Gina vous a cru, mais je pense qu'elle était bien la seule à tout ignorer à propos de son argent. Bon, faut que j'y aille, j'ai un avion à attraper. » Il me sourit, comme s'il était un chien et moi son réverbère préféré.

Il m'a été très difficile de résister à l'envie de le menacer. Mais une menace, c'est déjà un avertissement et je n'avais aucune intention d'être fair play. Je me consolai en pensant que la dernière fois, je n'avais disposé que de deux jours pour mener l'enquête. À présent, j'avais la vie entière. Quand j'entendis la porte d'entrée se refermer, j'appelai Kelly sur la ligne intérieure.

« Oui, monsieur Haggerty ?

– On rouvre le dossier Derek Marshall. »

Traduit par Claude Benoit

Titre original :
Mary, Mary, shut the door
Initialement paru dans *Deadly Allies*,
anthologie de Robert J. Randisi et Marilyn Wallace, 1992.

Un cadavre entre les sampans

RICHARD D. NOLANE

I

Collins faillit renverser un pousse distrait en arrivant sur le quai. Le Chinois se dégagea d'un seul coup de ses brancards et se mit à l'injurier copieusement sans se préoccuper de son passager, un Asiatique ventru dont la richesse vestimentaire faisait tache sur la pauvreté et la saleté environnantes. L'inspecteur laissa le conducteur du pousse courir jusqu'à sa portière. Après tout l'homme pour qui il était venu avait maintenant tout son temps devant lui.

« Arrête de jacasser comme un volatile en chaleur, lui jeta-t-il en chinois, ou je te fais embarquer. »

L'autre vit qu'il avait affaire à un policier et son visage tanné par le soleil se figea.

« D'ailleurs, si j'étais toi, je m'occuperais un peu plus de mes clients », ajouta Collins en montrant au travers du pare-brise de la Ford le gros Chinois en train de s'extraire du pousse brinquebalant avec autant de colère que de difficulté.

Le conducteur parut reprendre vie d'un seul coup et fila vers son véhicule en se confondant en une cascade d'excuses qui ne lui rapportèrent rien d'autre que les quolibets des marchands ambulants du coin. Collins en profita pour redémarrer et pour s'engager sur le quai sud de la rivière qui coupait Singapour en deux dans le sens de la largeur.

Ce cloaque sinueux qui arrivait de l'intérieur de l'île abritait dans ses méandres une légion de sampans serrés les uns contre les autres, si nombreux à certains endroits qu'ils interdisaient presque toute circulation normale sur la rivière.

L'odeur d'eau croupie et d'excréments qui flottait dans l'air surchauffé ne choquait plus depuis longtemps les narines de Collins. Il avait passé toute sa jeunesse en Chine et cette odeur-là, avec des variantes, faisait partie de ce pays. Tout comme la fumée âcre des aciéries appartenait au paysage de Birmingham, la cité noire que son père avait quittée un beau matin, sur un coup de tête, pour aller tenter sa chance dans les restes croulants de l'empire du Milieu.

La Ford louvoya en pétaradant entre les charrettes remplies de caisses et de sacs, s'attirant à peine quelques regards fatigués de la part des bœufs que le soleil et la fatigue avaient rendus beaucoup plus imperturbables que leurs propriétaires. Collins remonta le long du quai jusqu'au petit attroupement qui s'était constitué presque en face de Canton Street. La voiture de service était garée non loin de là, juste sous les fenêtres béantes d'une des maisons qui formaient un rempart haut de trois ou quatre étages tout le long du quai. Un gamin entièrement nu était en train d'uriner contre la calandre sans que l'agent indigène resté à proximité pour garder la voiture fasse quoi que ce soit pour l'en empêcher. L'inspecteur poussa un bref soupir. À cette heure-ci, il aurait dû être toujours en train de siroter son gin-tonic de l'après-boulot au Cricket Club, à quelques centaines de mètres de là à vol d'oiseau. Mais, comme l'avait fait remarquer John Chen au téléphone, ce n'était pas tous les jours qu'on trouvait un cadavre de Blanc dans la rivière Singapour.

L'arrivée de Collins redonna de la vigueur aux bavardages des badauds agglutinés sur les marches descendant jusqu'à l'eau sale. La plupart étaient des coolies vêtus de hardes raides de crasse et qui avaient sauté sur l'occasion pour prendre un instant de repos sans doute bien mérité. Ils s'écartèrent pour laisser passer le *tuan* de la police. Collins les remercia, fut salué par le second agent indigène qui avait accompagné son adjoint, et monta sur une planche épaisse conduisant jusqu'à la proue du plus proche sampan.

Un faux pas et j'ai un billet pour la fosse septique, se dit-il en jetant un rapide coup d'œil au brouet noirâtre qui clapotait tant bien que mal contre la dernière des marches du quai.

« Par ici, chef ! » lança John Chen en surgissant à l'avant du sampan suivant.

Collins lui fit un petit signe de la main et descendit dans l'embarcation qui l'accueillit avec un léger tangage. Une femme au regard vidé par l'opium ne parut même pas s'apercevoir de sa présence. Le policier enjamba ses pieds racornis, contourna un brasero éteint et se pencha pour passer sous l'espèce de tente arrondie qui servait de toit à toute la famille habitant sur le bateau. Un vieillard vêtu d'une tunique et d'un pantalon bleu, usés mais à peu près propres, eut un sourire édenté en le découvrant.

« Moi trouver infortuné *tuan* », bredouilla-t-il en mauvais anglais, sans cesser de sourire.

Collins s'arrêta et fouilla ses poches à la recherche d'un peu de monnaie. Il ne dénicha qu'un dollar, qu'il tendit au vieux.

« La police te remercie de ton aide précieuse, vieil homme, fit l'inspecteur en chinois. Fasse le ciel que tu n'aies jamais besoin de ses services. »

Le sourire du vieux s'agrandit encore, transformant les rides de son visage en des plissements rappelant ceux d'une vieille figue restée trop longtemps au soleil. Une lueur d'amusement traversa ses prunelles et Collins comprit que, quoi qu'il puisse lui arriver, la dernière chose que ferait le Chinois serait sûrement de faire appel à la police des Blancs.

Quelques pas de plus et il se retrouva sur le sampan où l'attendait son adjoint, en compagnie de trois adolescents chinois qui ne cessaient de fixer la surface de l'eau sous la poupe de l'embarcation.

« Désolé pour votre gin-tonic, chef, fit Chen qui connaissait bien les habitudes de son supérieur.

– Apparemment, c'est plutôt pour notre client qu'il faut être désolé, fils... Tu as appelé le toubib ? »

Chen acquiesça. « Il ne devrait pas tarder à arriver avec une ambulance. Je lui ai dit d'apporter des gaffes.

– Bon. »

Collins s'avança et se pencha par-dessus le rebord de la coque. Il découvrit le corps d'un homme d'assez grande taille, flottant sur le ventre, un bras coincé derrière le gouvernail du sampan. Le mort était vêtu d'un pantalon blanc et d'une veste gris clair. Des vêtements que l'eau avait rendus informes tout en les imprégnant de taches douteuses. Une masse de poils mouillés ballottait dans l'angle formé par le cou et l'épaule droite. Un cadavre de rat dont la provenance n'avait rien de mystérieux, contrairement à celle de son compagnon humain d'infortune.

« Le vieux, là-bas, m'a dit que c'était lui qui l'avait trouvé, fit Collins en se relevant et en vérifiant qu'il n'avait pas sali son complet blanc.

– En effet. Il vit sur ce sampan avec ces trois-là, qui sont ses fils. Il était seul quand il a vu le cadavre et il a demandé à un voisin d'aller avertir l'agent qui faisait la circulation sur Battery Road. Comme c'était un Blanc, l'agent a appelé directement la Brigade criminelle, et c'est moi qui ai décroché... »

Chen ôta son chapeau et s'essuya le front du revers de la main. Il avait hérité de sa mère anglaise une taille et une carrure bien supérieures à la moyenne chinoise. C'était dans le noir de jais de ses cheveux et sur certains de ses traits qu'il fallait chercher le portrait du riche négociant chinois qui avait dû essuyer les affronts de la part de la bonne société anglaise de Kuala Lumpur avant de se résoudre à enlever sa mère pour pouvoir l'épouser. Et aussi dans son caractère. Un caractère appartenant à deux mondes et qui en faisait une recrue de choix pour la police d'une ville aussi marquée par la Chine que l'était Singapour.

Collins avait fait des pieds et des mains auprès de la hiérarchie pour prendre Chen avec lui. Ils formaient une paire disparate du point de vue physique – Collins était une image d'Épinal d'Anglais avec ses cheveux roux, sa moustache et son grand corps un peu dégingandé – mais ils s'entendaient parfaitement, l'inspecteur se montrant à l'occasion plus chinois que son adjoint.

L'ambulance de l'Hôpital général surgit sur ces entrefaites, précédée par l'Austin du Dr McCraddle. Le chauffeur ne prit pas de gants avec les coolies toujours attroupés au bord du quai et les dispersa à grands coups de klaxon rageurs pendant que la voiture du coroner allait rejoindre celles des deux policiers. Deux infirmiers tamouls descendirent nonchalamment avec une civière du véhicule marqué de la croix rouge. Pendant ce temps, McCraddle sortit de son Austin et tira à lui les deux gaffes qui dépassaient du siège arrière. Avec sa mallette et ses deux tiges crochues, on aurait dit un commerçant rondouillard de Raffles Place pris d'une envie soudaine d'aller taquiner la friture dans l'égout de la Rivière.

McCraddle fit signe aux deux Tamouls de le laisser prendre la tête du cortège funèbre. La planche plia légèrement sous son poids. Il passa devant le vieux Chinois, toujours figé dans son contentement insensible aux aléas de ce bas monde, sans lui accorder un regard.

« J'espère que vous ne m'avez pas dérangé pour rien, jeta-t-il à Collins après l'avoir salué.

– Rassurez-vous, docteur, répliqua sèchement Chen, ce n'est pas un Chinois. »

Les petits yeux vaguement porcins de McCraddle furent traversés par une lueur de colère vite réprimée.

« C'est un Blanc, dit Collins.

– Assassiné ?

– Je n'en suis pas sûr, mais il y a peu de chances qu'il soit venu prendre un bain ici de son propre chef... »

Le coroner parut ne pas remarquer le ton sarcastique du policier. « Ça va, répondit-il en tendant les gaffes à deux des trois fils du vieux Chinois. Allez, remontez-moi le macchabée ! »

Les deux adolescents s'exécutèrent sans un mot. Ils avaient

l'habitude de ce genre de travail, sauf que c'était généralement pour remonter des prises trop lourdes pour leurs filets.

Après bien des efforts, ils finirent par tirer l'inconnu de l'eau et, aidés par leur frère, ils le firent passer par-dessus le bord du sampan. Le cadavre eut comme une hésitation puis roula lourdement sur le pont avec un bruit mou. Le rat mort eut le bon goût de ne pas le suivre.

Collins examina le visage de l'homme, maintenant allongé sur le dos. Il avait un œil fermé et l'autre ouvert. L'iris sombre semblait fixer un des trois adolescents. Il portait une moustache noire plutôt fine et avait des traits anguleux. L'inspecteur lui trouva un faciès slave et se dit que ça ferait encore un Russe blanc de moins, qui ne verrait pas la chute des Soviets. Aucune blessure n'était apparente.

« Encore un qui s'est soûlé la gueule la nuit dernière et qui a fait un faux pas en rentrant chez lui..., grommela McCraddle. C'est vraiment dégoûtant de mourir noyé dans une pareille fosse à purin.

– C'est toujours dégoûtant de mourir, noyé ou pas, fit Chen.

– Laisse tomber la philosophie de fond de pub, fils, et aide-moi donc à le fouiller », dit Collins.

Les deux policiers écumèrent en professionnels toutes les poches du mort. Ils ne ramenèrent rien de particulier : des clés, des pièces de monnaie et quelques petites coupures, plus une boîte de cigarettes Sobranies trempées et un briquet en or. Chen mit le tout dans un petit sac. Il y avait également un portefeuille et un passeport français. Collins ouvrit le portefeuille, fit s'écouler l'eau qui imbibait les compartiments et jeta un coup d'œil dedans, le tout sans que son visage ne laisse transparaître quoi que ce soit.

« Bon, dit-il en ajoutant le portefeuille au contenu du sac de Chen, on vérifiera tout ça au bureau quand il sera sec. Maintenant, voyons un peu à qui nous avons affaire. »

Il feuilleta avec précaution le passeport. Par chance, l'eau n'avait pas totalement effacé l'encre. Sur la photo déformée, l'homme n'avait guère meilleure mine que dans son état actuel.

« Boris Konicheff. Né le 21 juillet 1892 à Kiev. Naturalisé français le 6 septembre 1925. À en croire ses visas, ce brave homme était un habitué de la ligne depuis quelque temps. Le dernier date de mercredi passé. »

Collins se racla la gorge et tendit le passeport à Chen. Il se tourna ensuite vers McCraddle, qui avait l'air de s'impatienter.

« C'est bon. Il est à vous, docteur. »

McCraddle fit signe à ses brancardiers. Les Tamouls chargèrent leur fardeau avec une absence totale d'émotion et reprirent la route du quai. Le médecin ramassa ses gaffes. Il s'apprêtait à partir lorsque Collins le retint par l'épaule. « Vous pouvez me faire ça pour quand, doc ? »

McCraddle fit mine de réfléchir. « De toute façon, ce n'est pas un meurtre ? Vous n'êtes donc pas pressé. »

Collins eut un petit sourire, démenti par la lueur dure de ses prunelles. « Mais c'est vous, doc, qui devez me dire si c'est un meurtre ou pas... Demain matin, ça m'arrangerait. »

Le médecin leva les yeux au ciel. « C'est bon, je tâcherai de vous faire ça pour midi.

– Je compte sur vous pour ne pas me couper l'appétit, d'accord ? »

McCraddle lui répondit d'un vague geste de la main et passa sur l'autre sampan en écartant un peu les bras pour maintenir son équilibre. De larges taches de sueur maculaient sa veste au niveau des aisselles.

« Et nous, qu'est-ce qu'on fait ? demanda Chen en sentant sur eux le poids des regards des trois adolescents.

– On attend que notre ami le docteur ait fichu le camp d'ici avec son ambulance.

– Il vous indispose tant que ça ?

– Depuis le temps que je le fréquente, je suis vacciné. Non, je voudrais juste te montrer quelque chose, une fois qu'on sera à terre... »

Collins évita un char à bœufs et montra sa Ford à son adjoint. « Je t'offre un verre chez moi. »

Une fois assis à l'intérieur de la voiture, l'inspecteur passa la main sous le siège et en ramena un sac en papier contenant une bouteille de Johnnie Walker et un gobelet métallique.

Il servit Chen, attendit qu'il ait avalé cul sec le contenu de son verre comme s'il s'agissait d'une dose d'alcool de sorgho, pour se verser à son tour une rasade.

Chen se rendit alors compte que deux coolies les observaient.

« Voilà qui ne va pas améliorer l'image de la police dans le coin..., dit-il en les montrant discrètement à son chef.

– Je t'en prie, fils, laissons ce genre de fariboles aux grosses têtes de New Bridge Road[1]. Et puis je te signale que je ne suis plus de service et que sans ce maquereau que tu m'as dégoté, je serais déjà au Cricket Club.

– Ce maquereau ? »

Collins hocha la tête et joua avec le bout de sa moustache rousse. « Je te fiche mon billet que ton noyé était un rabatteur russe venu de France par le dernier paquebot.

– Tous les Russes ne sont pas dans la traite des Blanches, fit remarquer Chen en jouant l'avocat du diable.

– Oui, il y a aussi ceux qui sont des agents des Soviets. Mais eux ne passent pas leur temps à se balader entre Marseille et Singapour. Passe-moi le sac avec les effets de ce type. »

Chen le lui tendit. L'inspecteur coinça la bouteille entre ses genoux et ouvrit le sac pour y prendre le portefeuille humide. « Regarde. »

Les yeux de Chen s'étrécirent en découvrant la liasse de billets rangée dans le compartiment principal. « Des dollars américains ?

– Exact, dit Collins en entrouvrant un peu plus le portefeuille. Et en billets de cent, comme tu peux le constater. Alors, fais un peu marcher ta petite cervelle... »

Chen haussa légèrement les épaules. « C'est possible. Il aurait livré sa marchandise et touché sa prime, c'est ça ? »

Collins se contenta d'acquiescer et s'attaqua aux autres com-

1. Siège du quartier général de la police de Singapour.

partiments du portefeuille. Mais les papiers étaient trop imbibés d'eau pour qu'il se risque à les extraire sans les déchirer. L'inspecteur remit le tout dans le sac. « Bon, tu vas retourner à Robinson Road et tu vas appeler le port pour savoir quel paquebot est arrivé ici mercredi en provenance de Marseille. Dès que tu le sauras, appelle la compagnie à qui il appartient. Avec un peu de chance, il y aura bien encore quelqu'un pour te dire si notre homme y était et s'il partageait sa cabine avec un autre voyageur. Ce genre de type ne voyage pas en troisième classe : ça ferait mauvais genre vis-à-vis de la dame à qui on a promis la grande vie. Et dès que tu as tout ça, tu me donnes un coup de fil au Cricket Club, d'accord ?

– C'est comme si c'était fait », lança Chen en descendant de la Ford.

Collins le regarda se diriger vers la voiture de service avec son sac à la main. Puis il remit sa bouteille sous son siège et démarra.

II

Six heures venaient de sonner à la cathédrale St. Andrew, toute proche du Cricket Club, lorsqu'un des serveurs vint avertir poliment Collins qu'il y avait un appel de la police pour lui. L'inspecteur posa le numéro du jour du *Straits Times* qu'il était en train de lire, avala une gorgée du deuxième gin-tonic glacé de la soirée et fila vers la cabine. En tirant la porte derrière lui, il sentit l'odeur de pain d'épice laissée par la pipe du dernier utilisateur.

« Ici Collins.

– C'est Chen, chef. J'ai trouvé le renseignement que vous m'avez demandé. Notre Russe est arrivé sur le *Rajputana* de la P. & O., mercredi dernier. Il avait bien embarqué à Marseille.

– Tout seul ? »

Il y eut un petit silence sur la ligne. Juste le temps pour Collins de noter mentalement le renseignement.

« Non. On dirait que vous avez vu juste. Il avait loué une cabine en première classe pour deux personnes avec une certaine Mlle Hélène Gautier, elle aussi de nationalité française. Ils ne se refusent rien... Autre chose, ils avaient un billet jusqu'à Shanghai mais ils ne se sont pas présentés à l'embarquement le lendemain. »

Les neurones de Collins se mirent à fonctionner à pleine vitesse en dépit de ce qu'il avait bu.

« Cela veut dire que la dame est sûrement un beau petit lot destiné à la meilleure clientèle et non du tout-venant. Et cette Hélène Gautier n'a pas déclaré la disparition de Konicheff, je suppose ?

– J'ai pensé à vérifier partout, répondit Chen, satisfait d'avoir pris l'initiative. Non, elle ne l'a pas fait.

– Drôle de comportement. Mais qui s'explique facilement si notre hypothèse est la bonne. Quant à cette histoire de billet pour Shanghai... »

Collins leva les yeux vers le plafond noirci par la fumée de la cabine téléphonique. Shanghai... La Mecque dorée qui faisait rêver toutes les prostituées d'Europe. Et si c'était ça, la solution ?

« Eh, fils, après tout, rien ne nous dit que la fille n'était pas consentante...

– Vous pensez qu'elle voulait aller faire fortune à Shanghai ?

– Ce ne serait pas la première, non ? Tu connais le topo : on fait la poule de luxe pendant quelques années puis, avec un peu de doigté dans les affaires, on devient la patronne d'une maison avec pignon sur rue et on finit dans la bonne société. Ce ne sont pas les exemples qui manquent. »

Collins se tut à nouveau pour réfléchir.

« Ah oui, chef, il y a autre chose, dit Chen au bout d'un instant, comme s'il avait voulu ménager son effet. McCraddle a appelé.

– Déjà ?

– Oui. C'était pour dire qu'il n'avait pas fait l'autopsie mais qu'il était certain que c'était un meurtre et que la mort remonterait à la nuit dernière. En déshabillant le corps à la morgue, les infirmiers ont vu un petit trou sous le sein gauche. McCraddle pense que notre homme a été tué avec une longue épingle ou quelque chose de ce genre. Il vous en dira plus demain, quand il aura ouvert le bonhomme. »

Tiens, tiens..., songea Collins. Si la mort du Russe remontait seulement à la nuit d'avant, ça signifiait que c'était peut-être volontairement que le couple avait manqué le bateau. Ou, plus vraisemblablement, que c'était Konicheff qui n'avait pas voulu repartir. On attire le papillon avec la grosse lanterne de Shanghai et on le fait tomber en cours de route dans le filet de Singapour, là où personne d'ambitieux ne veut s'ensabler. Le bon vieux coup classique. Et puis, il y avait l'arme qui, au dire de McCraddle, avait tué le Russe. Qui pouvait très bien être une épingle à chapeau, un des moyens de défense favoris des prostituées.

« Fils, tu as fait du sacré bon travail, dit soudain Collins. Maintenant, tu rentres chez toi.

– Mais il faut que je fasse le rapport pour tous les trucs qu'on a trouvés sur le cadavre...

– Tu fiches tout ça dans un tiroir fermé à clé et on s'en occupera demain matin. Et pas de discussion, compris ? »

Le soir tombait vite sous ces latitudes. Toujours seul à sa table, Collins regardait la nuit essayer sans succès de prendre possession des environs. L'éclairage public illuminait les grandes artères de la ville et des lumières plus espacées marquaient sur les hauteurs avoisinantes les emplacements de Fort Canning et du palais du Gouverneur. Avec le crépuscule arrivait une fraîcheur bienfaisante que seules s'obstinaient à repousser les rues étroites et populeuses de la ville chinoise, en proie à une agitation qui semblait sans fin.

Le club se remplissant rapidement, Collins décida de lever le camp avant de tomber sur une quelconque connaissance encombrante, impatiente de s'entendre raconter les dernières affaires horribles ou croustillantes sur lesquelles pouvait enquêter l'inspecteur. Il demanda au serveur de mettre tout sur sa note et descendit reprendre sa Ford qui l'attendait non loin des piliers blancs soutenant la terrasse s'avançant au-dessus de l'entrée du club. De l'autre côté de la rue, deux taxis s'arrêtèrent dans un crissement de pneus pour prendre une poignée de marins déjà éméchés au pied du théâtre Victoria.

Collins passa successivement devant les bâtiments trapus et massifs de la Cour suprême et de la mairie avant de tourner au coin de la pelouse sur laquelle était posée la cathédrale St. Andrew, avec sa flèche pointée fièrement vers les rares étoiles qui parvenaient à profiter des trous de la couverture nuageuse. Stamford Road l'emporta ensuite entre la butte de Fort Canning et le canal dominé par la tour du Cathay pour le jeter dans Orchard Road, la rue chaude la plus connue des touristes transitant par Singapour, l'équivalent local de la célèbre rue Catinat de Saigon.

Collins apprécia de voir le canal disparaître sur sa droite, mais le mal était fait : le visage du Russe noyé venait de resurgir à la surface de son esprit comme un masque grimaçant, bien décidé à ce qu'on ne le laisse pas tomber.

L'inspecteur n'avait pas eu l'intention de l'oublier mais plutôt de repousser le problème jusqu'à un peu plus tard dans la soirée, lorsque le moment serait venu d'avoir une petite conversation avec Mama Wang. Tout en conduisant avec assez d'attention pour éviter les chiens et les piétons qui traversaient Orchard Road comme s'ils n'avaient pas été au courant de l'invention de l'automobile, il finit par parvenir à repousser le spectre venu de l'eau sale de la rivière. Comme les Chinois, il considérait que la cuisine était un art et que la mort n'avait pas sa place dans la cérémonie d'un bon repas.

Abandonnant sa Ford un peu après le grand rond-point coupant l'artère à sa rencontre avec Clemenceau Avenue, l'inspecteur s'enfonça dans le dédale de la ville chinoise, largement annoncée par les échoppes serrées les unes contre les autres le long du large caniveau bordant Orchard Road. Au-dessus d'elles se déployaient, telles de mystérieuses et douteuses bannières, d'innombrables pièces de linge en train de sécher le long de hampes fixées aux fenêtres et braquées sur la rue. Collins se faufila entre les pousses qui encombraient la chaussée et s'enfonça dans une ruelle étroite s'ouvrant sous une publicité pour les cigarettes Golden Special peinte sur le mur crasseux d'une des rares maisons à deux étages du quartier.

Déjà perceptible de l'avenue, l'odeur parut se jeter sur lui et profiter du moindre interstice dans ses vêtements pour venir se coller à sa peau. Une odeur faite d'un mélange d'urine, de viande grillée, d'excréments, d'épices, de sueur et de friture. Bien plus que la mauvaise réputation du labyrinthe, c'était là ce qui repoussait le plus le Blanc peu habitué aux choses de l'Asie, lequel préférait se cantonner aux night-clubs illégaux mais ayant pignon sur rue.

Collins, lui, ne les fréquentait que dans un cadre strictement professionnel, lorsqu'il fallait un peu chauffer les pieds à un gang local affilié de près ou de loin aux grandes Triades chinoises. Le spectacle des taxi-girls fatiguées en quête d'une proie à plumer lui donnait la nausée, sans parler des tableaux vivants de filles nues dressés pour émoustiller le gogo. Il leur préférait de loin les spécialités de Mama Wang, même s'il lui fallait traverser un vrai cloaque pour aller les déguster.

La vie ne s'était pas arrêtée avec la nuit et le jour avait été remplacé dès sa disparition par une débauche de lumières électriques et d'enseignes lumineuses bariolées pendant que des colporteurs couraient sans cesse après d'éventuels clients en agitant des lanternes et des torches. Collins vit un gamin s'accroupir pour faire ses besoins au coin d'un carrefour si étroit qu'un pousse aurait eu du mal à y manœuvrer. À trois mètres de là, un borgne d'âge indéterminé proposait des beignets et des galettes. Il invectiva sans résultat l'enfant pour qu'il s'écarte et ne réussit qu'à déclencher l'hilarité d'une vieille femme édentée assise sur une caisse non loin de là.

La présence de Collins ne semblait étonner presque personne, sans doute parce que le simple fait qu'il soit là indiquait en lui le *tuan* piqué par la mouche délicieusement venimeuse de l'Asie, comme lui avait dit un jour un trafiquant d'opium de

Hong Kong. En fait, l'inspecteur était comme un poisson dans l'eau au milieu de cette cohue colorée et assourdissante qui, contrairement à ce qui se passait pour la plupart des Occidentaux, ne parvenait pas à lui cacher tout le jeu des Fils de l'empire du Milieu. « Sans ça, il y a belle lurette que j'aurais été viré ou mis au placard ! » se disait-il à chaque fois qu'il y pensait.

La ruelle se sépara en fourche. Collins évita le seau d'un porteur d'eau, repoussa un vieillard sans bras qui tenait sa sébile entre ses dents et finit par s'infiltrer dans la populace encombrant la rue de droite. Quelques jurons bien sentis plus loin, il arriva enfin en vue de l'enseigne verticale et rehaussée par des ampoules teintes en rouge et bleu qu'il cherchait : les Mille Plaisirs en Fleur. L'établissement de Mama Wang.

Une porte de meilleure qualité que ce à quoi on aurait pu s'attendre s'ouvrit dès que l'inspecteur eut été dévisagé au travers d'une petite ouverture grillagée découpée à hauteur d'homme dans le battant.

« La bienvenue, sir inspecteur », dit Tchao-tong, à la fois videur de l'établissement et bras droit de Mama Wang, dans son anglais de cuisine habituel.

Collins salua d'un bref hochement de la tête le géant taillé comme un lutteur de Sumo. « Mama Wang est là ? »

Un drôle de sourire ressemblant à un rictus déforma la bouche du Chinois. « Non, pas là. Être partie chercher nouvelle *mui-tsai*. Mais si sir inspecteur veut manger pour attendre, Mama Wang revenir bientôt.

– Alors, allons dîner », répondit Collins en s'avançant dans le couloir aux murs passés à la chaux.

Le bruit de la rue se réduisit à une cacophonie assourdie lorsque le géant referma la porte. Collins déboucha rapidement dans une de ces petites cours intérieures qu'affectionnent les Chinois, sur laquelle s'ouvraient plusieurs minuscules appartements d'une ou deux pièces au maximum. Mais, contrairement à l'habitude, la cour était d'une propreté presque parfaite et on n'y voyait ni animaux domestiques ni gamins déguenillés. Une demi-douzaine de tables en bois étaient installées sous une toile de tente tendue entre six pieux fichés dans le sol de terre battue. Des lanternes de papier coloré éclairaient le tout d'une lumière tamisée et Collins entendit des gloussements traverser les portes et les fenêtres masquées par des rideaux.

Conduit par Tchao-tong, il passa sous la toile et choisit de s'asseoir à la table la plus éloignée de l'entrée de la cuisine après avoir salué de la tête les deux Chinois d'un certain âge qui dînaient à quelques mètres de là. Les deux hommes vêtus à l'européenne lui rendirent son salut avec un sourire, puis reprirent leur conversation sans s'étonner apparemment de la présence d'un Blanc : la discrétion était une des règles d'or observées par les clients de Mama Wang.

Tchao-tong disparut dans la cuisine et l'inspecteur ferma les yeux pour se laisser aller contre le dossier de son fauteuil en osier et savourer le calme de l'endroit après la cohue qu'il venait de traverser. Un calme seulement rompu de temps à autre par les bruits furtifs et les chuchotements des pensionnaires de Mama Wang et par la conversation à voix basse des deux Chinois. Soudain, Collins sentit une présence près de lui et se redressa à demi. Il découvrit alors une jeune fille à peine sortie de l'adolescence en train de déposer sur la table un verre de gin-tonic et un bol de porcelaine contenant une douzaine de boutons de lis.

« Bonjour, Petit Jade », dit-il avec un regard rapide en direction de la cuisse soyeuse révélée par la longue fente de la robe fourreau noire rehaussée de motifs dorés.

« Bonjour, inspecteur, répondit la jeune fille. Tchao-tong vous demande de bien vouloir accepter un peu de votre boisson favorite en attendant votre repas. »

Collins eut un petit rire. « Tu le remercieras de ma part. Sais-tu que tu embellis de jour en jour, Petit Jade ? »

Une lueur de plaisir passa dans les yeux verts de la jeune fille, un trait physique extrêmement rare chez ses congénères et qui lui avait donné son nom.

« Le *tuan* inspecteur a le regard brouillé par la gentillesse », sourit-elle avant de s'éclipser aussi discrètement qu'elle était venue.

Petit Jade était la nièce de Mama Wang et, en quelque sorte, le trait d'union qui liait la vieille Chinoise à Collins. Ses parents avaient été assassinés par des tueurs du cartel Wu-Chang, une triade spécialisée dans la traite des femmes et dans le trafic d'armes avec les nationalistes de Tchang Kaï-chek. Elle ne devait d'avoir été épargnée qu'à une intervention rapide et musclée de l'inspecteur sur les lieux du crime, à la suite de quoi Mama Wang avait décrété que Collins serait désormais chez lui aux Mille Plaisirs en Fleur. Mais si Collins avait accepté cette hospitalité, il s'était toujours fait un point d'honneur de payer ses repas et ses *mui-tsai*, préférant pousser Mama Wang à rembourser sa prétendue dette sous forme de renseignements.

Il but une gorgée de son gin-tonic puis prit un bouton de lis encore chaud, libérant un goût de gingembre et de crevette dans sa bouche. Pendant ce temps, Tchao-tong vint servir les deux autres clients qui n'avaient pas cessé de converser à voix basse tout en piochant dans une assiette de jambon au miel. Collins lui fit un clin d'œil en levant son verre et le Chinois eut à nouveau un de ses sourires bizarres. Un instant plus tard, il s'approcha du policier.

« Merci pour le verre, mon ami, dit Collins. Que nous proposes-tu ce soir ? »

Le géant leva les yeux vers le ciel couvert, comme pour y chercher l'inspiration. « Crevettes Setchouan très bonnes, sir inspecteur. Et raviolis won-ton, pareil, pour commencer.

– Alors, allons-y, je te fais confiance. Et mets-moi aussi une bouteille de rosé d'Australie. »

Le début de soirée fut plutôt calme pour les affaires de Mama Wang. Les deux dîneurs chinois s'en allèrent une demi-heure plus tard après avoir salué le policier et personne ne vint les remplacer. Quelques clients étaient venus prendre un peu de plaisir dans les bras des *mui-tsai* confinées dans les minuscules appartements cernant la cour. Tous des Chinois assez âgés et quelquefois vêtus de façon traditionnelle. Sa tante absente, Petit Jade s'était métamorphosée en hôtesse sans que Collins fût capable de lire quoi que ce soit dans son regard vert : en Chine, une jeune fille n'était pas censée avoir d'opinion, y compris sur la prostitution des enfants.

Collins achevait tranquillement sa bouteille de rosé tout en dégustant des toffees à la banane lorsque trois coups de cloche secs à la porte annoncèrent enfin le retour de Mama Wang.

Tchao-tong surgit instantanément de la cuisine et courut s'engouffrer dans le couloir. Collins entendit les échos d'une brève conversation en chinois au cours de laquelle son nom fut cité. Puis Mama Wang entra dans la cour suivie par une gamine qui ne devait pas avoir plus de douze ans et que poussait Tchao-tong. Son vieux visage ridé s'éclaira d'un sourire de grand-mère gâteau lorsqu'elle aperçut Collins.

« Que je suis heureuse de te voir, mon diable blanc de fils ! lança-t-elle d'une voix à la fois fluette et volontaire. Je commençais à croire que tu avais oublié mon existence...

– N'exagérons rien, répondit Collins tout en observant la fillette avec attention. Il est simplement dommage que tu n'aies pas pu partager mon repas. »

Mama Wang eut un sourire qui lui plissa les yeux. C'était une Chinoise du Sud et sa peau était couleur cuivre foncé. Elle avait un nez un peu épaté et les cheveux gris. À côté de Tchao-tong, elle semblait minuscule dans ses vêtements bleu sombre sans la moindre touche de couleur, qui la faisaient ressembler à n'importe quelle vieille femme de la ville chinoise.

« Tu arrives toujours sans prévenir, lui reprocha-t-elle. Et ce soir je devais absolument aller chercher le bouton de rose que voilà... »

L'inspecteur évita de penser aux tractations sordides qui avaient certainement conduit la fillette jusqu'à Singapour. Sans doute l'histoire classique d'un père voulant se débarrasser d'une bouche inutile contre une poignée de yuans. Une bonne poignée, s'il avait su palabrer correctement avec le rabatteur, car la petite était exactement ce qu'avait dit Mama Wang : un vrai bouton de rose. Deux grandes nattes réunissaient ses cheveux sur ses épaules et son petit visage rond et lisse lui conférait un air de madone enfantine.

La vieille Chinoise se tourna vers Tchao-tong qui attendait, imperturbable, la main posée sur la frêle épaule de la fillette.

« Va nous chercher une bouteille d'alcool et dis à Petit Jade de lui faire prendre immédiatement un bain et de la parfumer, lui lança-t-elle en chinois. Ce sera mon modeste présent pour l'inspecteur afin qu'il me pardonne de l'avoir laissé manger face à une chaise vide... », ajouta-t-elle avec un clin d'œil en direction de Collins.

Celui-ci se redressa, confus d'avoir laissé transparaître aussi ouvertement son intérêt pour la belle petite *mui-tsai*. Mama Wang l'arrêta d'un geste de la main. « Inutile de discuter, mon fils. Tes yeux ont déjà accepté. Elle s'appelle Lien-houa. » La vieille femme eut un petit haussement d'épaules et s'assit à la table. « Malheureusement, elle n'est plus vierge... J'ai vérifié avant de l'acheter et j'ai pu faire baisser son prix à ce vieux singe de Ting qui m'affirmait le contraire.

– Elle est superbe et je te remercie du fond du cœur », dit Collins.

Tchao-tong revint avec une bouteille d'alcool de sorgho et deux tasses minuscules en porcelaine bleu et blanc qu'il remplit avec une précision quasi miraculeuse chez un pareil géant. Puis il reposa la bouteille et se dirigea vers l'une des portes donnant sur la cour et à laquelle était apparu un client en train de mettre son feutre gris. L'homme lui glissa une liasse de billets et vint saluer la maîtresse des lieux avant de s'en aller.

« À ta santé, diable blanc », fit Mama Wang en levant son verre avant de le vider cul sec.

Collins l'imita et sentit un filet de feu descendre lentement dans sa gorge. « Ça réveillerait un mort », dit-il en clignant des yeux.

Puis il se souvint du Russe noyé et regretta cette réflexion.

« Alors, voilà de quoi en réveiller un autre, déclara Mama Wang en le resservant. Et maintenant, l'honorable inspecteur pourrait-il me dire si sa visite est totalement désintéressée ou pas ? »

Collins but son verre avant de répondre. « Pas totalement désintéressée, je dois te l'avouer. Disons que j'ai joint l'utile à l'agréable. »

La vieille Chinoise hocha la tête, et il lui raconta en détail la découverte du cadavre coincé sous le sampan, saupoudrant le tout des soupçons qu'il nourrissait sur l'affaire. « Je vais me renseigner, dit Mama Wang lorsqu'il eut terminé. Je ne te promets rien mais il se peut que je trouve quelque chose car, dans cette ville, la mort d'un Blanc est comme un fruit pourri dans la corbeille d'un marchand : elle contamine vite ce qui l'entoure.

– Merci de ton aide, Mama Wang.

– Chaque fois que mes yeux se posent sur Petit Jade, je mesure à sa juste valeur la dette que j'ai envers toi, inspecteur », répondit-elle en leur resservant un verre de feu liquide.

Un bruit de pas fit se retourner Collins. Lien-houa venait de réapparaître dans la cour, poussée par Petit Jade. Elle s'était métamorphosée en une sorte d'elfe aux yeux bridés. Elle était enveloppée dans une robe rouge et blanc sans manches, piquetée de motifs dorés, qui descendait presque jusqu'au sol. Ses tresses avaient disparu pour être remplacées par un chignon retenu par des épingles multicolores et une frange qui lui retombait sur le front. Un léger maquillage rehaussait ses yeux et l'éclat de ses lèvres.

« Et maintenant, il est temps que tu joignes l'agréable à l'utile », sourit Mama Wang en faisant signe à la fillette de s'avancer vers eux sous le regard impénétrable de Petit Jade.

Le *compartment* était petit mais meublé avec goût. Une tapisserie rouge dans laquelle l'image d'un dragon noir était prise au piège recouvrait le mur le long du lit en brique, un *kang* auquel Mama Wang avait fait rajouter un matelas par souci de confort pour ses clients occidentalisés. En face se dressait le petit meuble en bois laqué dans lequel Lien-houa rangerait ses affaires personnelles lorsqu'elle aurait assez travaillé pour en posséder. Dessus, il y avait un brûleur d'encens en métal et un coffret ouvragé contenant les morceaux de matière odoriférante. Une grosse lanterne de bois et de papier pendait au centre du plafond. Petit Jade appuya sur l'interrupteur et se retira sans un mot, laissant Collins et la fillette face à face dans une lumière reposante pour les yeux.

Vaguement mal à l'aise, l'inspecteur tritura une des extrémités de sa moustache rousse et alla s'asseoir sur le bord du lit. La fillette s'approcha de lui en le regardant droit dans les yeux. Pour la première fois, il prit conscience de son parfum et une odeur entêtante de vanille s'insinua dans ses narines déjà frémissantes.

Il tendit la main et la posa sur la hanche de la fillette. La robe était fermée sur le côté par une série de boutons allant de l'aisselle gauche jusqu'à mi-cuisse. Ils sautèrent les uns après les autres et, lorsque le dernier fut dégagé, Collins retint sa respiration et écarta lentement le tissu rouge, dévoilant le corps doré et juvénile.

Ses doigts glissèrent en tremblant légèrement sur les seins tout juste formés, s'attardèrent sur les petites aréoles jusqu'à ce qu'elles se durcissent. Puis sa main descendit lentement jusqu'au nombril. Elle s'y arrêta une seconde avant de poursuivre sa progression vers le bas.

Lorsqu'il toucha l'étroite toison noire qui surgissait timidement entre les cuisses serrées de Lien-houa, Collins ferma les yeux et approcha son visage du ventre plat en étouffant un bref gémissement de plaisir anticipé.

III

Il y avait un nom inscrit sur le morceau de papier : Koo Chao-li. Il était suivi d'une brève phrase en chinois disant que le Russe avait été tué par une femme blanche.

Collins émit un soupir et but une gorgée de café brûlant. Toute la fatigue que n'avaient pas pu éponger les quelques heures de sommeil qu'il venait de s'accorder avait instantanément disparu dès qu'il avait lu le billet apporté par un gamin qui s'était aussitôt évanoui dans la cohue de la rue.

Collins craqua une allumette, et le morceau de papier se recroquevilla dans le cendrier posé à côté de sa tasse. Comme d'habitude, la nuée d'informateurs de Mama Wang avait fait du bon travail.

Savoir que Koo Chao-li était derrière tout ça constituait pour lui à la fois un soulagement et une source d'inquiétude. Un soulagement parce que c'était la preuve qu'il avait vu juste, et une inquiétude parce que le personnage était dangereux.

Surnommé le Serpent, y compris par ses amis, Koo était un seigneur du crime affilié à la triade du Gang Vert et au Kuomintang qu'il ravitaillait en argent. La traite des femmes était une de ses spécialités et aucun policier n'aurait été capable de donner le nombre exact des night-clubs et bordels de tous ordres qu'il possédait d'un bout à l'autre de la Malaisie.

Collins se leva, jeta un coup d'œil par la fenêtre pour voir si le boy ne s'apprêtait pas à revenir, puis décrocha le téléphone de sa potence. Il était tôt mais Chen était du genre matinal.

« Salut, fils, dit Collins. Tu es seul ? Ça va. J'ai du neuf au sujet du Russe. C'était bien un passeur. Il travaillait pour Koo Chao-li.

– Mama Wang est toujours aussi efficace, fit Chen à l'autre bout du fil, avec comme un sourire dans la voix.

– Oui. Il semblerait également que ce soit la fille qui lui ait fait faire le grand saut, mais ça reste à prouver. Bon, tu me prends le dossier de presse de Koo et tu viens chez moi.

– Il faut que je fasse la liste de tout ce que le Russe avait dans les poches...

– Ça attendra bien encore un peu. Assure-toi seulement que tes tiroirs sont fermés à clé. À tout de suite, fils. »

Après avoir raccroché, il alla se resservir une autre tasse de café. Tout en la buvant, il refit le plein de la cafetière et la posa sur le feu. Le café serait juste à point quand son adjoint arriverait.

« Et voilà », dit Chen en déposant une chemise verte sur la table du salon.

Collins, qui venait de renvoyer son boy faire une course pour avoir la paix, apporta un plateau avec la cafetière et les tasses, plus une bouteille de bourbon largement entamée. Chen l'observa avec un certain amusement en se disant que l'appartement de l'inspecteur n'était pour lui qu'une sorte de campement pour la nuit, trois pièces meublées sans goût et aérées par les inévitables ventilateurs de plafond. Le tout dans un quartier où résidaient peu de Blancs. Une femme y aurait vite mis bon ordre mais celles qu'aimait fréquenter Collins n'avaient pas l'habitude de se servir d'un balai...

Chen s'assit, prit la tasse qu'on lui tendait et ouvrit le dossier où se trouvaient rassemblés les articles et photos concernant Koo Chao-li parus dans la presse locale. Tous les autres caïds chinois sévissant dans les Settlements et dans les sultanats malais avaient droit à un press-book identique.

C'était une idée de Collins qui avait fait ricaner nombre de ses collègues de la Brigade criminelle jusqu'au jour où le banal compte rendu d'un enterrement en grande pompe avait permis l'arrestation du maître des tueurs du Lotus Noir. Depuis, plus personne ne faisait de réflexion en voyant Chen ou son chef découper les journaux...

« Bois ton jus, fils, et laisse-moi regarder. »

Collins n'eut pas à feuilleter longtemps les documents avant de tomber sur une grande photo tirée du *Weekly Straits* montrant Koo en train d'offrir à une œuvre de charité pour les orphelins de la colonie une infime partie de ses revenus illégaux. Peut-être venue tout droit des bénéfices tirés de la prostitution enfantine, songea Collins en se souvenant de la *mui-tsai* de Mama Wang. Quelques épouses de grosses légumes de Singapour regroupées autour de la femme du gouverneur suivaient la scène d'un air de marbre. Mais Collins ne leur accorda aucune attention car son regard investigateur venait de repérer un visage parmi l'assistance : celui de Boris Konicheff.

Collins nota la date. La photo datait de l'année précédente. Il la tendit à Chen et poursuivit son exploration du dossier, mais sans rien trouver de plus.

« C'est maigre, chef...

– Pas tant que ça, fit Collins en refermant la chemise cartonnée avec un claquement. Ça prouve au moins que Koo connaissait le Russe. Crois-moi, Konicheff n'est sûrement pas entré dans cette sauterie surveillée par les gardes de Koo avec une invitation du gouverneur...

– D'accord..., répondit Chen en finissant son café. Et maintenant, qu'est-ce qu'on fait ? »

Collins se servit un fond de bourbon et leva sa tasse comme pour porter un toast.

« On va rendre une petite visite à ce cher Koo Chao-li, tiens ! »

Koo avait gardé d'une enfance passée sur les sampans de la rivière de Perles à Canton un goût pour les résidences flottantes. Il vivait sur un yacht somptueux baptisé *Pacific Pearl* et ancré au large du doigt de terre de Tanjong Rhu qui, contournant l'aérodrome civil et son plan d'eau, pointait presque droit vers l'hôtel Raffles.

Partie du Johnston's Pier qui s'engageait au-dessus de l'eau au niveau du croisement séparant la ligne des grands immeubles commerciaux de Collyer Quay de la construction massive qu'était le Fullerton, la vedette envoyée par le Chinois accosta un quart d'heure plus tard contre le flanc immaculé du yacht qui brillait sous les feux du soleil déjà haut dans un ciel où somnolaient quelques nuages cotonneux.

Collins regarda les grands buildings blancs du quartier des affaires et la ligne des navires à quai dans Keppel Harbour. Puis il fit signe à Chen de le suivre et s'engagea sur l'échelle de coupée sous les regards impassibles de l'équipage asiatique de la vedette. Aucun des Chinois n'avait d'arme apparente mais les deux policiers savaient que des revolvers étaient prêts à jaillir à la première occasion.

En haut de l'échelle, ils furent accueillis par des gardes en blouse et en pantalon noir qui les fouillèrent rapidement et d'une main experte mais sans trouver d'armes.

Un personnage vêtu d'une robe traditionnelle chinoise bleu ciel décorée de motifs dorés s'avança alors et inclina brièvement la tête.

« Mon maître vous souhaite la bienvenue dans sa demeure, dit-il en anglais d'une voix aussi lisse que son visage. Il vous demande de bien vouloir me suivre. »

Collins acquiesça d'un bref hochement de tête pendant que Chen inspectait les lieux à la dérobée, repérant les nombreux gardes postés dans les superstructures du navire. Tous les observaient avec l'attention d'une coccinelle venant de repérer une cochenille.

Le majordome les emmena vers la plage arrière du yacht, protégée du soleil par une toile blanche tendue au-dessus du pont recouvert d'un parquet si entretenu qu'on aurait pu le croire recouvert d'une mince couche de verre.

Ils s'approchèrent d'une table noir et or en bois laqué autour de laquelle se trouvaient trois chaises à haut dossier que des coussins de soie rouge rendaient plus confortables. Le majordome leur fit signe de s'asseoir sur deux d'entre elles.

« Mon maître va venir dans un instant », dit-il avant de frapper dans ses mains.

Une porte s'ouvrit et une jeune Chinoise enveloppée dans un fourreau rouge et noir apparut en portant un plateau en argent qu'elle déposa au centre de la table. S'y trouvaient deux carafes et trois verres en cristal ainsi qu'un seau à glace en argent. Sans un mot, la fille tourna les talons et fut avalée par la porte sous le regard impassible du majordome. Collins pensa à ces personnages mécaniques qui surgissent de certains clochers européens pour marquer les heures avant de redisparaître.

Un paquebot de la Dollar Line donna non loin de là un coup de sirène pour faire fuir un banc de sampans et brisa le charme qui semblait couper la plage arrière du yacht du reste du monde. Et comme l'aurait fait un génie jaillissant de sa bouteille, Koo

Chao-li se matérialisa subitement dans l'encadrement de la porte. Il parut glisser sur le parquet du pont pendant que deux Chinois armés de mitraillettes Thompson s'immobilisaient de chaque côté de l'ouverture.

Collins comprit que ce déploiement voyant – et illégal – de force avait surtout pour but de faire comprendre aux deux policiers qu'ils venaient de mettre le pied sur un territoire où leurs plaques ne leur assuraient plus aucune protection. Chen et lui se levèrent.

Avec son chapeau en feutre, sa veste grise fermée au ras du cou et son pantalon noir, Koo n'avait rien d'exceptionnel. Son visage était emprisonné dans les mailles d'un filet de rides et seuls ses yeux noirs perçants animaient ce masque tanné par les ans. Des yeux qui semblèrent vouloir transpercer le crâne de Collins, comme pour lire ses pensées.

Chen se sentit brusquement mal à l'aise lorsque Koo s'arrêta en face d'eux.

« Je suis très honoré de votre visite, messieurs, dit-il de la voix un peu sifflante qui était à l'origine de son surnom. Un peu étonné, également », ajouta-t-il en s'asseyant dans un bruissement de soie.

Collins se rassit et ouvrit la bouche pour lui répondre mais Koo l'interrompit d'un geste de la main. « Mais cet étonnement ne doit pas faire oublier les lois de l'hospitalité. Que désirez-vous boire, messieurs ? J'ai ici le meilleur whisky et le meilleur gin que l'on puisse trouver à Singapour.

– Jamais pendant le service », répondit Chen, qui commençait pourtant à avoir la gorge sèche.

Collins lui jeta un regard dénué de tout sentiment puis reporta son attention sur leur hôte. « Le détective Chen a encore une longue carrière à parcourir, ce qui explique son respect des règlements. Ce n'est pas mon cas et j'accepterai bien volontiers un gin sur de la glace. »

Koo leva la main et le majordome servit Collins puis son maître. Les deux hommes levèrent leur verre et burent chacun une gorgée d'alcool avant l'ouverture des hostilités.

« Koo, un de vos hommes a été retrouvé hier noyé dans la rivière Singapour, attaqua Collins, Boris Konicheff, un Russe blanc naturalisé français. Vous le savez très bien et c'est pour ça que vous avez accepté si vite cette visite... informelle de notre part. »

Le Chinois reposa son verre. Le cristal tinta légèrement contre l'argent du plateau. « Je vais vous décevoir, inspecteur, siffla-t-il, mais je n'ai pas l'honneur de connaître l'homme dont vous me parlez. »

Collins but un peu de gin avant de tirer une enveloppe de sa veste. Il en sortit la photo du *Weekly Straits*, la déplia et posa le doigt sur un des visages.

« Cessons de finasser, Koo. Ce type-là, c'est Konicheff, et s'il était là au milieu de vos sbires, c'est que vous le connaissiez parfaitement. Il fait souvent la navette entre Marseille et Singapour et il est arrivé ici mercredi dernier sur le *Rajputana* de la P. & O. en compagnie d'une Française nommée Hélène Gautier. Tous deux avaient un billet pour Shanghai mais ne se sont pas présentés le lendemain au départ du bateau. Depuis, la fille a elle aussi disparu et je suis prêt à parier que c'est elle qui a tué Konicheff. Les épingles à chapeau sont une des armes favorites des prostituées européennes... »

Koo se laissa aller contre le dossier de sa chaise. « Voilà une bien triste histoire, inspecteur.

– Elle risque d'être encore plus triste pour vous, Koo, si je ne retrouve pas la Française vivante. »

Cette fois, le Chinois se pencha en avant, jeta un regard glacé à Chen puis fixa Collins droit dans les yeux. « Savez-vous, inspecteur, que c'est une faute de goût impardonnable de menacer quelqu'un qui vous offre l'hospitalité ? »

Collins eut un demi-sourire qui releva un bout de sa moustache et but une gorgée de gin. « Je ne suis pas venu en ennemi, Koo, sinon votre magnifique yacht grouillerait déjà de policiers sikhs en armes. La mort de Konicheff ne me fait ni chaud ni froid. Je suis venu pour discuter affaires et, pour ça, j'ai besoin de savoir ce qui s'est passé et ce qu'est devenue Hélène Gautier.

– Finalement, j'accepterais bien un verre de whisky », déclara Chen qui essayait de comprendre.

Koo profita du bref répit pour réfléchir. « Je vais vous raconter une histoire, inspecteur...

– Ça tombe bien, j'aime les histoires. Surtout quand elles sont contées par des spécialistes. »

Koo ne releva pas. Ses yeux devinrent deux échardes de verre plantées en biais dans le cuir de son visage. « Il y a quelque temps de cela, un ami à moi dont je tairai le nom m'a parlé d'un Blanc qui était venu d'Europe avec une très belle fille qui ne rêvait que de faire carrière à Shanghai. Mais l'homme l'a revendue à un puissant seigneur de Singapour sans le lui dire. Quand elle l'a appris, elle a fait celle qui acceptait son sort. La veille au soir du départ du Blanc, elle a tenu à faire avec lui un dernier tour de la ville. Par faiblesse, son nouveau propriétaire a accepté, mais en prenant la précaution de faire suivre discrètement le couple par deux de ses hommes. Malheureusement, alors que le couple s'était arrêté sur New Bridge pour regarder les sampans de la rivière Singapour, la femme a sorti une longue aiguille de son sac à main et a tué le Blanc qui a basculé dans l'eau.

– Et les hommes de main se sont saisis de la femme mais n'ont pas pu retrouver le Blanc tombé à l'eau avec l'argent de la transaction sur lui... », compléta Collins en jouant avec la pointe de sa moustache rousse.

Koo acquiesça. « Vos capacités de déduction vous font honneur, inspecteur.

– Et qu'est-ce que ce mystérieux seigneur de Singapour a décidé pour la femme ? » demanda Collins en tendant son verre pour que le majordome y remette de quoi faire flotter à nouveau le glaçon.

Le Chinois prit ce qui aurait pu passer pour un air désolé chez un dragon de Komodo. « La punition habituelle pour que cette femme se souvienne jusqu'à son dernier souffle de son erreur. Mais mon ami ne m'a pas dit combien de temps il avait mis à se décider à le faire. »

La punition habituelle..., songea Collins. Une marque indélébile sur le visage, l'intoxication à l'opium et l'abattage avec les coolies dans un bordel clandestin et crasseux jusqu'à ce que mort s'ensuive... Exit le beau rêve de Shanghai.

« À mon humble avis, la colère a été mauvaise conseillère pour ce seigneur, dit-il.

– Vous trouvez ? Qu'auriez-vous fait à sa place ?

– Je me serais penché un peu plus sur la psychologie de cette femme. En tuant le Blanc, elle ne voulait que se venger d'un homme qui l'avait trahie, pas désobéir au seigneur. La mansuétude de celui-ci l'aurait certainement touchée. D'autre part, imaginons un instant que la police retrouve le cadavre du Blanc, fasse la relation entre lui et la femme grâce aux billets de bateau, et entre lui et le seigneur à l'aide d'une banale photo de magazine. Que de tracasseries en perspective pour le seigneur, et ce en dépit de toutes les protections dont il pourrait bénéficier...

– Auriez-vous une solution à proposer pour résoudre ce problème ? » demanda Koo en trempant les lèvres dans son verre.

Collins haussa légèrement les épaules et jeta un regard rapide à Chen. « Oui, envoyer la femme sous une autre identité là où elle voulait aller, c'est-à-dire à Shanghai. Car je suppose que ce seigneur étend certainement ses activités jusque là-bas, n'est-ce pas ? Et je suis sûr qu'il n'aurait qu'à se louer ensuite d'une aussi sage décision.

– Mais ne perdrait-il pas la face en ayant laissé ainsi bafouer son autorité ?

– Réaliser une bonne affaire n'a jamais fait perdre la face à qui que ce soit. Par contre, transformer une créature capable de s'attirer les faveurs des hommes les plus riches de Shanghai en une épave humaine réservée aux coolies n'est pas faire preuve d'un grand sens du commerce. La vengeance est mauvaise conseillère lorsqu'elle est appliquée sans discernement. La femme dont vous me parlez est un bon exemple... »

Koo ferma les yeux une fraction de seconde. « Mais il reste le problème posé par la police », dit-il en les rouvrant d'un coup.

Collins se tourna vers son adjoint. « Fils, à ton avis, tu crois que l'enquête irait loin si la femme disparaissait définitivement de la colonie, et si personne ne voyait la photo du magazine, tellement compromettante pour ce seigneur dont notre hôte nous a conté l'histoire ? Et si l'argent retrouvé sur le cadavre du Blanc lui était restitué sans qu'il subsiste de trace, une accusation de proxénétisme aggravé aurait encore plus de mal à tenir, hein ? »

Chen déglutit péniblement et reposa son verre. « Euh... oui. Le meurtre finirait dans le registre des affaires non élucidées. Après tout, ce n'était qu'un voyou de second ordre et la police est très occupée. »

Le regard de Collins revint sur le Chinois. « Vous voyez ? Si vous rencontrez à nouveau votre ami, relatez-lui notre petite discussion. Bien, poursuivit Collins en regardant sa montre, il est temps pour nous de retourner aux affaires de ce bas monde. Merci de votre accueil, Koo. » Il se leva, imité par Chen.

« Vous êtes quelqu'un de bon conseil, inspecteur », déclara le Chinois de sa voix sifflante en se levant à son tour.

Collins s'approcha de lui avec un sourire un peu forcé. « Au fait, il y a un paquebot de la N.Y.K. qui part demain soir pour Shanghai. Le *Yasukuni Maru*. Je serai sur le quai avec la photo d'une certaine dame trouvée dans un portefeuille détrempé. Ainsi qu'une enveloppe. J'espère pouvoir la saluer lorsqu'elle montera à bord... »

Une fois dans la Ford garée devant le Fullerton, Chen poussa un soupir.

« Je sens que tu as quelque chose sur le cœur, fils », dit Collins en actionnant le démarreur.

Chen poussa un autre soupir. « Je n'ai rien sur le cœur. Je ne comprends pas très bien, c'est tout... Je croyais qu'on nous payait pour coffrer les criminels, pas pour faire échapper les prostituées à la justice et se commettre avec des crapules comme Koo. »

Collins regarda dans le rétroviseur et passa la marche arrière.

La boîte de vitesses émit un petit bruit de protestation lorsqu'il entreprit de sortir du parking le long du quai.

« Sans vouloir t'offenser, fils, tu réagis comme un bleu tout juste débarqué de l'école de la police et la tête bourrée de grands principes. Rechercher Hélène Gautier, c'était la condamner à mort d'une façon ou d'une autre. Même traqué par la Criminelle, et à condition qu'on nous laisse faire jusqu'au bout, Koo l'aurait éliminée sans le moindre regret pour ne pas perdre la face. N'oublie pas que pour lui, une fille n'est qu'un tiroir-caisse qui marche à coups de queue. »

Choqué, Chen se raidit légèrement, ce qui amusa Collins. La Ford s'engagea dans la circulation pour stopper bientôt à un carrefour où un agent indigène régulait le trafic avec ses « ailes » en osier.

« Mais imaginons un instant que nous puissions arrêter par miracle cette fille avant que Koo lui fasse la peau. Que se passerait-il, hein ?

– Elle ferait de la prison pour payer son crime, ronchonna Chen. À vous entendre, on croirait que ce n'est pas normal...

– Et après, on la remettrait dans le premier bateau pour la France.

– Oui, et alors ?

– La suite est simple à imaginer : elle reprendra tout de suite son ancien métier. Mais les juges de Singapour ne sont pas tendres pour les putains et après des années de prison, fini le tapin de luxe. Crois-moi, Hélène Gautier ne tardera pas à sombrer définitivement. Moralité, pour un meurtre qui nous rend plutôt service en éliminant un salopard de rabatteur et au nom d'une loi et d'un ordre qui se gardent bien d'interdire la prostitution, toi et moi, nous aurons contribué à détruire une vie de plus. Beau résultat, non ? »

L'agent de la circulation fit un quart de tour sur lui-même et Collins put reprendre sa route vers Robinson Road.

« Cette fille poursuit un rêve et, tant qu'il existera des juges et des politiciens bien-pensants qui iront se faire tailler des pipes le samedi soir dans des maisons de luxe, ce rêve en vaudra bien d'autres. Alors, qu'elle aille mener la grande vie à Shanghai et je lui souhaite bon vent ! »

Et je remercie le ciel qu'il existe des putains pour s'occuper aussi des abrutis comme moi, ajouta-t-il mentalement en revoyant, l'espace d'un éclair, le corps doré et enfantin de Lienhoua, venue elle aussi de bien loin pour vendre ses charmes et espérer en une vie un peu meilleure. Mais être une bête de somme sur un *kang* valait-il mieux que l'être dans une rizière du fin fond de la Chine ?

Derrière la crudité du langage, Chen sentit le trouble qui s'était emparé de l'inspecteur et ébaucha une esquisse de sourire. « Vous vous énervez, chef... »

Collins lui jeta un regard et retrouva un peu de son calme. « Non, je crois plutôt que je suis en train d'essayer de m'absoudre d'un de mes vices en commettant ce que j'espère être une bonne action... Bon, dès qu'on sera au bureau, fils, tu feras le rapport et la liste de ce qu'on a retrouvé sur le Russe. Il est temps de revenir à la paperasserie avant que McCraddle ne débarque avec ses brillantes conclusions.

– Mais sans mentionner les dollars américains, c'est ça ? laissa tomber Chen.

– Tu trouveras bien une enveloppe pour les emballer avant de me les apporter... »

IV

Le long quai de Tanjong Pagar était relativement désert en raison de l'heure avancée. La plupart des navires étaient recouverts d'une chape de silence ne laissant filtrer que les bruits de la vie réduite des équipages de garde.

Collins s'était garé non loin de l'Empire Dock. Il avait repéré la voiture qui les avait suivis depuis leur départ de Robinson Road et savait que Koo serait au rendez-vous. C'est à pied qu'il s'engagea avec Chen sur le quai bordé par la ligne des entrepôts fermés et gardés. Ils passèrent sous une des grues de chargement pointées vers le ciel étoilé et se dirigèrent vers l'unique rassemblement qui marquait la position du *Yasukuni Maru* dans la ligne de navires.

Ils rejoignirent les passagers et ceux qui étaient venus les accompagner au pied de la passerelle d'embarquement. Des marins japonais observaient l'agitation des derniers adieux d'un regard impassible. Les deux policiers firent le tour de la petite foule, essayant de découvrir à la lumière des projecteurs une femme dont le comportement et le physique pourraient correspondre à quelqu'un comme Hélène Gautier. Soudain, Chen posa la main sur le bras de Collins.

« Là, chef », dit-il en montrant un couple qui approchait après avoir surgi d'entre deux entrepôts. « Je vous parie que ce sont eux. »

La femme était grande et ses vêtements blancs épousaient parfaitement les courbes de son corps élancé. Son petit chapeau sombre laissait dépasser des cheveux blonds ramenés en chignon. L'éclairage cru des projecteurs lui donnait un air pâle, vaguement hagard, et gommait le relief de ses traits fins et de ses pommettes hautes. L'homme, un Blanc, portait une valise de taille normale et tenait la femme par le bras. On aurait dit un couple ordinaire mais les fréquents regards qu'elle lançait autour d'elle étaient un signe qui ne trompa pas Collins.

Celui-ci tira une photographie de sa poche de poitrine et la montra ostensiblement tout en jetant de fréquents coups d'œil en direction de la femme. L'homme qui l'accompagnait repéra vite Collins et lui sourit, tout en hochant la tête par deux fois.

Lorsque le couple passa non loin d'eux pour rejoindre le pied de la passerelle et embarquer, la femme détourna quelques secondes le visage vers Collins et esquissa à son tour un bref sourire. Des lèvres pleines, un petit nez volontaire, de grands yeux clairs. Elle avait de la classe et elle était vraiment très belle. Tous les atouts pour réussir dans le royaume du vice qu'était Shanghai. L'inspecteur eut l'impression de lire en elle une sorte de remerciement, comme si elle avait deviné qu'elle lui devait son salut. Collins eut alors la certitude que c'était bien Hélène Gautier et rempocha la photo qui représentait sa mère.

Il attendit que le couple soit à bord puis fit signe à Chen.

« Allons-y. Inutile d'attendre plus longtemps. Koo a compris où était son intérêt. »

Collins repéra immédiatement la limousine garée entre deux réverbères. La voiture qui les avait suivis avait disparu mais il était prêt à jurer qu'elle devait être tapie à proximité du dock, prête à intervenir au moindre problème.

« Évite les gestes suspects ou brusques, fils », jeta Collins en se dirigeant vers la longue Packard Super Eight noire aux lignes rehaussées par des filets or. « Ceux qui nous surveillent dans l'ombre doivent avoir la gâchette facile... »

L'inspecteur ne tarda pas à découvrir la silhouette de Koo, assis à l'arrière de la voiture. Le Chinois portait toujours le même chapeau en feutre et la mauvaise lumière accentuait encore la ressemblance de son visage avec un masque de cuir. La vitre était déjà baissée lorsque Collins posa sa chaussure gauche sur le marchepied reliant les deux ailes.

« Quelle coïncidence, inspecteur ! dit Koo. J'avais justement l'intention de vous faire savoir à quel point mon ami avait trouvé vos conseils judicieux. »

Collins hocha la tête puis passa la main à l'intérieur de son veston. Du coin de l'œil il vit le garde du corps assis près du chauffeur sortir à moitié son revolver.

« Koo, dites à votre domestique de ranger son artillerie. Si j'avais voulu vous piéger, ce serait déjà fait... »

Koo se pencha en avant. Il cracha une phrase en chinois et le garde rengaina son arme.

Entre-temps, Collins avait sorti une enveloppe. Il la lui tendit.

« Pendant que vous y êtes, vous donnerez aussi ça à votre ami... »

Le Chinois prit l'enveloppe, l'ouvrit, scruta un bref instant les billets encore gondolés par l'humidité. Cela fait, il la rendit à Collins.

« Mon ami m'a dit qu'un si bon conseil méritait un modeste cadeau de remerciement. »

Collins hésita une fraction de seconde. Il ne répondit rien et empoigna l'enveloppe avec une certaine brusquerie. « Au revoir, Koo », lâcha-t-il avant de se retourner et de se diriger vers son adjoint.

Le Chinois le regarda s'éloigner avec un petit sourire de satisfaction.

« Tiens-moi cette foutue enveloppe, fils, dit Collins quand il eut rejoint Chen. Comme ça, à la verticale. »

Chen obéit et fronça les sourcils en voyant l'inspecteur sortir une boîte d'allumettes. Une flamme jaillit pour s'attaquer à un des coins inférieurs de l'enveloppe.

« Mais...

– Tourne-toi, qu'il voie bien ce que nous sommes en train de faire. »

Le sourire de Koo s'effaça mais sans laisser place à la colère. Le Chinois remonta sa vitre et Collins le vit faire un geste vers le chauffeur. Une seconde plus tard, les phares ronds de la limousine s'allumèrent et le moteur se mit à ronronner. La Packard s'éloigna alors du trottoir avant de passer devant eux pour filer vers Anson Road et le centre-ville.

Les flammes obligèrent bientôt Chen à lâcher ce qui restait de l'enveloppe. Collins écrasa les derniers bouts de papier enflammés et donna une claque dans le dos à Chen.

« Fils, j'ai comme l'impression que Koo croyait que nous allions maintenant élever les cochons ensemble... »

Chen hocha la tête avec une expression amusée. « Il semble en effet que l'âme torturée d'un policier anglais puisse se révéler impénétrable à la subtilité asiatique.

– Tu sais aussi bien que moi que la seule chose qui puisse stopper la subtilité de Koo et de ses confrères, c'est un gilet pare-balles, grommela Collins. Alors, arrête de dire des insanités et allons boire un verre chez Mama Wang. On lui doit bien ça, non ? »

Le voile des apparences

ELIZABETH GEORGE

Adele Manners jeta un dernier coup d'œil à sa chambre. Le lit était fait, les vêtements rangés : rien ne pouvait la trahir.

Elle ferma la porte et descendit rejoindre les autres membres du séminaire pour le petit déjeuner. La salle à manger retentissait du cliquetis des couverts et du brouhaha des conversations. Comme d'habitude une voix perçante s'élevait au-dessus des autres, cherchant à attirer l'attention. Adele grimaça en l'entendant.

« Hypoglycémie. Hy-po-gly-cé-mie. Vous savez ce que c'est ? »

Adele doutait que quiconque puisse encore l'ignorer : depuis deux semaines qu'ils étaient à Saint Stephen College, Noreen Tucker n'avait pas perdu une seule occasion de disserter sur l'hypoglycémie – entre autres. Voyant que cela s'annonçait de nouveau, Adele décida de s'installer ailleurs avec son assiette d'œufs brouillés-saucisses. Alors qu'elle allait s'éloigner, Howard Breen s'approcha d'elle en souriant. « Vous venez ? » dit-il en emportant sa propre assiette vers la table où Noreen Tucker trônait comme une reine, attifée d'un modèle Laura Ashley qui eût mieux convenu à une adolescente qu'à un auteur de romans à l'eau de rose proche de la cinquantaine. Adele se sentit piégée. Elle aimait bien Howard Breen. Depuis cette première rencontre où, en se cognant l'un à l'autre, ils avaient découvert qu'ils étaient voisins de palier dans l'escalier L, il avait toujours été très gentil avec elle, sachant à la fois voir au-delà de son calme apparent et respecter le secret qu'elle gardait sur ses peines. C'était une qualité rare chez un ami. Adele appréciait cela. Elle appréciait Howard Breen. Elle le suivit.

« Je suis une vraie martyre de l'hypoglycémie, affirmait vigoureusement Noreen. Ça m'épuise. Si je ne faisais pas très attention… »

Pour échapper à ce bavardage Adele balaya la pièce du regard, s'engageant dans une récapitulation mentale de tout ce qu'elle avait appris durant ces deux semaines de cours sur les Demeures et Châteaux de l'aristocratie anglaise : *pilastres à lettres d'or surmontés d'un fronton segmenté…* Elle sourit avec une ironie amère à l'idée que ce séjour à Cambridge allait faire d'elle une quasi-encyclopédie de détails architecturaux. Se farcir la tête d'informations qu'on n'utiliserait jamais était sans doute un bon moyen d'évacuer le problème qu'on ne voulait pas affronter.

Non, pensa-t-elle. *Pas question. Pas maintenant.* Mais sa pensée revint à lui, inévitablement. Même si tout était fini entre eux, même si c'était sa propre décision et non celle de Bob, elle ne pouvait se débarrasser de son souvenir. Elle était incapable de l'enterrer une fois pour toutes comme il le méritait. Elle avait pourtant pris une décision : mettre fin à cette liaison et à cinq années d'angoisse ; en s'inscrivant à ce séminaire d'été à Saint Stephen College, elle espérait que la rencontre de gens intéressants lui permettrait d'une façon ou d'une autre d'oublier l'humiliation d'avoir vécu cinq ans dans l'attente qu'un homme marié quitte sa femme pour elle. Mais il était terriblement difficile d'évincer Bob de sa mémoire – et Noreen Tucker n'était certes pas l'incarnation des brillants esprits qu'Adele espérait trouver à Cambridge.

Elle serra les dents tandis que Noreen poursuivait : « Je ne sais pas ce qui serait arrivé si à ce moment-là Ralph n'avait pas insisté pour que j'aille chez un docteur. Toujours cette sensation de faiblesse dans les genoux. Toujours au bord de l'évanouissement. Et quand j'ai eu ce malaise sur l'autoroute… Sur l'autoroute ! Si à ce moment-là Ralph n'avait pas attrapé le volant… » Lorsque Noreen frissonnait, les rubans de son chapeau de paille frémissaient en manière d'approbation. « C'est pourquoi je garde toujours avec moi mes fruits secs. Enfin, maintenant Ralph les garde pour moi. Si je ne les prends pas pile à l'heure – dix heures du matin, trois heures et huit heures du soir – je m'anéantis positivement. N'est-ce pas, Ralph ? »

Adele ne fut guère surprise que Ralph ne réponde rien. Elle ne pouvait se rappeler une seule fois où il ait répondu de façon satisfaisante aux questions de sa femme. Pour l'instant il baissait la tête, le regard plongé dans son bol de corn flakes.

« Tu as bien pris mon mélange, Ralph ? insista Noreen Tucker. Ce matin nous faisons l'excursion au manoir Abinger, et d'après ce que j'ai pu voir sur le prospectus, nous allons beaucoup marcher. J'aurai besoin de mes fruits secs. Tu ne les as pas oubliés au moins ? »

Ralph secoua la tête.

« Parce que la semaine dernière tu les as oubliés, mon ange, et le conducteur du bus était assez furieux contre nous quand nous avons été obligés de nous arrêter à trois heures pour que je me trouve quelque chose à grignoter. »

Ralph secoua la tête.

« Tu vas vraiment y penser cette fois ?

– Ils sont en haut dans la chambre, mon chou. Mais je ne les oublierai pas.

– Tant mieux. Parce que… »

Il était difficile de croire que Noreen puisse indéfiniment continuer comme ça sans se rendre compte à quel point elle était ennuyeuse ; pourtant elle jacassa encore quelques bonnes minutes avant que l'arrivée de Dolly Ragusa crée une diversion.

Adele remercia intérieurement le ciel d'avoir pitié d'eux. Elle n'en aurait pas voulu à Dolly de prendre place à une autre table : occupant la chambre en face de la leur au premier étage de l'escalier M, elle avait plus qu'aucune autre le droit d'éviter les Tucker ; sans doute devait-elle connaître par cœur tous les ennuis de santé de Noreen Tucker. Les mots *mon pauvre sang* étaient encore dans l'air quand Dolly les rejoignit, un feutre noir posé sur ses longs cheveux blonds. Elle fronça le nez, fit rouler ses yeux et lança un grand sourire.

Adele sourit aussi. Il était impossible de résister à Dolly. À vingt-trois ans, avec sa licence d'histoire de l'art de l'université de Chicago, elle était la plus jeune de ce séminaire sur les Demeures et Châteaux, mais elle traitait les autres étudiants d'égal à égal avec une aisance qu'Adele admirait – et enviait. La jeunesse de Dolly était intacte, aucun regret ne l'avait encore abîmée. Ce n'était pas le genre de fille à avoir la stupidité d'aimer un homme qui ne l'aimerait pas en retour. Dolly n'avait rien d'une faible femme, Adele s'en était tout de suite rendu compte.

Dolly empoigna le pichet de jus d'orange. « Les Clearey ont eu une sérieuse empoignade ce matin. Vers six heures et demie. J'ai cru que Frances allait jeter Sam par la fenêtre. Vous les avez entendus, vous ? »

La question s'adressait directement au couple Tucker mais c'est Noreen qui répondit, en finissant de lisser le col marin de sa robe. « Une dispute ? »

La question semblait posée d'un ton anodin mais Adele sentit que la nouvelle avait piqué la curiosité de Noreen. Elle ne cachait d'ailleurs pas son intérêt pour Sam Clearey, un agrégé de botanique de Berkeley.

« C'était dingue, poursuivit Dolly. Apparemment, Sam venait juste de rentrer. À six heures et demie du matin ! Incroyable, non ? Il a passé la nuit dans une autre chambre. » Elle sourit de toutes ses dents. « J'adore ce genre d'histoires, pas vous ? C'est comme si on se retrouvait au lycée. Avec qui croyez-vous qu'il était ?

– Pas moi en tout cas, répondit Adele. J'ai bien peur que vous ne soyez beaucoup plus son style de fantasme. »

Dolly s'esclaffa. « *Moi ?* Mais enfin, Adele, il a au moins la soixantaine ! » Elle enroula une boucle de cheveux autour de son doigt et parut songeuse. « C'est vrai qu'il est plutôt bien pour un papy. Avec tous ces cheveux blancs… et sa façon de s'habiller. Je me demande qui se l'est emballé ?

– Je l'ai vu hier soir au bar avec cette blonde du cours Austen, suggéra Howard Breen. Ils avaient l'air assez intimes. »

Noreen Tucker fit la moue. « J'ai peine à croire qu'il s'intéresserait à une divorcée de quarante-neuf ans avec trois adolescents et des cheveux teints. C'est un professeur du supérieur, Howard. Il a du goût. Et de l'intelligence. Et de la classe.

– Merci. Vous parliez de moi je suppose ? » Cleve Houghton se glissa à côté de Dolly Ragusa avec une assiette lourdement chargée d'œufs, saucisses, tomates grillées et champignons.

Adele sentit que la tension se relâchait un peu à l'arrivée de Cleve. En révélant que Sam Clearey avait montré de l'intérêt pour une autre femme, Howard Breen avait sans le vouloir déclenché la colère de Noreen. Et Noreen n'était pas femme à laisser passer ce genre de chose sans répliquer. Pour le moment la présence de Cleve l'empêchait de s'y employer.

« Couru dix kilomètres ce matin, disait-il. Dans la cambrousse jusqu'à Granchester. Vous devriez tous essayer… Bon sang, c'est le meilleur exercice qu'un homme puisse trouver ! » Il rejeta ses cheveux en arrière et contempla Adele avec un sourire lascif. « Disons le *deuxième* meilleur exercice. »

Le rouge monta aux joues d'Adele. Elle froissa sa serviette au creux de sa main.

« Le plus merveilleux, Cleve – mais en compagnie du sexe opposé. » Le regard de Noreen Tucker était avidement fixé sur l'aspect le plus saillant de la silhouette de Cleve Houghton : ses cuisses musclées, sculptées par le jean. Il avait cinquante ans mais en paraissait bien dix de moins.

« Bien sûr. En compagnie du sexe opposé, répliqua Cleve Houghton en attaquant ses œufs. Je ne vois pas ça autrement.

– Je l'espère bien, renchérit Noreen. Rien de pire qu'un homme qui s'égare en s'amourachant d'un autre, n'est-ce pas ? Je traite justement de ce sujet dans un de mes romans. Une femme tombe amoureuse d'un homosexuel et le sauve. Quand il se rend compte de ce que c'est que d'être normal et d'avoir une femme, ça le fait craquer. Tout simplement. Je l'ai intitulé *La Semence de la passion*. Semence me paraissait spécialement approprié. D'ailleurs, il me semble qu'il y a quelque chose dans la Bible à propos du gaspillage de la semence, non ? Et c'est tout à fait ce qui se passe avec ces homosexuels. Si vous voulez mon avis, il leur faudrait simplement une vraie femme, bien féminine, et on n'en parlerait plus. Vous ne croyez pas, Howard ? »

Adele fit une prière express pour que Howard Breen laisse passer cette pique sans y répondre, mais Noreen était allée trop loin pour lui.

« J'ignorais complètement que vous aviez fait des recherches dans ce domaine, dit il.

– Moi… des recherches ? » Noreen posa la main sur sa poitrine d'un air innocent. « Ne soyez pas ridicule. Il est seulement logique d'envisager que si un homme et une femme… Mon Dieu, ce n'est certainement pas à *vous* qu'il faut décrire ce qui paraît évident. De plus, un véritable artiste fait appel à sa créativité et peut prendre des libertés avec…

– Quoi ? La réalité ? La vérité ? » Howard semblait répondre avec enjouement, mais Alice voyait bien la crispation des muscles de sa main, et elle savait parfaitement que Noreen la remarquerait aussi.

Noreen se pencha par-dessus la table pour lui tapoter gentiment le bras. « Allons, Howard, dites-nous tout : seriez-vous l'un de ces libéraux de San Francisco qui ont une demi-douzaine d'homosexuels parmi leurs amis ? Vous ai-je offensé personnellement ? Vous savez, je suis simplement une femme un peu vieux jeu qui aime les belles histoires d'amour. Et une véritable histoire d'amour ne peut se passer, comme chacun sait, qu'entre un homme et une femme. Vous êtes au courant, je pense ? » Elle lui sourit froidement. « Et si vous ne l'êtes pas, demandez à Dolly, ou à Cleve. Ou même à Adele. »

Howard Breen se leva. « Je crois que je remettrai ce plaisir à plus tard », dit-il. Et il quitta la table.

« Zut, qu'est-ce qui lui prend ? » s'étonna Dolly, la fourchette en l'air.

Cleve Houghton leva une main et la laissa retomber mollement au bout de son poignet. « Un petit effort. Ce n'est pas très difficile à comprendre. De toute évidence, je suis beaucoup plus le genre d'Howard que vous.

– Oh ! Cleve ! » Noreen Tucker se mit à glousser, mais Adele vit clairement l'étincelle de méchanceté triomphante qui passait dans ses yeux. Elle s'excusa auprès d'eux et partit à la recherche d'Howard.

Elle ne le retrouva pas avant neuf heures moins le quart, quand elle rejoignit les autres participants du séminaire à leur lieu de rendez-vous : l'entrée royale de Saint Stephen College. Appuyé à l'arche du portail, il fourrait son panier-repas dans un sac à dos en piteux état.

« Ça va ? » demanda Adele d'une voix qu'elle voulait naturelle tout en prenant son propre panier-repas dans le casier où les cuisiniers les avaient déposés.

« J'ai marché le long de la rivière pour me calmer. »

Quoi qu'il en dise, Howard n'avait pas l'air si serein. Il y avait dans ses traits une tension qui n'était pas là auparavant. Consciente du mensonge auquel elle se livrait, Adele affirma : « Je ne pense pas que Noreen l'ait fait exprès, Howard. De toute évidence, elle n'est pas au courant en ce qui vous concerne, sinon elle ne se serait pas permis d'aborder le sujet. »

Il eut un rire bref, sans gaieté. « Ne vous y trompez pas. C'est une vipère. Elle savait parfaitement ce qu'elle faisait.

– Hé, vous deux, un sourire ! » À un peu plus de dix mètres, Dolly tenait son appareil photo en équilibre, réglant le diaphragme d'un gigantesque téléobjectif.

« Que pensez-vous prendre avec ça ? Nos narines ? » lança Howard. Et Adele sentit dans sa voix ce changement d'humeur immédiat que Dolly avait le don de provoquer chez les gens.

Celle-ci éclata de rire. « C'est un macro-zoom, espèce d'andouille. Grand angle, gros plan : on peut tout faire avec.

– Pourquoi vous trimbalez-vous partout avec un truc pareil ? Ça doit être une vraie plaie », dit Cleve Houghton qui enfilait son sweater non loin d'eux.

Dolly prit une photo de lui avant de répondre. « Les historiens d'art ont toujours un appareil photo collé à la figure, comme un appendice supplémentaire. C'est à ça qu'on nous reconnaît.

– Je croyais plutôt que c'était à ça qu'on reconnaissait les touristes japonais », dit Sam Clearey qui venait de contourner la haie d'ifs séparant la cour principale de l'intérieur du collège. Comme pour les autres excursions, il était élégamment vêtu de tweed, et ses cheveux blancs étincelaient dans la lumière matinale. À quelques pas derrière lui, sa femme avait l'air ravagé, les yeux injectés de sang et le nez enflé.

À voir ainsi Frances Clearey, Adele reconnut en elle une compagne d'infortune et en eut un pincement au cœur. *Les hommes sont vraiment des salauds*, pensa-t-elle, et elle s'apprêtait à rejoindre Frances pour lui offrir la diversion d'un bavardage quand Victoria Wilder-Scott déboula de l'escalier Q et se précipita vers eux, bloc-notes en main. Ses lunettes étaient perchées sur le haut de son crâne et elle louchait sur ses étudiants comme si elle se demandait pourquoi ils étaient si flous.

« Ah oui, mes lunettes ! Bon », dit-elle en les abaissant sur son nez. Et elle continua jovialement : « Vous avez tous lu vos brochures évidemment ? Et la partie sur les châteaux des îles ? Vous savez donc que nous avons des dizaines de choses à voir au manoir Abinger. La superbe collection d'argenterie rococo que vous avez pu voir dans votre manuel. Les tableaux de Gainsborough, Le Brun, Lorrain, Reynolds. Ce délicieux petit Whistler. Le Holbein. Quelques meubles tout à fait remarquables. Les jardins sont absolument exquis et le parc… Bon, évidemment nous n'aurons pas le temps de tout voir mais nous tâcherons de faire au mieux. Vous avez vos blocs-notes et vos appareils photo ?

– Dolly a l'intention de prendre des photos pour tout le monde », lança Howard, alors qu'elle en prenait précisément une de leur instructrice et faisait volte-face pour en prendre une autre d'Howard et Adele.

Victoria Wilder-Scott jeta un coup d'œil à la jeune femme et son visage s'épanouit. Elle n'avait jamais caché que Dolly était sa préférée. Comment en eût-il été autrement ? Elles partageaient une même connaissance de l'histoire de l'art et une passion commune pour les objets d'art.

« Bon. On peut y aller ? demanda Victoria. Tout le monde est là ? Non. Où sont les Tucker ? »

Ils arrivèrent précisément au moment où elle posait la question, Ralph fourrant un sac en plastique de fruits secs dans les poches de sa saharienne tandis que Noreen se penchait pour prendre leurs paniers-repas, ouvrait le sien et grimaçait à la vue de son contenu. Elle lança ensuite un coup d'œil complice à Sam Clearey, comme s'il s'agissait d'une plaisanterie entre eux.

Ayant rassemblé tous ses étudiants, Victoria Wilder-Scott leva son parapluie pour indiquer la route. Ils sortirent du collège, traversèrent le pont et descendirent Garret Hostel Lane jusqu'au minibus.

Adele pensa que Noreen allait mettre cette marche à profit pour se réconcilier avec Howard car la romancière les rejoignit avec une célérité qui laissait supposer les meilleures intentions. Mais il apparut bientôt que le véritable objet de son intérêt était Sam Clearey, qui trouvait sans doute que marcher en compagnie d'Howard et Adele était préférable au silence accusateur de sa femme. Noreen glissa sa main au creux de son coude. Elle sourit à Howard et Adele d'un air entendu comme pour les inviter à devenir complices de tout ce qui allait suivre.

Cette idée révulsa Adele, qui hésita entre accélérer le pas pour distancer Noreen et rester où elle était dans l'espoir qu'elle pourrait peut-être protéger Sam, faute d'en avoir été capable pour Howard. L'attitude la plus noble l'emporta et elle resta avec le petit groupe, se maudissant d'être aussi fleur bleue mais ne pouvant se résoudre à abandonner Sam aux mains de Noreen, même s'il méritait largement cinq minutes de ses propos acérés. Qu'elle affûtait déjà, c'était visible.

« J'ai cru comprendre que vous avez été un vilain garçon hier soir, entama Noreen. Les murs ont des oreilles, savez-vous. »

Sam ne semblait pas d'humeur à être taquiné. « Ils n'en ont pas besoin. Frances crie assez fort.

– Aurons-nous le plaisir de connaître le nom de l'heureuse élue ? Non, ne dites rien, laissez-moi deviner. » Noreen fit jouer ses doigts le long de ses cheveux. Elle les portait à l'épaule avec une frange, coupés dans le style petit page et beaucoup trop foncés pour son teint.

« Avez-vous lu la brochure sur le manoir Abinger ? » demanda Adele.

C'était une bien piètre tentative pour contrecarrer Noreen et celle-ci reprit, sans même jeter un coup d'œil à Adele : « Je doute que notre Sam ait eu beaucoup de temps à consacrer à la lecture, Adele. Les affaires de cœur passent toujours avant tout, n'est-ce pas ? » Elle eut un petit rire affecté. « Demandez donc à notre Dolly. »

Le rire de Dolly retentit devant eux. Elle marchait près de Cleve Houghton, d'une démarche sautillante. Elle désignait les flèches de Trinity College à leur droite et secouait vigoureusement la tête pour souligner son commentaire.

Il semblait hors de propos que Noreen laisse de côté ses investigations sur la nuit précédente et choisisse Dolly pour nouvelle cible alors qu'elle avait Sam à sa merci. C'était sans compter avec le goût de Noreen pour l'humiliation publique, d'autant qu'il n'y avait aucune chance pour que Dolly puisse l'entendre.

« Regardez-les, dit-elle. Dolly est une chercheuse d'or qui a trouvé le bon filon.

– Cleve Houghton ? s'étonna Howard. Il doit être plus vieux que son père.

– L'âge n'a aucune importance. Il est médecin, divorcé et bourré d'argent. J'ai entendu Dolly soupirer et s'extasier sur ces diapositives que Victoria nous a montrées. Vous voyez lesquelles. Cleve est exactement le genre d'homme qui pourrait lui offrir ça : des tableaux, des bijoux, des antiquités… Et croyez-moi, il en serait ravi. »

Sam Clearey semblait plongé dans l'examen de ses chaussures impeccablement cirées. Il s'éclaircit la gorge. « Je ne pense pas qu'elle soit le genre de fille à… »

Noreen lui serra le bras. « Quel gentleman vous faites, Sam. Mais vous ne les avez pas vus hier soir au bar. Lorsque Cleve dissertait sur l'art de séduire les femmes en apprenant à connaître leur âme et en s'adressant à leur esprit. Pendant tout ce discours il avait les yeux rivés sur Dolly. Demandez à Adele, qui était juste à côté de lui et buvait chacune de ses paroles. N'est-ce pas, ma chère ? »

Les dents de Noreen étincelèrent d'un sourire féroce, et pour la première fois Adele sentit que la morsure lui était destinée. Elle frissonna à l'idée que rien n'échappait à Noreen : elle avait effectivement écouté tout ce que disait Cleve, absolument *tout*.

« Notre petite Dolly aime à jouer les vierges effarouchées, conclut placidement Noreen. Mais si Cleve Houghton a fait dix kilomètres ce matin, je suis prête à parier que c'était entre les jambes de Dolly. »

Sam Clearey se rembrunit. Il était difficile de dire si c'était de gêne ou de colère car il fut attentif à ne montrer ni l'un ni l'autre quand il l'interrogea. « Comment diable pouvez-vous savoir une chose pareille ? »

Noreen le gratifia d'un tendre regard. « Sa chambre est en face de la mienne sur le palier. Et je vous l'ai déjà dit, Sammy : les murs ont des oreilles. »

Sam ôta la main de Noreen, qui était encore sur son bras. « Bien sûr. Bon, si vous voulez bien m'excuser, je crois que je ferais mieux d'aller voir Frances. »

Une fois qu'il fut parti, Noreen sembla trouver un moindre intérêt à la compagnie d'Howard et Adele et elle les quitta pour rejoindre son mari.

« Vous pensez toujours qu'elle n'a aucune intention de blesser ? » Comme Adele ne répondait pas, Howard jeta un coup d'œil de son côté.

Elle essaya de sourire et de prendre un air dégagé, mais sans succès, et se détesta de perdre ainsi contenance devant lui. Comme elle s'en doutait, Howard voyait au-delà des apparences.

« Elle a fait mouche », dit-il.

Le regard d'Adele alla de Dolly Ragusa à Cleve Houghton et à Sam Clearey. Elle avait parfaitement compris le message de Noreen. Sa perfidie ne l'empêchait pas d'être lourd – et tout à fait clair. Comme l'était le message à l'intention d'Howard au petit déjeuner. Et comme l'était certainement celui qu'elle destinait à Sam Clearey, quel qu'il soit.

« C'est une vipère », reconnut Adele.

Le plus douloureux de ces quelques instants avec Noreen était que sa cruauté avait tout fait resurgir d'un seul coup. Peu importait que ses paroles n'aient pas de correspondance directe avec le passé ; ses affirmations voilées affectaient plus Adele qu'une simple intrusion dans sa vie privée. Elles l'obligeaient à se souvenir.

Le minibus bringuebalait lourdement sur la petite route. Des panneaux de signalisation surgissaient par intermittence : Little Abington, Linton, Horseheath, Haverhill. Autour d'Adele, le bruit des conversations couvrait la voix amplifiée de Victoria Wilder-Scott qui, depuis l'avant du bus, déversait sur eux son interminable monologue. Adele se mit à regarder fixement à travers la vitre.

Au moment de sa rencontre avec Bob elle avait trente et un ans et était divorcée depuis trois ans. Lui avait trente-huit ans et son mariage durait depuis onze ans. Il avait trois enfants et une femme qui cousait, balayait, repassait et préparait les repas. Elle était fidèle, dévouée, et il pouvait s'appuyer sur elle. Mais elle était sans passion, à ce qu'en disait Bob. Elle ne savait pas toucher son âme. Seule Adele possédait ce don.

Et Adele l'avait cru. Il le fallait. Le croire redonnait quelque dignité à ce qui autrement n'eût été qu'une histoire sordide.

Élevée à un plan spirituel, leur relation se trouvait justifiée. Mieux : sanctifiée. Ayant trouvé en lui l'âme sœur, elle devint experte à se convaincre qu'elle ne pouvait vivre sans lui. Et à quelle allure cinq années étaient passées comme ça ! Avec quelle facilité elles avaient détruit sa maigre confiance en elle !

Cela faisait maintenant deux mois que Bob était sorti de sa vie et elle se sentait comme une plaie ouverte. « Tu me reviendras, avait-il dit. Jamais tu ne trouveras avec un autre homme ce que tu as avec moi. » Et il avait raison. La suite l'avait confirmé.

« Ça ne sert à rien. Il n'y a pas assez de lumière à l'intérieur du bus. »

Adele se redressa pour voir que Cleve Houghton se moquait de Dolly Ragusa. Agenouillée face à lui sur le siège précédant le sien, elle braquait son appareil photo sur son visage basané.

« Mais si ! » *Clic.* Et pour confirmer : *reclic.*

« Très bien. Alors laissez-moi en prendre une de vous.

– Pas question !

– Allez... » Il tendit le bras.

Elle lui échappa en détalant dans l'allée centrale. Se déplaçant entre les sièges, elle prenait des clichés des passagers les uns après les autres. Ralph Tucker somnolant avec sa main contre la vitre, Howard Breen lisant la brochure sur le manoir Abinger, Sam Clearey se détournant du spectacle extérieur à l'appel de son nom.

Depuis l'avant, Victoria Wilder-Scott continuait son discours sur le manoir. « ... la famille demeura fidèlement royaliste jusqu'au bout. Dans la tour nord vous verrez la cellule dans laquelle Charles Ier se cacha avant de fuir vers le continent. Et dans la grande galerie vous essaierez de trouver où se dissimule la porte Gibb. C'est par cette porte que le roi Charles...

– Est-ce qu'elle pense que nous ne sommes pas capables de lire la brochure ? Pour l'amour du ciel, nous savons déjà tout en ce qui concerne les tableaux, les meubles et les babioles en argent. » Noreen Tucker examina ses dents dans le miroir de son poudrier. Elle en effaça une trace de rouge à lèvres et se leva – apparemment dans l'intention de rejoindre Sam Clearey, qui n'était pas assis à côté de sa femme.

Adele s'agita sur son siège. Ses yeux croisèrent ceux de Houghton. Son regard était direct et sans dissimulation, du genre à vous déshabiller pour évaluer ce qu'il y avait dessous.

Il lui sourit, la paupière lourde. « Quelque chose vous tracasse ? »

Un éclat de rire de Dolly offrit à Adele une excuse pour ne pas répondre. Perchée sur l'accoudoir du fauteuil de Ralph Tucker, elle parlait à Frances Clearey. L'expression de son visage était animée et elle accompagnait ses paroles de grands gestes des mains.

« Je trouve super que Sam et vous fassiez des choses ensemble, disait Dolly. Ce séminaire à Cambridge par exemple. J'ai essayé de convaincre mon copain de venir, mais il n'a même pas consenti à examiner la question. »

Frances fit un effort pour sourire, mais son attention était manifestement fixée sur Noreen Tucker, qui s'était laissée tomber dans le fauteuil libre à côté de son mari.

« Vous faites ça tous les étés ? demanda Dolly.

– C'est la première fois. » Le regard de Frances fila sur le côté alors que Noreen éclatait de rire en penchant la tête vers Sam Clearey.

Dolly se mit à discourir joyeusement. Adele vit qu'elle changeait de place, pour que son corps fasse écran entre Frances et les deux autres. « Je vais raconter ça à David – David, c'est mon copain. Ce que vous faites. Pour qu'un mariage puisse durer, il me semble que mari et femme doivent partager des centres d'intérêt. Et en même temps se laisser du temps libre. Comme vous et Sam. David et moi… il peut se montrer vraiment possessif.

– Dans ce cas, c'est étonnant qu'il ne vous ait pas accompagnée.

– Oh, tant qu'il s'agit d'étudier… David ne s'inquiète pas tant qu'il y va d'histoire de l'art. C'est comme lui et ses singes. Il est anthropologue. Les alouates.

– Les alouates ? »

Dolly leva son appareil et prit une photo de Frances. « Les singes hurleurs. C'est ça qu'il étudie. » Elle eut un grand sourire. « Leurs crottes, vous imaginez ? Quand je lui demande ce qu'on peut bien apprendre en observant des crottes de singes au microscope, il répond que les observer ça va encore. Les ramasser, ça c'est l'enfer ! »

Frances éclata de rire, imitée par Dolly. Celle-ci prit une autre photo et ressauta dans l'allée.

Adele s'émerveilla de la façon dont la jeune femme avait su sortir Frances de ses soucis, ne fût-ce qu'un instant. Elle avait su insister avec subtilité sur la force des liens de son mariage plutôt que de la laisser ruminer dans sa solitude ses évidentes faiblesses. Noreen Tucker ne compte pas, les autres femmes ne comptent pas, disait-elle. Sam est à vous.

Dolly avait décidément une attitude très insouciante à l'égard de la vie. Et pourquoi en serait-il autrement ? Elle avait son avenir devant elle, simple et sans soucis. Elle n'avait encore aucune cicatrice, aucun passé pour la hanter. Elle était, au fond, si merveilleusement jeune.

« Pourquoi êtes-vous si sérieuse ce matin ? interrogea Cleve Houghton, interpellant Adele depuis l'autre côté de l'allée. Arrêtez de tout prendre au sérieux. Essayez de vous amuser. Il faut profiter de la vie ! »

Adele sentit sa gorge se serrer. Elle en avait tout simplement assez de la vie.

Clic.

« Adele ! » Dolly était de retour avec son appareil.

Lorsqu'ils furent parvenus à destination, la vue du manoir Abiger tira Adele de ses sombres pensées. De l'autre côté des douves parsemées de nénuphars, deux tours crénelées gardaient l'entrée du bâtiment principal. Elles comptaient cinq étages et, de chaque côté, des pignons à encorbellements étaient surmontés de cheminées incroyablement hautes et ouvragées. Des fenêtres en saillie, ajoutées par la suite, avançaient sur les douves, offrant le spectacle de l'immense jardin, bordé d'un côté par une haie d'ifs et de l'autre par un mur de brique contre lequel s'épanouissait une bordure vivace de lavande, d'asters et de dianthus. Les étudiants du séminaire sur les grandes demeures de l'aristocratie anglaise s'éparpillèrent dans le jardin, disposant d'un quart d'heure pour l'explorer avant le début de la première visite guidée du manoir.

Adele nota qu'ils ne seraient pas les seuls visiteurs de la matinée. Un car déchargea une horde d'Allemands qui se joignirent à Dolly Ragusa pour photographier chaque millimètre du jardin et l'extérieur du manoir. Deux familles au complet entrèrent dans le labyrinthe et tout le monde commença à se chamailler dès qu'ils eurent perdu leur chemin. Un beau couple sortit d'une Bentley métallisée qui venait de se garer dans le parking et resta à discuter près des douves. Un instant, Adele pensa que ces nouveaux venus étaient en fait les propriétaires du manoir : ils étaient extrêmement élégants et la Bentley laissait supposer une aisance qui ne s'accordait pas avec les visites de manoirs. Ils rejoignirent pourtant les autres dans le jardin, et comme ils marchaient nonchalamment près d'Adele, celle-ci put entendre des bribes de leur conversation.

« Tommy, mon chéri, je ne me souviens pas d'avoir accepté de venir ici. Quand ai-je dit oui ? C'est encore une de tes farces ?

– Canapés au saumon, répondit l'homme inexplicablement.

– Canapés au saumon ?

– Je t'ai soudoyée, Helen. Au début de la semaine dernière. Un pique-nique. Canapés au saumon. Stilton. Tarte aux fraises. Vin blanc.

– Ah, *ces* canapés-là… »

Ils eurent un rire discret. L'homme passa un bras autour de l'épaule de sa compagne. Grand, très blond, les traits bien dessinés, c'était le type même du beau gaillard. Elle était brune, svelte avec un visage ovale. Leurs démarches s'accordaient à la perfection. Des amants, pensa Adele tristement, et elle s'efforça de regarder ailleurs.

Quand la cloche les appela pour le début de la visite guidée,

Adele se précipita avec joie, espérant de la distraction, sans soupçonner à quel point elle allait en avoir.

Leur guide, une jeune femme dans les vingt-cinq ans, avec des boutons sur le menton, trop de mascara et un air très déterminé, avait un débit saccadé. Ils se trouvaient dans les enceintes d'origine. Celle de gauche était d'époque. Ils pourraient admirer ses bas-reliefs quand ils passeraient de l'autre côté. Ils étaient priés de rester en groupe et de ne pas franchir les cordons de démarcation… Les photos sans flash étaient autorisées.

Comme le groupe avançait, Adele se retrouva coincée entre deux matrones allemandes qui auraient eu grand besoin d'un bon bain. Elle respira prudemment et fut soulagée d'arriver dans la grande salle de réception, dont la taille permit à la foule de s'éparpiller.

C'était une pièce magnifique. Tout ce que Victoria Wilder-Scott, leur manuel et la brochure sur le manoir Abinger leur avaient promis. Tandis que leur guide leur en détaillait les caractéristiques, Adele prenait scrupuleusement note de la haute voûte du plafond, de la tribune des musiciens aux entrelacs compliqués, des tapisseries, des portraits, de la cheminée, du sol de marbre. Autour d'elle on réglait les appareils photo et les déclencheurs cliquetaient. C'est alors qu'elle entendit : « Exactement ce que je cherchais. *Exactement.* »

Le cœur manqua à Adele. Elle avait réussi à éviter Noreen Tucker dans le jardin, après être pratiquement tombée sur Ralph et la romancière au beau milieu d'une envolée noreenienne tournant autour d'un banc de pierre sur lequel elle avait décidé que les amants de sa prochaine romance auraient leur rendez-vous décisif.

« Le bal. C'est là que ça va se passer, poursuivit Noreen. Oh, Ralph, je savais que c'était une bonne idée de suivre ce séminaire ! »

Adele jeta un coup d'œil de leur côté. Noreen plongeait sa main dans le sac en plastique qui dépassait de la saharienne de son mari. Dix heures, pensa Adele. L'heure des fruits secs.

Noreen s'empiffrait tout en murmurant : « Charles et Delfinia s'étreignirent, tandis que la musique qui s'échappait de la tribune les enveloppait de sa caresse. C'est de la folie, mon amour. Nous ne pouvons pas. Nous n'avons pas le droit. Il refusa de l'écouter. Si, il le faut. Cette nuit. Alors ils… »

Adele s'éloigna, heureuse que le guide les fasse sortir de la grand-salle. Ils gravirent une volée de marches menant à une longue galerie.

« Cette galerie est une des plus célèbres de toute l'Angleterre », les informa leur guide, alors qu'ils se rassemblaient derrière un cordon qui courait tout au long de la salle. « On y trouve non seulement une des plus belles collections d'argenterie rococo – que vous pourrez voir sur une table demi-lune à gauche de la cheminée, une Sheraton, soit dit en passant – mais encore un Lebrun, deux Gainsborough, un Reynolds, un Holbein, un délicieux Whistler et plusieurs autres œuvres d'artistes moins connus. Dans l'écrin qui se trouve au bout de la galerie vous pourrez admirer un chapeau, des gants et des bas ayant appartenu à la reine Elizabeth Ire. Et voici maintenant une des plus remarquables curiosités de cette salle… »

Elle se dirigea vers la gauche de la Sheraton et appuya légèrement sur un coin des lambris. Une porte, jusque-là dissimulée dans la masse du mur, s'ouvrit instantanément.

« C'est une porte Gibb. Astucieux, n'est-ce pas ? Ainsi les domestiques pouvaient aller et venir sans qu'on les voie dans les salles de réception du manoir. »

Les cous se tendirent, les appareils cliquetèrent et un murmure s'éleva.

« Et vous remarquerez tout spécialement…

– Ralph ! » Noreen Tucker haletait. *« Ralph ! »*

Adele fut de ceux qui se retournèrent à cette interruption. Noreen se trouvait juste à l'extérieur du cordon, près d'une table en bois de citronnier sur laquelle était posée une coupe de porcelaine remplie de fleurs séchées. Elle était très pâle, les yeux écarquillés, et ses mains tendues tremblaient. L'hypoglycémie semblait avoir enfin raison d'elle.

« Nor ? *Chou ?* Oh, mon Dieu, elle nous fait… » Ralph Tucker n'eut pas le temps d'achever. Sur un cri inarticulé, Noreen s'effondra en travers de la table, éparpillant les fleurs séchées sur le tapis persan. Tout au long de la salle le cordon de satin se détacha des piquets qui le maintenaient en place tandis que Noreen Tucker l'entraînait dans sa chute.

Adele se figea, alors qu'autour d'elle tout le monde paraissait bouger en même temps. Elle se sentit prise dans un tourbillon de folie, une partie des gens se précipitant vers la femme étendue à terre et l'autre cherchant à s'en éloigner. Quelqu'un se mit à hurler, quelqu'un d'autre en appela à Dieu, trois Allemandes en état de choc s'affalèrent sur un canapé qui leur tendait les bras maintenant que le cordon de démarcation était tombé. On réclama de l'eau, on exigea de l'air.

Ralph Tucker cria : « Noreen ! » et se laissa tomber à genoux au milieu des fleurs séchées et de la porcelaine. Il ramena l'épaule de sa femme en arrière. Elle était tombée face contre terre et son chapeau de paille avait roulé sur le tapis. Elle ne bougeait plus.

« Cleve ! *Cleve !* » appela Adele à tue-tête, et aussitôt il surgit de la foule. Il retourna Noreen, examina son visage, s'exclama : « Seigneur ! » et commença à pratiquer un massage cardiaque. « Appelez une ambulance », ordonna-t-il.

Adele s'empressa de s'en occuper. Leur guide avait pris racine sur place, près de la cheminée, le regard fixé sur la femme étendue sur le sol comme si elle avait elle-même contribué à l'envoyer là.

« Une ambulance ! » hurla Adele.

Des voix s'élevèrent de toutes parts.

« Est-ce qu'elle est…

– Mon Dieu, elle n'est quand même pas…

– Noreen ! Nor ! Mon chou !

– *Sie ist gerade ohnmachtig geworden, nicht wahr…*

– Appelez une ambulance, nom de Dieu ! » Cleve Houghton

releva la tête. Son visage commençait à transpirer. « Remuez-vous ! » hurla-t-il au guide.

Elle se précipita sur la porte Gibb et dévala les escaliers.

Cleve marqua une pause et prit le pouls de Noreen. Il desserra ses lèvres de force et entreprit de la ramener à la vie.

« Noreen ! gémit Ralph.

– *Kann her nicht etwas unternehmen ?*

– Quelqu'un a-t-il…

– *Schauen Sie nicht die Gesichtsfarbe an.*

– Elle est morte.

– Ça ne sert à rien.

– *Diese dummen Amerikaner !* »

À travers la mêlée, Adele vit l'homme blond de la Bentley ôter sa veste et la confier à sa compagne. Il se faufila à travers la foule, enjamba Noreen et reprit le massage cardiaque tandis que Cleve Houghton poursuivait ses efforts pour faire repartir sa respiration.

« Noreen ! Mon chou !

– Éloignez-le de là ! »

Adele prit le bras de Ralph et tenta de le relever.

« Ralph, si vous les laissiez…

– Il faut qu'elle mange ! »

Victoria Wilder-Scott les rejoignit. « S'il vous plaît, Mr. Tucker. Si vous les laissiez faire… »

Le guide revint à toute vitesse.

« C'est fait, j'ai appelé… » Elle hésita et s'en tint là.

Adele se tourna vers Cleve. Il avait relevé la tête. Son expression était claire.

L'accumulation d'événements suscitait des réactions diverses : curiosité, compassion, panique, dégoût. Quelqu'un devait prendre les choses en main ; ce fut l'homme blond qui s'en chargea, ôtant au guide cette responsabilité par ces simples mots : « Je suis Thomas Lynley, inspecteur de Scotland Yard. » Il lui présenta une plaque d'identité qu'elle ne fut que trop heureuse de reconnaître.

Thomas Lynley prit rapidement la direction des opérations, d'une façon qui n'admettait ni question ni réplique. Ils allaient continuer leur visite, leur fit-il savoir, de façon à dégager la salle pour l'arrivée des ambulanciers.

Il resta sur place avec sa compagne, Ralph Tucker, Cleve Houghton et le cadavre. Adele le vit se pencher, ouvrir la main crispée de Noreen et examiner le mélange de fruits secs éparpillé sur le sol. « Crise cardiaque, dit Cleve. J'en ai déjà vu partir comme ça… » Mais, tout en hochant la tête pour acquiescer, Lynley ne regardait plus Cleve mais le groupe, détaillant chaque personne de ses yeux noirs avant qu'elle ne sorte. Ralph Tucker s'effondra dans un fauteuil ouvragé. La compagne de Thomas Lynley alla vers lui, mit sa main sur son épaule et lui murmura quelques mots.

La porte se referma sur eux et le groupe se retrouva alors dans la salle de réception. Ils furent invités à admirer les remarquables moulures en relief du plafond. On l'appelait la salle du roi Edward, leur précisa le guide d'une voix qui avait perdu de son entrain, en raison de la statue d'Edward IV qui se dressait sur le manteau de la cheminée. C'était une statue aux trois quarts de la taille et non grandeur nature, expliqua-t-elle, puisque, contrairement à la plupart des hommes de son époque, Edward mesurait plus d'un mètre quatre-vingts. D'ailleurs, lors de son entrée à Londres, le 26 février 1460…

Adele ne comprenait pas comment la jeune femme pouvait continuer. Il y avait quelque chose d'indécent à leur demander d'admirer les lustres, le papier peint, les meubles du XVIIIe, les vases chinois et la tablette de la cheminée française juste après la mort de Noreen. Adele ne l'aimait certes pas mais une mort restait une mort, et par respect pour elle ils auraient plutôt dû abandonner le reste de la visite et rentrer à Cambridge. Elle n'arrivait pas à comprendre pourquoi Lynley n'avait pas pris cette décision. Il était pour le moins curieux d'attendre d'eux qu'ils continuent de déambuler dans le manoir comme si de rien n'était.

Mais Ralph lui-même avait insisté pour qu'ils continuent.

« Allez-y », avait-il dit à Victoria, qui voulait rester près de lui dans la galerie. « Ces gens comptent sur vous. » Il avait prononcé ces paroles d'une façon qui élevait la visite guidée du manoir Abinger au rang d'une bataille dont aurait dépendu le sort de la nation. Et c'était précisément le genre de phrases auxquelles Victoria était sensible. La visite s'était donc poursuivie.

Non qu'on leur ait donné l'autorisation de se disperser. Quelque chose dans l'expression de Lynley l'indiquait clairement.

Tout le monde était nerveux. L'air était lourd, l'ambiance crispée. Adele n'était certainement pas la seule à avoir hâte de s'échapper du manoir Abinger.

Le guide demandait s'il y avait des questions sur la pièce. Dolly fit l'effort de s'enquérir si la statue du roi Edward était en bronze. Elle l'était. Elle la photographia. La visite continua.

Il y eut un murmure quand Cleve Houghton les rejoignit dans la salle à manger d'hiver.

« Ils l'ont emmenée, dit-il à voix basse à Adele.

– Et cet homme, le policier ?

– Il était encore dans la galerie quand je suis parti. Il faisait appeler la police locale.

– Pourquoi ? demanda Adele. Je l'ai vu regarder… Cleve, vous ne pensez pas que… elle semblait en bonne santé, non ? »

Les yeux de Cleve s'étrécirent. « Je sais reconnaître une crise cardiaque quand j'en vois une. Bon sang, qu'allez-vous imaginer ? »

Justement, Adele ne savait que penser. Tout ce qu'elle savait se réduisait à ce qu'elle avait lu sur le visage de Lynley quand il avait examiné le mélange de fruits secs de Noreen. Accablement, soupçon, colère, indignation. Il avait trouvé quelque chose. Si tel était le cas, cela ne pouvait avoir qu'une signification. Adele sentit son estomac se retourner. Elle commença à regarder ses compagnons d'étude d'un nouvel œil : ils devenaient tous des assassins potentiels.

Frances Clearey semblait s'être débarrassée de son ressentiment matinal envers son mari. Elle était tout près de Sam, appuyée contre son bras. Peut-être la mort de Noreen lui avait-elle permis de réaliser à quel point la vie était éphémère, et combien querelles et soucis paraissaient futiles une fois qu'on arrivait à son terme. Ou peut-être n'avait-elle plus rien à craindre maintenant que Noreen était éliminée.

Adele se souvint qu'elle n'était pas descendue déjeuner. Elle avait donc parfaitement pu entrer dans la chambre de Noreen et ajouter quelque chose à son mélange de fruits secs. Surtout si Sam avait passé la nuit avec Noreen. L'amour d'un homme semblait être un mobile de meurtre suffisant pour une rivale.

Mais Sam non plus n'était pas apparu au déjeuner. Lui aussi avait donc pu avoir accès aux réserves de nourriture de Noreen. Si celle-ci savait avec qui il avait passé la nuit – et c'était bien ce qu'elle avait insinué dans la matinée – Sam avait peut-être jugé bon de se débarrasser d'elle. Surtout si elle n'était autre que la femme en question.

C'était difficile à imaginer, mais en même temps Adele pouvait voir à quel point Sam était bouleversé par la mort de Noreen. Sous son bronzage, ses traits étaient tirés et ses mâchoires crispées. Ses yeux étaient devenus ternes. Dans chaque pièce son regard s'éclairait quand il se posait sur Dolly, comme si sa beauté avait le pouvoir de le soulager, puis il se perdait de nouveau dans le lointain.

Dolly aussi était arrivée tard au petit déjeuner, elle avait donc pu avoir également accès aux réserves de fruits secs de Noreen. Sauf que la romancière ne lui avait donné aucune raison de lui en vouloir – et quand bien même Dolly aurait entendu ce qu'elle disait d'elle, ce qui était peu probable, cela l'aurait simplement amusée.

Comme cela aurait amusé, ravi et considérablement flatté Cleve Houghton. Cleve avait toutes les raisons du monde de souhaiter Noreen bien vivante ; elle avait fait des merveilles pour établir la réputation de ses prouesses sexuelles. D'un autre côté, Cleve était arrivé tard au petit déjeuner : lui aussi avait eu la possibilité d'entrer dans la chambre de Noreen.

Howard Breen semblait le seul à n'avoir pas eu le temps

d'avoir accès au mélange de Noreen. Sauf, Adele s'en souvenait maintenant, qu'il avait quitté tôt la table du déjeuner et qu'elle l'avait vainement cherché ensuite.

Chacun avait donc eu la possibilité d'ajouter quelque chose au mélange de noix, de raisins et de fruits secs. Mais quoi ? Et comment diable se l'était-on procuré ? De toute évidence, personne n'était allé chez le pharmacien de Cambridge lui demander un poison violent. Donc celui qui avait trafiqué le mélange devait s'y connaître en matière de poisons, savoir ce qu'on pouvait en attendre.

Ils se trouvaient dans la bibliothèque quand Thomas Lynley et sa compagne les rejoignirent. Il laissa son regard courir sur tous les occupants de la pièce et madame en fit autant. Discrètement, il lui adressa quelques mots et ils se séparèrent, prenant chacun une position différente au milieu de la foule. Tous deux accordaient une attention exclusive aux gens qui les entouraient, les examinant scrupuleusement.

Ils passèrent de la bibliothèque à la chapelle, accompagnés seulement du bruit de leurs propres pas, de la voix résonnante du guide et du cliquetis des appareils photo. Lynley se déplaçait parmi eux sans parler à qui que ce soit d'autre que sa compagne, avec laquelle il échangea quelques mots près de la porte. Puis ils se séparèrent de nouveau.

Ils passèrent de la chapelle à la salle d'armes. De là à la salle de billard. De là à la salle de musique. De là ils descendirent deux volées de marches jusqu'à la cuisine. On avait converti l'office adjacent en boutique de souvenirs. Les Allemands s'y dirigèrent, bientôt imités par les Américains.

Adele ne pouvait croire qu'il était dans l'intention de Lynley de les laisser partir si facilement, aussi ne fut-elle pas surprise lorsqu'il prit la parole.

« J'aimerais voir tout le monde, s'il vous plaît, dit-il alors qu'ils commençaient à se disperser. Si vous voulez bien rester dans la cuisine… »

Des protestations s'élevèrent du groupe allemand, les Américains restèrent silencieux.

« Nous avons un problème à examiner, les informa Lynley, concernant la mort de Noreen Tucker.

– Un problème ? » s'étonna Cleve Houghton qui se trouvait derrière Adele. Les autres firent chorus.

« En quoi sommes-nous concernés de toute façon ?

– Que se passe-t-il ?

– C'était une crise cardiaque, affirma Cleve. J'en ai vu suffisamment pour vous dire que….

– Moi aussi », fit une voix avec un fort accent. Celui qui venait de parler faisait partie du groupe des Allemands et il semblait très contrarié que leur visite soit une fois de plus interrompue. « Je suis médecin. Moi aussi j'ai l'habitude des crises cardiaques. Il s'agit bien de cela. »

Lynley tendit la main. Sur sa paume se trouvaient une demi-douzaine de graines. « Cela ressemblait à une crise cardiaque. C'est l'effet que font les alcaloïdes. Ils paralysent le cœur en quelques minutes à peine. À propos, vous avez là des graines d'if.

– D'if ?

– Qu'est-ce que des graines d'if…

– Elle n'aurait jamais… »

Adele avait les yeux fixés sur la paume de Lynley. Des graines. Des plantes. Le rapprochement était terrible. Elle évita de regarder la personne qui entre toutes dans cette cuisine connaissait sans doute possible l'effet meurtrier des graines d'if.

« Elles viennent sûrement des fleurs séchées, affirma Victoria Wilder-Scott. Il en est tombé un peu partout sur le tapis quand Mrs. Tucker est tombée. »

Lynley secoua la tête. « Elles étaient mélangées aux fruits secs qu'elle avait en main. Et le sac que son mari portait en était plein. Elle a été assassinée. »

Les Allemands protestèrent vigoureusement, le médecin les calma. « Nous n'avons rien à voir là-dedans. Nous ne connaissions pas cette femme. J'exige qu'on nous laisse partir.

– Bien entendu, répondit Lynley. Dès que nous aurons résolu le problème de l'argenterie.

– Mais au nom du Ciel, de quoi parlez-vous donc ?

– Il s'avère que l'un de vous a profité de la confusion dans la grande galerie pour emporter deux pièces de l'argenterie rococo qui se trouvaient sur la petite table près de la cheminée. Ce sont des salières. Très petites. Et indubitablement manquantes. Cela n'est pas de mon ressort, naturellement, mais en attendant que la police locale arrive pour mener son enquête sur la mort de Mrs. Tucker, j'aimerais régler moi-même le petit détail de cette disparition.

– Que comptez-vous faire ? demanda Frances Clearey.

– Avez-vous l'intention de nous garder ici jusqu'à ce que l'un d'entre nous avoue ? railla le médecin allemand. Vous ne pouvez pas nous fouiller sans une autorisation.

– C'est exact, admit Lynley. Je n'ai pas le droit de vous fouiller, à moins que vous n'acceptiez de l'être. »

Des pieds raclèrent le sol. Quelqu'un s'éclaircit la gorge. Des propos rapides s'échangèrent en allemand. Quelqu'un froissa les feuilles d'un bloc-notes.

Cleve Houghton prit la parole le premier. Il jeta un coup d'œil au groupe. « Bon sang, moi, je n'y vois aucune objection.

– Mais… pour les femmes… », fit remarquer Victoria.

Lynley adressa un signe de tête à sa compagne, qui se tenait en lisière du groupe, près d'un étalage de bouilloires en cuivre. « Je vous présente lady Helen Clyde, leur dit-il. Elle s'occupera de fouiller les femmes. »

D'un même élan, ils se tournèrent tous vers la compagne de Lynley. Elle portait sur eux le regard chaleureux de ses yeux noirs et son expression était bienveillante. Il eût été absurde de refuser de coopérer avec une aussi charmante personne.

La fouille se déroula dans deux salles : celle des femmes dans l'arrière-cuisine et celle des hommes dans un office de l'autre côté du hall. Lady Helen mena l'affaire très consciencieusement. Elle regarda les femmes se déshabiller, se rhabiller. Elle vida les poches, les sacs à main, les fourre-tout en toile. Elle contrôla la doublure des imperméables. Elle ouvrit les parapluies. Et tout cela sans jamais cesser de bavarder d'une façon qui mettait à l'aise. Elle interrogea les Américaines sur leur séminaire, sur Cambridge, sur les châteaux qu'elles avaient déjà vus, et leur demanda d'où elles venaient. Elle confia aux Allemandes avoir passé deux semaines en Forêt-Noire et leur avoua son embarrassante horreur du plein air. Jamais elle ne prononça le mot *meurtre*. Sans les manœuvres dans lesquelles elles étaient engagées, elles auraient pu être de nouvelles connaissances bavardant autour d'une tasse de thé. Toutefois Adele nota intérieurement que la gentillesse et la bonne éducation de lady Helen ne l'empêchaient pas d'être parfaitement efficace. Si elle ne travaillait pas elle-même pour la police – et sa relation avec Lynley ne suggérait certes pas qu'elle fût employée par Scotland Yard –, elle avait à coup sûr connaissance de leurs méthodes.

Néanmoins, elle ne trouva rien. Et selon toute apparence, Lynley non plus. Quand les deux groupes se retrouvèrent de nouveau dans la cuisine, Adele le vit secouer la tête à l'intention de lady Helen. Si l'argenterie avait été dérobée, personne ne la détenait. Même Victoria Wilder-Scott et le guide officiel avaient été fouillées.

Lynley leur demanda d'attendre dans le salon de thé. Il regagna l'escalier à l'autre bout de la cuisine.

« Où va-t-il ? demanda Frances Clearey.

– Il va devoir chercher cette argenterie dans tout le reste du manoir, répondit Adele.

– Mais ça peut prendre un temps fou ! piailla Dolly.

– Quelle importance ? De toute façon nous sommes obligés d'attendre que la police locale nous interroge.

– C'était une crise cardiaque, réaffirma Cleve. Et cette argenterie n'a pas disparu. On est probablement en train de la nettoyer quelque part. »

Adele se retrouva derrière tout le monde quand ils traversèrent la cour pavée. Une sensation d'inconfort titillait son esprit. Elle l'avait habitée presque toute la matinée, dissimulée comme le double sens dans les propos de Noreen Tucker, essayant de se frayer un chemin jusqu'à sa conscience dans le minibus, juste sur le point d'apparaître depuis qu'ils étaient arrivés au manoir.

Comme dans ce jeu d'enfant, Cherchez l'erreur, il y avait une anomalie quelque part. Adele la sentait parfaitement, sans réussir à la voir.

Ses pensées se télescopaient sans ordre ni raison, comme les images d'un kaléidoscope. Il y avait des haies d'ifs dans la cour de Saint Stephen College. Sam et Frances Clearey s'étaient disputés. Les murs avaient des oreilles. Il y avait cette argenterie exposée. Elle apparaissait en photo dans leur manuel et sur les brochures. Ils avaient lu les deux avant de venir. Dolly s'intéressait à Cleve. Dolly aimait les antiquités. Sam Clearey aimait les femmes, comme la blonde du séminaire sur Dickens, il aimait…

Adele regarda lady Helen fouiller une seconde fois leurs effets personnels. Elle la vit palper, vider, sonder sans rien laisser échapper. Elle la vit secouer la tête à l'adresse de Lynley. Vit Lynley froncer les sourcils.

Les deux groupes entrèrent dans le salon de thé et se séparèrent. Les Américains s'installèrent à la table commune au bout de la pièce et les Allemands firent la queue pour le café et les pâtisseries.

« Victoria, ne pourrions-nous pas rentrer à Cambridge ? demanda Frances. Je veux dire, quand tout ça sera fini. Nous avons un autre château à voir aujourd'hui mais je crois que nous pourrions laisser tomber, non ? »

Victoria était partagée. « Ralph a bien insisté pour que nous…

– Au diable Ralph Tucker ! dit Sam. Ça suffit, Victoria, on en a marre.

– Il y a la location du minibus, le salaire du chauffeur…

– Est-ce qu'on ne pourrait pas se cotiser pour lui donner un pourboire ou quelque chose comme ça ? » Dolly posa son appareil photo sur la table devant elle. Elle l'entoura de ses mains et ses épaules s'affaissèrent. « Enfin, je veux dire… bon, je suppose que c'est idiot. Ça ne fait rien. »

Et ce fut là en un instant. Juste devant elle. Enfin, Adele voyait clair. Elle sut ce que Noreen avait voulu dire quand ils marchaient jusqu'au bus. Elle vit la raison de son propre trouble lors du trajet vers le manoir Abinger. Le nombre clé était 36, et il avait été dépassé depuis longtemps. Cette découverte déclencha chez Adele une violente nausée. Thomas Lynley avait émis une hypothèse en fonction des faits dont il disposait.

Mais Lynley s'était trompé.

Elle se leva brusquement et s'éloigna du groupe. Quelqu'un l'appela mais elle continua son chemin. Elle trouva Lynley dans la salle de réception, en train de diriger trois ouvriers qui rampaient sur le plancher.

Comment puis-je faire une chose pareille ? se demanda-t-elle. Puis : *Pourquoi ? Avec pour avenir une page blanche sur laquelle n'étaient inscrits qu'espoir et réussite. Pourquoi ?*

Lynley leva les yeux. Lady Helen fit de même. Adele n'eut pas même un mot à leur dire. Ils se joignirent aussitôt à elle et la suivirent jusqu'au salon de thé.

« Que se passe-t-il ? » interrogea Cleve.

Adele l'ignora. « Dolly, donnez votre appareil à l'inspecteur. »

Les yeux bleus de Dolly s'écarquillèrent. « Je ne comprends pas.

– Donnez-lui votre appareil, Dolly. Laissez-le regarder l'objectif.

– Mais vous… »

Lynley décrocha l'appareil de l'épaule de la jeune femme. Le long de la courroie, il y avait des poches prévues pour recevoir les pellicules. Elles étaient toutes vides. Adele s'en était déjà aperçue. Elle avait enregistré la chose et n'y avait plus pensé par la suite. Pas plus qu'elle n'avait pensé au fait que le sac de Dolly ne contenait pas la moindre pellicule. Et ses poches non plus. Elle avait pris des photos toute la matinée sans pellicule dans son appareil, de façon à dissimuler la véritable raison pour laquelle elle s'en était munie pour la visite du manoir.

Lynley dévissa le téléobjectif. Il était creux, inutilisable. Deux pièces d'argenterie rococo s'en échappèrent.

Howard se laissa tomber sur le siège à côté d'Adele. « Ça va ?

– Oui. » Elle n'avait pas envie de parler de tout ça. Elle se faisait l'effet d'être un Judas. Elle voulait rentrer chez elle. Elle essayait d'éviter de penser au moment où Dolly avait été emmenée par la police.

« Comment avez-vous compris pour Dolly ?

– Elle prenait trop de photos. Elle aurait dû changer de pellicule, mais elle ne l'a jamais fait. Parce qu'il n'y avait pas de pellicule.

– Mais Noreen. Pourquoi Dolly a-t-elle… »

Adele se sentait les membres engourdis. « Elle se fichait complètement de Noreen. Elle devait penser que les graines la rendraient simplement malade, pas qu'elles la tueraient. Elle avait juste besoin d'une diversion pour pouvoir atteindre l'argenterie.

– Je ne pige pas. Comment aurait-elle pu connaître l'effet que feraient les graines d'if ?

– Par Sam. Il ne savait probablement pas ce qu'il lui disait, ni pourquoi elle le lui demandait. Il ne pensait probablement qu'au bonheur, pour un homme de son âge, de se trouver au lit avec une fille comme Dolly. » Ça aussi c'était difficile à encaisser. Savoir que la conversation pleine de sollicitude que Dolly avait eue avec Frances Clearey à propos de son mariage faisait simplement partie du plan. Juste une autre diversion, un autre mensonge.

« *Sam* et Dolly ? » Le regard d'Howard se porta de l'autre côté de l'allée centrale, où Cleve Houghton se prélassait sur son siège, les yeux mi-clos. « Je croyais que Cleve… quand Noreen nous racontait que Cleve parlait hier soir de la façon de séduire les femmes…

– C'était à moi qu'elle s'adressait. De moi qu'elle parlait. Cleve n'était pas avec Dolly la nuit dernière, Howard. » Sans rien dire de plus, Adele se mit à regarder à travers la vitre. Au bout d'un moment, elle sentit Howard se lever et partir.

Maintenant je vais t'enterrer, Bob, avait-elle pensé avec Cleve Houghton. *C'est comme ça que ça va se terminer entre nous.*

Alors elle avait pris un verre en sa compagnie au bar du collège, elle s'était promenée avec lui dans la campagne et l'avait écouté parler. Elle avait feint de le trouver intéressant, spirituel, de voir en lui un cœur passionné, une âme sœur, celui qui remplacerait Bob. Et quand il l'avait voulue, elle s'était forcée. Étreinte rapide, accouplement pressé, un corps dans son lit. Pour se sentir vivante, pour se sentir désirée, pour sentir qu'elle avait de la valeur. Mais pas pour enterrer Bob. Ça n'avait pas marché.

« Hé ! » Adele fit semblant de ne pas l'avoir entendu, mais Cleve traversa l'allée centrale et s'assit à côté d'elle. Il avait une flasque à la main. « On dirait que vous avez besoin d'un verre. Bon sang, moi, j'en ai besoin. » Il but et reprit à voix plus basse : « Ce soir ? »

Adele leva les yeux vers son visage, essayant sans y arriver de remplacer les traits d'un autre homme par les siens.

« Alors ? » demanda-t-il.

Bien sûr, pensa-t-elle. Pourquoi pas ? Quelle différence de toute façon, puisque la vie était éphémère et la jeunesse sans aucun sens ?

« D'accord, répondit-elle. Ce soir. »

Traduit par Eva David

Titre original :
The Evidence Exposed
Initialement paru dans *Sisters in Crime 2*, 1990, anthologie de Marilyn Wallace.

Le dernier des Sultans

DOUG ALLYN

C'est chez Papa Henry qu'on sert les meilleures grillades de tout Detroit. Des côtes grillées à manger à genoux. Ce n'est qu'un petit restau tout en longueur avec quelques tables le long du mur et un comptoir au formica rayé avec des tabourets sans dossier. Mais derrière le comptoir, protégé par un écran en plexiglas, on aperçoit un barbecue du feu de Dieu. Vous pouvez surveiller votre commande en train de tourner au-dessus du feu d'hickory, pendant que cuisent vos cakes maison. Le cholestérol ? Qu'importe ! Dans ce coin chaud d'Eight Mile, un coup de couteau est plus à craindre que l'artériosclérose.

Je sirotais un café chez Papa en attendant mon plat quand une limousine blanche, une Cadillac, s'arrêta devant la porte au bord du trottoir. Le chauffeur, un Noir en livrée, de la taille d'un petit pâté de maisons, déploya un parapluie pour contrer la bruine d'avril avant d'ouvrir la portière arrière. Un gentleman noir assez âgé sortit avec lenteur. Le chauffeur, statufié, attendait sans lui apporter la moindre aide.

Le vieil homme avait un petit air exotique, du style diplomate nigérian, avec sa casquette à carreaux orange et son costume noir de coupe continentale de chez Kuppenheimer. Quelques taches de rousseur sur le nez marquaient sa peau café au lait. Il portait une barbiche grise à la Malcom X. Ses yeux sombres étaient perçants comme ceux d'un aigle.

S'il avait pu se redresser, il aurait dépassé le mètre quatre-vingts, mais la douleur le courbait en avant et l'obligeait à s'appuyer sur une canne en bambou à pommeau d'argent. Je lui donnais la cinquantaine. Pour beaucoup de gens, cinquante ans ce n'est pas vieux. Pour ce type, ça l'était.

Il avançait comme s'il avait été blessé à Gettysburg. Un pas, une pause, un pas, une pause ; une démarche qui m'était familière. La drépanocytose ; enfant, j'avais vu ça dans mon entourage. Le vieil homme avait sans doute résisté plus longtemps que la plupart, mais la maladie l'avait finalement rattrapé. Il avançait vers moi, sans me quitter du regard. J'étais facile à repérer : comme d'habitude, j'étais le seul Blanc dans la salle.

Il lui fallut une éternité pour parcourir la douzaine de pas qui le séparait de moi. Devant ma table, il s'arrêta, appuyé sur sa canne, chancelant comme un cheval fourbu. Sa voix, basse et rauque, se fit entendre : « Vous êtes bien Axton, de l'agence de détectives du bout de la rue ?

– En effet, monsieur. Que puis-je faire pour vous ?

– Pour commencer, vous pourriez parler plus fort ; je suis un peu dur d'oreille. Je m'appelle Mack, Varnell Mack.

– R.B. Axton, me présentai-je en lui tendant une main qu'il ignora. Mais asseyez-vous donc, monsieur Mack !

– Non merci. C'est vraiment trop dur de se relever et je ne resterai pas longtemps. Je m'occupe de diverses affaires à Detroit, en particulier dans l'immobilier. Je possède quelques logements en location. Willis Tyrone, qui en a également, m'a dit que vous étiez le gars idéal pour recouvrer des créances.

– Il m'arrive de le faire, répondis-je prudemment. Mais je n'effectue pas d'expulsions.

– Moi non plus et c'est bien le problème. » Un spasme lui coupa le souffle ; ses doigts se refermèrent sur sa canne et des gouttes de sueur perlèrent sur son front. « Je crois que je vais tout de même m'asseoir. »

Il déglutit, tira un mouchoir de soie de sa poche de poitrine, essuya la poussière de la banquette, puis remit sa pochette en place, la repliant en une parfaite fleur de lys. J'étais impressionné, moi qui suis incapable de faire un simple nœud de cravate.

« Voilà, m'expliqua Mack, c'est à propos d'un de mes vieux locataires. Un ancien chanteur, un des plus grands de Detroit des années 50 jusqu'au début des années 60. Il a même enregistré quelques disques. Horace DeWitt. Jamais entendu parler de lui ?

– Je ne saurais dire. Mais je ne suis pas originaire de Detroit.

– Ça, je l'ai deviné dès que vous avez ouvert la bouche. Et vous venez d'où, mon vieux ? De l'Alabama ?

– Non, monsieur, du Mississippi. Un petit patelin qui s'appelle Noxapater.

– Et c'est là que vous avez appris à dire "monsieur" à un Noir ?

– J'y ai appris à être poli avec les gens plus âgés que moi. Et à surveiller mon langage lorsque je m'adresse à une personne étrangère. Vous me parliez de M. DeWitt ?

– J'ai composé quelques mélodies et j'ai même chanté dans le groupe d'Horace. On se faisait appeler "The Sultans of Soul".

– Pas possible ! Je me souviens du groupe. Je l'écoutais tout gamin, à la maison. Je dois même avoir une de vos chansons sur une vieille bande. *Motor City*... quelque chose ?

– *Motor City Mama*. Une chanson que j'ai écrite. Notre dernier 45-tours. Il a figuré au hit-parade en 61. On n'a rien gagné parce que la compagnie de disques a coulé juste après. Ça nous a tout de même permis de nous faire connaître et de ramasser quelques dollars dans des shows. Puis tout s'est arrêté et le groupe s'est dissous. Je suis entré dans l'immobilier et me suis pas mal débrouillé. Les dernières années, je suis venu en aide à Horace pour son loyer et des choses comme ça. Il y a quelques mois, il a eu une attaque et a dû entrer dans une maison de retraite de la Sécurité sociale. Je lui ai proposé mon assistance ; il a refusé. Pourtant, il est fauché comme les blés ; il ne peut même pas se payer la télé dans sa chambre.

– Désolé de l'apprendre.

– Vous ne devriez pas l'être. Parce qu'il y a peut-être un

aspect de la situation qui pourrait vous intéresser. Voilà, il m'arrive d'entendre *Motor City Mama* à la radio. J'en conclus que quelqu'un empoche les droits et doit donc de l'argent aux Sultans. Je voudrais que vous alliez le récupérer.

– Le récupérer ? balbutiai-je.

– C'est bien votre boulot, non ?

– Mais... il faudrait d'abord que je sache qui est votre débiteur.

– C'est votre problème. Si je connaissais celui qui doit du fric à Horace, je ne vous aurais pas engagé. Je serais allé le voir moi-même.

– Vous n'êtes pas sérieux ?

– Mon vieux, quand il s'agit d'argent, je ne plaisante jamais.

– D'accord, mais si je trouve quelqu'un qui doit des royalties aux Sultans, il faudrait d'abord qu'il l'admette et, ensuite, ce n'est pas sûr qu'il veuille casquer. Et moi, je ne travaille pas pour des clopinettes.

– Deux cent cinquante par jour, c'est ce que vous demandez. » Mack tira une enveloppe d'une poche intérieure de son veston et la jeta sur la table. « Voilà une semaine d'avance. Mille cinq cents. S'il vous en faut plus, vous avez mon numéro de téléphone sur l'enveloppe. Mais je veux des résultats.

– Monsieur Mack, répondis-je sans toucher à l'enveloppe, je ne pense vraiment pas pouvoir vous aider. Je ne sais même pas par où je pourrais commencer.

– Willis m'a donné votre carte, insista Mack en se relevant, cramponné à sa canne. R.B. Axton, enquêtes privées. Vous êtes donc une sorte de détective, c'est ça ?

– Oui, monsieur, mais...

– Alors vous devriez peut-être essayer de gagner vos honoraires. Bien sûr, ça aurait été plus simple de remettre ce foutu pognon à Horace. Mais il ne veut pas l'accepter. Il a été un sacré chanteur. Et il y a des gens qui l'écoutent encore. On ne peut tout de même pas le laisser ainsi sans le sou. Ce serait injuste.

– Vous avez sans doute raison, monsieur.

– Parfait, grinça-t-il. Vous allez trouver le débiteur des Sultans. Et vous allez le faire cracher. La somme importe peu. Mais vous devez remettre quelque chose à Horace. Compris ? »

Je ramassai l'enveloppe avec l'intention de la lui rendre. Toutefois une lueur dans ses yeux m'en dissuada. Un feu sombre, mélange de colère et de souffrance. Venir ici avait déjà dû lui coûter énormément. Et pas uniquement de l'argent. Je mis l'enveloppe dans ma poche.

« Je vais voir ce que je peux faire, déclarai-je. Mais je ne peux rien vous promettre.

– De toute façon, répondit Mack en me tournant le dos, les banques n'escomptent pas les promesses. Appelez-moi si vous trouvez quelque chose.

– Bien, monsieur. »

Il ne se retourna pas et, clopin-clopant, se dirigea lentement vers la porte.

Je commençai mes investigations le plus simplement du monde : parmi les cassettes que j'avais dans ma voiture. *Motor City Mama* enregistré par les Sultans. Il n'y avait pas d'indications sur la cassette ; c'était une compilation pirate provenant de Rock'n Soul Recollections, dans South Livernois.

R & S n'est pas une simple boutique de disques d'occasion où les piles de disques semblent aussi abandonnées que des orphelins. C'est un ancien cinéma, avec une caisse à l'épreuve des balles, ce qui est prudent, vu l'endroit. Les murs, du sol au plafond, sont recouverts d'affiches avec des portraits plus grands que nature des monstres sacrés de la musique du Michigan : Smokey Robinson, Bob Seger, The Temps, Stevie Wonder. Les bacs sont rangés avec soin ; le moindre 45-tours est enveloppé de cellophane, étiqueté et catalogué comme une antiquité égyptienne.

Cet aspect ordonné à l'extrême est à l'image du propriétaire, Cal, un petit gars ratatiné à la bedaine proéminente et au crâne énorme surmonté en permanence d'un béret écossais. Je ne me souviens pas de son nom de famille – peut-être ne l'ai-je même jamais connu – mais il connaît le mien. Non du fait que je sois un client régulier, mais parce qu'il sait toujours tout à propos de tout. Il connaît le moindre disque qu'il a en stock et sans doute chacun de ceux qu'il a eus un jour entre les mains.

D'autre part, il refuse absolument de changer quoi que ce soit à son ensemble vestimentaire immuable : un pantalon vert, une chemise blanche au col élimé et un cardigan avachi fermé par une épingle de sûreté. Ses mains ont l'aspect de gants en peau de serpent parce qu'il les lave une bonne quarantaine de fois dans la journée. Pourtant, si je recherchais des renseignements sur les Sultans, Cal était la personne à interroger.

« Tu plaisantes ? fut sa réponse.

– Et moi qui pensais que tu serais flatté. J'étais persuadé que tu savais tout sur ces vieux groupes.

– Je sais tout à propos de leurs disques, répliqua-t-il avec irritation. Les Sultans ont enregistré trois 45-tours et un album, tous épuisés. Pour ce qui est des droits pour leur musique à l'heure actuelle, difficile à dire. Bon Dieu, à l'époque, il y avait des marques de disques en pagaille et les royalties s'échangeaient comme des billets pour les matches de baseball. La plupart des 45-tours étaient enregistrés dans des studios douteux contrôlés par les gangs.

– Les gangs ? Ça alors ! Tu veux dire le crime organisé ?

– Exactement. Dans les années 50 et jusqu'au début des années 60, la ségrégation existait à la radio. Très peu de stations passaient de la musique noire ; le seul marché possible, c'était les juke-boxes. Et la plupart des juke-boxes et des distributeurs automatiques de Detroit étaient contrôlés par les gangs.

– Incroyable.

– Si tu recherches quelqu'un qui devrait quelques dollars aux Sultans, tu risques de tomber sur un petit truand qui possédait à l'époque quelques juke-boxes et un petit studio d'enregistrement minable et qui a quitté ce boulot avant que tu sois né.

– Mais il m'arrive d'entendre *Motor City Mama* à la radio.

– Si les disc-jockeys le passent ici, c'est à cause du titre. Detroit doit être la seule ville de tout le pays à le programmer.

Alors, tu te vois soutirer une poignée de pièces de monnaie à Wheelz ou à Wrif ?

– Ça me semble bien mal parti ! Et sous quel label sont sortis leurs disques ?

– Ça, je peux le retrouver, assura-t-il en fouillant dans un bac. Aucune de leurs chansons n'a été rééditée. Les Sultans n'étaient pas un groupe assez important... Voilà, The Sultans of Soul, *Motor City Mama.* »

Il me tendit l'album. Sur la jaquette, une photo floue montrait quatre musiciens noirs en vestes de lamé gesticulant derrière le chanteur du groupe, un grand gaillard aux cheveux décrêpés. Mack devait être le grand type à gauche, mais la photo était ternie. Comme Mack. Je retournai l'album.

« Black Catz ? demandai-je. Tu connais cette maison ?

– Pas vraiment, répondit Cal. C'était une boîte locale qui a disparu en... »

Il fronça les sourcils, secoua lentement la tête, puis l'ombre d'un sourire illumina son visage.

« J'en étais sûr ! m'exclamai-je. Tu sais quelque chose, pas vrai ?

– Rien qui puisse t'être utile, je le crains. Mais je suis tombé dernièrement sur une réédition de Black Catz. Pas des Sultans mais de Millie Jump et les Jacks.

– Jamais entendu parler d'eux.

– Peut-être que tu ne te souviens pas des Jacks, mais tu dois te rappeler Millicent. Une chanteuse de soul qui a eu quelques petits succès dans les années 60, avant de tenter sa chance à Hollywood et d'y faire un bide total. Elle faisait partie du groupe des Jacks jusqu'au jour où elle les a plaqués pour épouser le patron de la boîte de disques et utiliser son fric pour chanter en solo.

– Minute ! Tu veux dire que le mari de Millicent, Sol Katz, était le premier patron de Black Catz ?

– Exactement. Tu le connais ?

– Non seulement je le connais, mais j'ai même travaillé pour lui.

– Travaillé pour Sol ? m'interrogea Cal en me regardant par en dessous. Et tu faisais quoi ? Briser des rotules à coups de batte de baseball ?

– En réalité, je ne travaillais pas vraiment pour Sol mais pour sa fille, Désirée. Elle jouait dans "Was Not Was" à l'Auburn Hills Palace. J'étais son garde du corps.

– J'aurais cru que Sol avait assez de gardes du corps à sa disposition.

– Il voulait quelqu'un qui connaisse le milieu du showbiz local. La plupart de ses gars viennent de Los Angeles.

– Et ça ne te dérangeait pas d'offrir tes services à un truand ?

– Bien sûr, j'ai... entendu des rumeurs à propos de Sol. Mais dans ce boulot, on entend tout et n'importe quoi à propos de n'importe qui. Bon sang, la moitié des gens du showbiz prétendent être des malfrats pour éliminer la concurrence.

– Sol Katz ne prétend pas être un gangster, Ax, il l'est réellement. Son père était un porte-flingue du Purple Gang dans les années 30. Sol est resté dans la famille, comme dans *Le Parrain II*.

– Je croyais qu'il était de L.A. ?

– Il y est allé quand les Purples l'ont viré de Detroit pour avoir épousé Millicent. Dans ces temps-là, avoir une maîtresse noire pouvait passer, mais l'épouser, non. D'autre part, Millie était persuadée qu'elle était prête pour affronter les sunlights. Elle chantait bien mais n'avait pas assez d'envergure pour réussir vraiment, même avec le fric de Sol. Et leur fille, cette... Désirée ?

– C'est à peu près pareil. Pas mauvaise, mais loin de figurer au hit-parade. Je crois que c'est Millie et Sol qui l'ont poussée ; elle, je ne pense pas qu'elle tenait vraiment à chanter. Ils lui ont fait enregistrer un album de soul classique au Studio Seven.

– Le Studio Seven... ce qui signifie que Sol possède toujours les droits du catalogue discographique de Black Catz. Y compris ceux des Sultans. Tu as de la veine ! Alors, tu vas essayer de récupérer ces droits ?

– C'est pour ça qu'on me paye.

– Tu n'as plus qu'à espérer que ce que tu obtiendras sera suffisant pour couvrir tes frais d'hospitalisation. Au fait, qui te paye ? Je croyais que les Sultans étaient tous là-haut en train de jouer de la harpe.

– Pas tous, mais ça ne saurait tarder. Horace DeWitt, le chanteur, est dans une maison de retraite et le type qui m'a engagé, Varnell Mack, a l'air de s'être échappé d'un service de réanimation.

– J'ai pu les confondre avec un autre groupe. Ils étaient si nombreux à l'époque. » Son regard survola les bacs emplis de disques laser, d'albums, de cassettes. « Tu sais, même si ça ne sauve pas la paix dans le monde, ce ne serait pas mal du tout si tu pouvais soutirer quelques dollars à Sol pour les Sultans. Juste pour le principe.

– Des principes ? m'écriai-je. Dans ce milieu-là ? »

En fait, qu'avais-je de plus qu'un simple principe comme base pour mon enquête ? Mack ne m'avait donné comme point de départ qu'une vague reconnaissance de dette. Dans le monde musical, même à propos de très fortes sommes d'argent, des accords se concluent par une poignée de main ou par un coup de fil. Il m'est arrivé d'être engagé pour faire respecter un de ces contrats purement verbaux. Les gens, dans ces cas-là, savent bien au fond d'eux-mêmes qu'ils doivent de l'argent. Là, c'était tout de même différent.

Du point de vue technique, Sol Katz ne devait probablement plus un sou aux Sultans. Après toutes ces années, il ne devait même plus se souvenir d'eux. Quel qu'ait pu être leur contrat, il datait d'une trentaine d'années ; alors, si Sol m'envoyait me faire voir ailleurs, je ne pourrais que m'exécuter. À condition d'avoir encore des genoux en état de fonctionner. Toutefois, me dis-je, il me restait une petite chance. Gangster ou non, un type qui a risqué sa peau pour épouser celle qu'il aimait possède un cœur. Ça ne fait aucun doute.

Aucun doute. Mais alors pourquoi ne pouvais-je m'empêcher de ressasser toutes les histoires que j'avais entendues à propos du Purple Gang ? Les cercueils à deux places, les tireurs du massacre de la Saint-Valentin, le gang qui avait chassé Capone de Detroit...

Je préférai penser à autre chose. Tout ça, c'était de l'histoire ancienne. Comme les Sultans.

Le Studio Seven était une véritable citadelle en béton flambant neuve juste après Gratiot Avenue, dans la toute nouvelle cité d'Eastpointe, l'ancien East Detroit. Les habitants avaient rebaptisé la ville pour effacer son image de Cité Est du meurtre.

Bizarrement, jusqu'alors, je ne m'étais pas rendu compte de l'aspect de forteresse du studio de Sol. J'avais pris la précaution de prévenir Dési de ma venue par téléphone ; il fallut cependant que je décline mon identité à un garde en uniforme à la grille d'entrée du parking, puis à un second garde à la porte de l'immeuble, avant qu'un réceptionniste aux muscles gonflés aux stéroïdes m'autorise enfin à emprunter l'ascenseur. Des consignes de sécurité aussi strictes semblent normales dans cette ville. Un voyou armé peut vous y agresser en plein jour pour piquer votre bagnole, alors la paranoïa devient un état d'esprit entièrement rationnel.

Cependant, savoir que Sol était né au sein du Purple Gang rendait encore plus inquiétants tous ces gardes et ces armes à feu. C'était comme de découvrir que votre maîtresse et votre meilleur ami sont amants de longue date. Il y a de quoi remettre en question toutes vos certitudes.

Les studios d'enregistrement étaient au quatrième étage de l'immeuble. La salle, dont sol, murs et plafonds étaient recouverts d'une moquette couleur sable, était divisée en une demi-douzaine de cabines en plexiglas qui permettaient de séparer les musiciens et les chanteurs aux rares occasions où ils enregistraient ensemble. De nos jours, les pistes sont généralement enregistrées séparément pour éviter la diaphonie et obtenir un maximum de clarté. L'enregistrement numérique de pointe s'apparente à la fécondation *in vitro*. Les deux techniques ne laissent finalement que peu de part au plaisir.

Roddy Rothstein, le chef de la sécurité de Sol, était adossé au mur à côté de la porte du studio. Il avait l'air d'un surfer sur le déclin : le cheveu décoloré, l'œil bleu porcelaine, la paupière gauche à demi fermée et marquée par une mince cicatrice. Il portait un jean, des bottes en peau de serpent et un blouson des L.A. Raiders qui n'arrivait pas à dissimuler son Browning 9 mm dans son étui d'épaule. Son regard, dur et figé, se posa sur moi. Ça n'avait rien de personnel. Roddy fixe tout le monde comme un lézard une mouche.

« Hé, Ax, qu'est-ce qui t'amène ?

– Une toute petite affaire. M. Katz est à l'intérieur ?

– Tout le monde est à l'intérieur, grogna Roddy, sauf moi. Le monde de la musique : la vie à pleins gaz.

– C'est un boulot honnête.

– Comment que tu pourrais le savoir ? Vas-y, tu as le feu vert. »

Même avec l'assentiment de Roddy et celui de l'ampoule verte qui s'était allumée au-dessus de l'entrée, j'ouvris la porte avec mille précautions. À cinq cents dollars de l'heure, il vaut mieux éviter de faire irruption dans un studio d'enregistrement. Mais tout allait bien. Ils étaient en train de faire des essais de son. Dési était dans une des cabines isolées, un casque sur la tête. Les compagnies de disques ont tendance à rajeunir leurs poulains d'une bonne dizaine d'années ; Dési, elle, dans son T-shirt Pistons et son jean à trou-trous, ressemblait à une étudiante sur le point d'abandonner l'université. La peau sombre, la taille svelte, elle était d'une beauté à damner un saint. Si seulement son ramage avait pu égaler son plumage... Elle m'adressa une grimace et fit un geste de la main, majeur tendu. Je la saluai en retour.

Millie et Sol étaient en pleine discussion avec l'ingénieur du son. Les mariages interraciaux ne sont pas rares à Detroit, mais Sol et Millie constituaient un couple particulièrement réussi. Sol, élancé, le cheveu gris argent et l'œil gris acier, affichait une élégance négligée avec son veston gris perle de chez Armani sur une chemise de polo gris sarcelle. Millie avait sans doute pris quelques livres depuis sa période Millicent, mais elle les portait bien. Elle s'épanouissait dans un jogging tout simple qui, en y regardant de près, avait dû coûter plus cher que ma voiture. Sol abandonna la conversation, laissant le dernier mot à Millie, et s'avança vers moi. *Le Parrain II* ? Possible. Fort possible.

« Axton, m'accueilla-t-il en hochant la tête, quel bon vent vous amène ? Ça tombe bien ; Dési allait vous appeler. Le mois prochain, elle va donner quelques concerts de charité à Cleveland et Buffalo, dans le cadre de la lutte contre le sida. J'aimerais bien que vous assuriez sa protection, si vous êtes libre.

– Il se peut que je sois libre. Si vous tenez toujours à m'engager. C'est que, hum, ce n'est pas une visite de courtoisie, monsieur Katz. C'est dans le cadre de mon boulot.

– Expliquez-vous ! intervint Millie, chassant de la main l'ingénieur du son vers sa cabine de mixage.

– C'est un peu compliqué... Disons que quelqu'un m'a engagé pour... heu... recouvrer une vieille créance.

– Quel genre de créance ? demanda Sol d'une voix calme. À qui suis-je supposé devoir de l'argent ?

– Je ne suis même pas sûr que vous deviez quelque chose à qui que ce soit, monsieur Katz. Je vais essayer d'être bref. Vous vous souvenez d'un groupe qui enregistrait pour vous au début des années 60, The Sultans of Soul ?

– Les Sultans ? fit en écho Millie. Bien sûr. On a fait une série de shows ensemble au Warfield et au Broadway Capitol.

– Et vous vous rappelez Varnell Mack ? demandai-je.

– Je me souviens de lui, répondit-elle après avoir jeté un regard acéré à Sol. Un grand gars, avec un bouc ?

– Il n'est plus aussi grand aujourd'hui. En bref, M. Mack m'a raconté que le chanteur des Sultans, Horace DeWitt, est au bout du rouleau, dans une maison de retraite.

– Oui, j'en ai entendu parler, opina Sol avec froideur. Et alors ?

– Alors, M. Mack pense que vous pourriez clarifier la situation pour... venir en aide à DeWitt. En souvenir du bon vieux temps.

– À Horace uniquement ? s'étonna Sol, sourcil froncé. Varnell n'a pas dans l'idée de toucher une petite part ?

– Non, monsieur, M. Mack a l'air de très bien s'en tirer. Une Cadillac flambant neuve avec chauffeur.

– Tant mieux pour lui, reprit Sol doucement. Il vous a parlé de mes tentatives pour le contacter ?

– Non. Il s'agissait de quoi ?

– Rien de grave, intervint Millie un peu trop innocemment. Nous voulions appeler le nouvel album de Dési "Motor City Mama" et nous avions besoin de l'accord de Varnell pour utiliser la chanson. On a envoyé Roddy à sa recherche, mais personne ne semblait savoir ce qu'il était devenu.

– Il m'a dit qu'il avait quitté le showbiz depuis des années pour entrer dans l'immobilier.

– Ouais, laissa tomber Sol en haussant les épaules, si Mack veut quelques dollars pour Horace, on peut trouver un arrangement. Eh bien voilà, Ax, amenez donc Varnell ce soir au club. D'accord ? On boira quelques verres et on discutera de tout ça.

– D'accord pour moi. Mais il faut, bien sûr, que je demande l'avis de M. Mack.

– Allez-y et tenez-moi au courant. Et maintenant, si vous le permettez, nous retournons à nos enregistrements.

– Pas de problème. Je reste en contact avec vous. Et merci pour tout. »

Je m'arrêtai au premier 7-Eleven que je rencontrai et, de la cabine téléphonique du parking, j'appelai Varnell Mack. Il me répondit en utilisant le poste de sa voiture ; je pouvais entendre le bruit de la circulation en fond sonore. J'essayai de lui exposer mes premiers résultats, mais il m'interrompit : « Mon vieux, je ne comprends rien à cette foutue histoire. Si vous avez des choses à me dire, retrouvons-nous au restau à grillades près de votre bureau. Disons, dans une vingtaine de minutes ?

– J'y serai. »

La limousine de Mack était garée dans une zone de stationnement interdit en face de Chez Papa Henry. Son chauffeur tapotait le volant de ses puissantes mains, accompagnant le rythme du moteur qui continuait à tourner. Mack était assis dans un recoin devant la fenêtre donnant sur la rue. Je n'aurais pas choisi un tel endroit, mais je n'ai pas besoin de canne pour me déplacer ; du moins, pas encore. Je me glissai auprès de lui. Mack se réchauffait les mains en serrant une tasse de thé. Je lui exposai brièvement la situation.

« Le vieux Sol est toujours dans le business ? fit-il en esquissant un sourire. Et toujours avec Millie ? Bon sang, après tout ce temps, qui aurait pu supposer ça ?

– Mais enfin, ça ne fait pas si longtemps.

– Pour certains, ça représente la durée d'une vie. »

Le regard de Mack fixait la rue derrière la vitre tachetée de chiures de mouches. Une voiture de patrouille, une Monte Carlo, passa lentement, tous feux éteints. Mack ne la remarqua pas ; il regardait au-delà... bien au-delà.

« Millie se souvenait de vous, repris-je.

– Une sacrée bonne femme, Millie. Et drôlement futée. Assez futée pour épouser un tas de fric et ne pas le lâcher.

– Ce n'est peut-être pas exactement ça.

– Non ? s'irrita le vieil homme. Je sais de quoi je parle. Et vous, jeune homme, que savez-vous ? Vous êtes marié ?

– Je l'ai été. Une fois.

– Une fois suffit pour les gens, d'une façon ou d'une autre. Vous savez, Axton, Willis m'a dit que vous étiez efficace ; pourtant, vous pouvez me croire, quand je vous ai donné cet argent j'étais persuadé que je l'avais perdu à jamais. Vous avez fait du bon boulot.

– Mais je n'ai encore rien fait.

– Qu'est-ce que vous voulez dire ?

– Vous m'avez demandé de récupérer de l'argent dû aux Sultans. Sol a dit qu'il allait voir ce qu'on pouvait faire à propos des droits de *Motor City Mama*. Mais il n'a pas vraiment dit qu'il paierait ni combien.

– Ne vous en faites pas pour ça, grinça Mack. L'important est qu'il accepte de parler. Ce n'est pas tant l'argent qui importe, vous comprenez ? Il s'agit de l'amener à faire ce qui est juste. Quelle que soit la somme que Sol versera, ce sera suffisant. » Il reprit sa canne pour se lever avec peine et quitter son recoin. « Je viendrai vous prendre ici à neuf heures trente.

– Bien. »

La voiture de patrouille réapparut, sans doute pour observer de près la Cadillac de Mack. Je la regardai passer et compris soudain que ce n'était pas la voiture qui me chiffonnait ; c'était autre chose. Bien au-dessus, sur le toit de l'immeuble d'en face, quelque chose brillait. Une fraction de seconde, la crainte d'un coup de feu me glaça. La lueur cependant n'avait pas un aspect métallique et elle restait immobile. Mack me lança un regard bizarre.

« Quelque chose qui cloche ?

– Non, non, tout va très bien. On se retrouve ce soir. »

Je restai à ma place pendant qu'il se traînait vers la Cadillac pour s'y hisser. Alors que la voiture démarrait, un homme se redressa sur le toit de l'immeuble d'en face. Il avait un caméscope et filmait la voiture de Mack qui se dirigeait vers Eight Mile.

Je sortis par la porte de derrière de Chez Papa Henry, suivis la ruelle et courus vers l'angle de l'immeuble. L'homme sur le toit avait disparu.

Bon Dieu ! Je traversai la rue au galop, zigzaguant dans la circulation, et enfilai le passage menant à l'arrière de l'immeuble. Une Honda Civic bleue y était garée. Celle de l'homme certainement. Dans ce quartier, personne ne laisse sa voiture dans une ruelle.

J'entendis un bruit métallique venant d'en haut et me collai le dos au mur. Quelqu'un descendait à toute vitesse l'escalier de secours : un Noir élancé avec un sweat-shirt de l'université de Detroit, des lunettes de grand-mère et un sac de toile noir à l'épaule. J'attendis qu'il arrive sur la dernière marche, fis un pas en avant et lui bloquai le passage vers sa voiture.

« Le jour idéal pour faire ça, attaquai-je.

– Pour faire quoi ? demanda-t-il en se figeant.

– Pour filmer. C'est ce que vous faisiez, non ? Vous nous avez bien filmés, moi et l'homme qui m'accompagnait ? »

Il hésita pendant une fraction de seconde, puis haussa les épaules pour répondre : « Si vous partez maintenant sans faire d'histoire, peut-être resterez-vous en dehors de tout ça.

– Tout ça quoi ?

– Une enquête officielle du bureau des narcotiques de la ville.

– Une enquête sur qui ? Sur moi ? Sur papa Henry ? Vous perdez votre temps.

– Je vous préviens, vous êtes en train d'entraver la bonne marche d'une...

– Ça va, l'interrompis-je. Si vous êtes flic, montrez-moi votre plaque et je m'en vais.

– Pas de problème ! » répondit-il avec calme.

Il ouvrit la fermeture Éclair de son sac, en sortit un objet plat qu'il me jeta. Je me tournai à demi pour le rattraper ; il sauta de la marche et se mit à courir. Il n'était qu'à deux pas de distance et le sac de toile le freinait ; toutefois, il était encore trop rapide pour moi.

« Au secours, hurla-t-il alors que nous courions dans le passage. Ce tyyype ! Ce tyyyype-là ! »

Son truc réussit. J'abandonnai la poursuite avant la fin de la ruelle. Il était impossible à un Blanc de poursuivre un Noir dans Eight Mile sans provoquer un attroupement hostile ; nous le savions tous les deux.

Il tourna à droite dans la rue et disparut. Je revins sur mes pas et allai à sa voiture. L'objet qu'il m'avait jeté ne me servait à rien ; c'était une petite brochure sur une caméra en vente dans une boutique de Woodward. J'envisageai de forcer une portière, mais abandonnai l'idée. Pour commencer, je n'étais même pas sûr qu'il s'agissait bien de sa voiture. Pourtant j'étais à peu près certain qu'il nous avait filmés Mack et moi. Nous étions les seuls derrière la vitre ; il avait également filmé la Cadillac qui s'éloignait, puis arrêté son caméscope à la disparition du véhicule.

Une enquête du bureau des narcotiques ? Possible. Dieu sait que les enquêteurs de ce service ne risquent pas de chômer dans cette ville. Mais, si c'était un poulet, pourquoi ne pas me montrer simplement une pièce d'identité ? Ou un .38 ? Aucun flic des narcotiques ne se baladerait sans arme dans Eight Mile. Si ce n'était pas un flic, qui était-il ?

J'avais la sensation désagréable d'être entré dans une pièce emplie de toiles d'araignée. Une seule raison avait pu pousser quelqu'un à filmer ma conversation avec Mack : l'un de nous deux était filé pour une raison quelconque. Au cours des ans, j'avais foutu en rogne pas mal de gens ; mais je ne voyais personne qui aurait pu chercher à m'intimider en envoyant un cameraman. Pas dans une ville où un tueur à gages se loue pour cinquante dollars. Ou même moins.

Il restait Mack. Était-il mêlé au trafic de drogue ? Peut-être. Toutefois, revendre de la came me paraissait une occupation plutôt ardue pour quelqu'un qui se déplace difficilement tout seul. D'autre part, il ne m'avait pas demandé de faire quelque chose d'illégal. Je devais simplement récupérer une somme due aux Sultans auprès de personnes inconnues.

Ou bien y avait-il encore autre chose ? Tout ce que je savais, c'était ce que Mack m'avait raconté. Millie se souvenait de lui et Sol également. Des bons moments qu'ils avaient connus ensemble. Tout ne pourrait s'éclairer qu'en revenant à ce qui avait été leur bon vieux temps. Celui des Sultans.

Et celui de Horace DeWitt. Et comme, dans une certaine mesure, je travaillais pour DeWitt, peut-être était-il temps que je rencontre le leader des Sultans. Par ailleurs, depuis ma plus tendre enfance, j'écoutais *Motor City Mama* ; ça pouvait être intéressant de voir le visage qui existait derrière cette voix.

Je m'étais fait une modeste réputation dans les milieux musicaux en retrouvant des clients d'hôtel partis sans payer leur note et en recouvrant des créances de toutes sortes. L'enseigne sur la porte de mon bureau indiquait « Investigations privées » mais il m'arrivait rarement de jouer les Sherlock. Les gens de ce milieu ne sont pas très doués pour se cacher. Comme il ne se cachait pas, Horace DeWitt devait pouvoir se retrouver plus vite que bien d'autres.

Mack avait précisé que DeWitt était dans sa maison de retraite depuis quelques mois seulement. Il figurait toujours dans l'annuaire téléphonique à son ancienne adresse ; un simple coup de fil aux services de la poste me suffit pour obtenir ses nouvelles coordonnées : Riverine Heights, à Troy.

À l'approche de ce genre d'hospice, on sent généralement ses genoux fléchir ; heureusement, Riverine Heights, une tour moderne d'une dizaine d'étages dans Wattle Road, avait un aspect un peu moins rébarbatif que les anciennes maisons du genre. Il y avait même une vue sur River Rouge.

À la réception, une blonde guillerette et potelée, un vrai saxe, habillée en infirmière, me fit signer le registre des visiteurs et m'indiqua que je trouverais probablement M. DeWitt au salon des résidents du quatrième étage. Le quatrième : j'étais soulagé. Plus on monte dans ces endroits, moins les patients sont capables de se mouvoir. Les étages du haut sont réservés aux malades cloués au lit, près du ciel et prêts à rendre leur dernier soupir. Un occupant du quatrième étage devait être de ceux qui peuvent encore se déplacer, plus ou moins.

Lui, c'était plutôt moins. Le salon était une petite salle de lecture avec des portes-fenêtres donnant sur un balcon. Des chaises en plastique vert étaient alignées le long des murs ; des magazines, lus et relus, étaient abandonnés sur les étagères. Une femme âgée, en vêtements de ville, était assise sur un canapé à côté d'un vieil homme en robe de chambre. La femme tricotait une écharpe ; le vieillard dormait, bouche ouverte, sa tête reposant sur l'épaule de la visiteuse.

Horace DeWitt, lui, était éveillé, assis dans un fauteuil roulant, près de la fenêtre qui laissait entrer le soleil. Une table de jeu pliante était installée au-dessus de ses genoux. Il faisait une réussite.

J'avais vu sa photo à peine quelques heures auparavant, mais je le reconnus à peine. Le chanteur sur la pochette de disque des Sultans était un tombeur macho. Le vieil homme dans son fauteuil ressemblait au portrait de Dorian Gray qu'on aurait repêché dans un grenier. Ses cheveux s'étaient clairsemés et, autour de son corps décharné, son pantalon et sa chemise de sport flottaient comme le pyjama d'un détenu d'un camp de la mort. L'attaque avait paralysé toute la partie droite de son visage ; une de ses paupières était presque entièrement fermée et sa bouche tordue d'un côté.

Son bras gauche reposait sur ses genoux comme une branche morte, les doigts recourbés comme des griffes. Pourtant, il manipulait les cartes avec aisance d'une seule main. Il réussissait même à tricher.

« Monsieur DeWitt ? Je m'appelle Axton. J'ai été un de vos fans pendant des années. Pouvez-vous m'accorder quelques minutes ?

– Je pourrais vous battre aux cartes, répondit-il en me fixant de son œil valide. Mais si vous venez pour faire de moi un gros titre dans une revue de soul, il va falloir que j'arrête mon jeu. »

Les mots étaient bafouillés par le côté tordu de sa bouche. Pourtant sa voix me ramenait aux nuits du Mississippi dans la camionnette de mon père où la radio captait la station WLAC de Nashville. « Je rentre à la maison, Motown Mama, je ne peux pas vivre sans toi... » Je crois que j'aurais pu reconnaître la voix d'Horace DeWitt au milieu des hurlements d'une foule au Silverdome après un essai transformé des Lions. Je m'accroupis à côté de son fauteuil et repris : « En fait, dans une certaine mesure, je travaille pour vous, monsieur DeWitt. Varnell Mack m'a engagé pour essayer de récupérer des royalties pour les Sultans.

– Il a fait ça ? demanda DeWitt en redressant la tête pour me fixer. Qu'est-ce qu'il a contre vous ?

– Rien, que je sache. Pourquoi ?

– Parce que le dernier gars qui a essayé de soutirer un nickel à Sol Katz a terminé sa carrière dans le lac St. Clair, lesté par une chaîne de plus de cent livres.

– Peut-être aurai-je plus de chance. Je ne veux rien vous promettre, mais je crois pouvoir décrocher quelques dollars.

– Hou, hou, glousa-t-il en revenant à son jeu. Le chèque va m'arriver par la poste, ouais ? Alors, que voulez-vous de moi ?

– Pas grand-chose. J'espérais que vous pourriez m'éclairer un peu sur M. Mack.

– Varnell ? Belle voix de basse. Et surtout un excellent auteur de chansons. Il a écrit *Motor City Mama*, la seule chanson que Sol n'a pas réussi à nous extorquer, simplement parce qu'à l'époque il a été forcé de fuir la ville au grand galop. C'est pour ça que Sol vous envoie ? Bon sang, il y a des années que j'ai cédé mes droits.

– Je ne travaille pas pour Sol Katz, monsieur DeWitt, je travaille pour Varnell Mack.

– Ça, c'est vous qui le dites. Mais si vous travaillez pour lui, pourquoi me questionner à son sujet ?

– Parce que je crois qu'il a des ennuis. Quelqu'un fait filmer ses faits et gestes ; vous voyez pour quelle raison ? Est-ce que ça pourrait être la police ?

– Filmer ? s'exclama le vieillard en me foudroyant du regard. Doux Jésus, c'est quoi ces foutaises ? Cette saloperie d'attaque m'a paralysé un bras mais pas le cerveau. Le dernier rigolo que Sol a envoyé pour m'interroger sur Varnell l'a fait sans détour. J'ignore quelle arnaque vous préparez et je ne vous dirai qu'une chose : tirez-vous !

– Je ne veux pas vous arnaquer, monsieur DeWitt.

– Bien sûr que non ! aboya-t-il. Écoutez, je vous ai laissé parler pour passer le temps. Maintenant je suis fatigué de vous entendre dégoiser à propos de certains de mes amis. Varnell Mack ne vous a jamais engagé pour quoi que ce soit, fiston. Alors arrêtez vos balivernes ou je serai forcé de me lever de mon fauteuil pour vous virer d'ici à coups de pompe dans le cul.

– Monsieur DeWitt, pourquoi pensez-vous que je n'ai pas été engagé par Varnell Mack ?

– Je n'ai pas dit que je le pensais, je le sais. Bon sang, ça fait vingt ans qu'il n'est même plus Varnell. Après les émeutes de 67, il a rejoint les Black Muslims et a changé son nom en Raheem ou un truc comme ça. Après ça, il n'a plus adressé la parole à un Blanc...

– Peut-être qu'il a perdu de son rigorisme.

– Difficile de le perdre, surtout sous terre.

– Que voulez-vous dire ?

– Qu'il est mort. En 83. Cancer du poumon. Il n'y avait qu'une douzaine de personnes à son enterrement, pour la plupart des Black Muslims. Alors retournez chez Sol pour lui dire que s'il veut utiliser cette chanson, qu'il le fasse. Ce n'est pas moi qui lui ferai des ennuis. Ni Varnell, bien entendu. Maintenant que vous avez ce que vous vouliez, allez-vous-en. »

Il se pencha sur son jeu ; c'était comme s'il venait de me claquer la porte au nez.

Je me levai lentement, cherchant ce que je pourrais bien ajouter. C'était inutile ; il ne croirait rien de ce que je lui dirais lui raconter. Lui-même s'était peut-être trompé, confondant Varnell et ce Raheem. Peut-être.

En sortant, je m'arrêtai à la réception pour demander au saxe de service si DeWitt avait des visiteurs réguliers.

« Je ne saurais vous le dire de but en blanc, répondit-elle en fronçant les sourcils. Nous avons tellement de patients. Pourquoi me posez-vous cette question ?

– Il m'a semblé avoir les idées un peu confuses ; il ne savait plus très bien qui était vivant, qui était mort.

– Oh, il n'est pas le seul dans ce cas, remarqua-t-elle avec le sourire en prenant son registre. Voyons... Un M. Rothstein est venu le voir il y a quelques semaines. Puis un M. Jaquette. Et un M. Robinson avec sa femme. Ça peut vous aider ?

– Personne du nom de Mack ?

– Apparemment non. Pas récemment du moins. Enfin, il ne faut pas attacher trop d'importance à cette histoire. Nos résidents n'ont pas toujours conscience que certains de leurs amis sont décédés. Parfois, même, ils leur parlent. De quoi avoir des frissons dans le dos.

– Ouais. Je connais cette impression. »

Je descendis l'escalier quatre à quatre, quittai en vitesse la maison de retraite et galopai jusqu'à ma voiture. Je m'y engouffrai et quittai le quartier, le pied au plancher, pour retourner au cœur de Motown.

J'allai au Rock'n Soul Recollections. Il était cinq heures passées et les stores étaient baissés ; on distinguait cependant une silhouette qui se mouvait à l'intérieur. Je tambourinai à la porte.

« Ouvre, Cal ! C'est urgent !

– Les urgences, railla-t-il en m'ouvrant, c'est pas mon rayon. Je vends des disques.

– Attends, je t'expliquerai ! » m'écriai-je en fonçant vers le bac des disques de soul.

Je farfouillai parmi les « S ». The Sultans of Soul. Sur la jaquette, Horace DeWitt me souriait, jeune et solide. Un roc. Je regardai les visages des chanteurs à l'arrière-plan. Ils étaient flous, photographiés dans le mouvement de la danse. Je ne pouvais être sûr de rien.

« Tu n'aurais pas d'autres photos des Sultans ? demandai-je. Des affiches ? Quelque chose !

– Les Sultans ? répéta-t-il en fouillant dans sa mémoire. J'ai deux programmes avec les Sultans. Mais pas de photos individuelles... » Il alla au rayon des objets publicitaires de collection et le parcourut d'un doigt expert. « Ah ! Un programme pour une revue au Warfield Theater. 1962. Sam Cooke, les Olympics, Millie Jump et les Jacks, et... The Sultans of Soul. Fais gaffe... c'est un original qui vaut la peau des fesses. »

Je consultai la table des matières et feuilletai le programme avec précaution. J'arrivai aux Sultans. Une prise de vue publicitaire standard d'Horace DeWitt entouré de quatre types en veston de lamé brillant. À part Horace, je ne reconnus aucun d'eux. Je lus le texte en lettres fines au-dessous de la photo. Varnell Mack était le dernier à gauche. Il était grand et portait une barbiche à la Malcolm X. Toutefois, en aucun cas ce n'était l'homme qui m'avait engagé.

Et merde !

« Qu'est-ce qui se passe ? s'inquiéta Cal. On dirait que tu viens de perdre ton meilleur ami.

– Pire que ça. Je crois bien que je suis entièrement largué. Je me suis fait couillonner par un type qui arrive à peine à traverser sa chambre tout seul.

– Couillonner, comment ça ?

– C'est bien là le problème. J'en sais rien. Cal, qui peut bien avoir intérêt à se faire passer pour un ex-chanteur de soul ? Et un chanteur mort par-dessus le marché.

– Quelqu'un prétend être un ancien des Sultans ? Pour quelle raison ? Même dans leur période faste, ils étaient loin de la grosse fortune.

– Il ne s'agit sûrement pas d'argent. Il m'a filé plus de fric qu'il ne peut espérer en obtenir avec des royalties qui seraient dues aux Sultans. Alors, que veut-il exactement ?

– Tu n'as aucune idée de son identité réelle ?

– Tout ce que je sais, c'est que c'était un proche des Sultans du temps de leur splendeur. Je suppose qu'il a découvert que Sol voulait retrouver Varnell par DeWitt. Son nom pourrait donc être Robinson ou Jaquette...

– Jaquette ? murmura Cal, les yeux plissés. Le prénom ?

– Je n'en sais rien. Pourquoi ?

– Parce que je connais quelques gars de ce nom, mais un seul qui aurait pu connaître les Sultans. » Cal me prit le programme et le feuilleta. « Ça pourrait être ton type ? Là, au milieu ?

– Oui, balbutiai-je, c'est bien lui. Avec trente ans de moins. Mais ce n'est pas une photo des Sultans !

– Non, ce sont les Jacks, l'ancien groupe de Millie Jump. Dexter Jaquette était leur leader. Et le mari de Millie. Elle l'a plaqué quand il s'est fait poisser.

– Poisser pour quoi ?

– Une affaire de drogue minable. Deux cigarettes de marijuana. De nos jours, personne ne s'en soucierait ; à l'époque, c'était un délit grave. Il en a pris pour cinq ans, je crois.

– Ça s'est passé il y a une éternité. Qu'est-ce qu'il veut obtenir maintenant ?

– J'en sais rien. Pourquoi ne pas le lui demander ?

– Peut-être bien, marmonnai-je en continuant de fixer la photo de Dexter Jaquette. Je peux emporter ça ?

– Bien sûr. Ça te fera vingt-quatre dollars plus les taxes, plus un supplément pour dépassement des heures d'ouverture ; disons trente-cinq dollars. »

Je haussai un sourcil, mais payai sans protester. Il m'avait été d'un grand secours et nous le savions tous les deux.

Sur le chemin du retour à mon appartement, je laissai le programme ouvert sur le siège à côté de moi et, tout en conduisant, je jetais de temps en temps un œil à la photo de Dexter Jaquette. Je le comparai à l'homme brisé qui m'avait engagé. Dieu, ce qu'il pouvait être jeune à l'époque ; plus jeune que moi maintenant. Mais il y avait autre chose qui me chiffonnait dans tout ça. Cette photo avait une autre signification et elle m'échappait.

Des photos. Le gars au caméscope. Que voulait dire tout ça ? La seule chose dont j'étais sûr, c'était que Jaquette s'était drôlement démené pour monter son coup. Si je le confondais, il arrêterait sans doute sa combine, pour la reprendre plus tard. À condition de ne pas mourir avant.

Devais-je avertir Sol ? Un choix doublement difficile. Sol n'était pas mon client, Dexter l'était. Et si je prévenais Sol, il lâcherait Roddy Rothstein sur Jaquette. Qu'il soit infirme ne dérangerait nullement Roddy. Il le secouerait, le rudoierait ou pire encore, et je n'en saurais pas plus sur le fin mot de l'histoire.

À moins de jouer le jeu à ma façon. J'avais l'impression que cette pièce était en répétition depuis trente ans. Il n'était pas question de l'interrompre avant la fin du dernier acte.

La Cadillac s'arrêta devant Chez Papa Henry juste après neuf heures. Je sortis de ma Buick et arrivai à la limousine au moment où le chauffeur de Mack ouvrait la portière arrière.

« Il y a un changement de plan, annonçai-je. On prend ma voiture. Donnez sa soirée à votre chauffeur.

– Ma voiture ou la vôtre, répondit Mack/Jaquette en haussant les épaules, quelle importance ?

– Alors, parfait. Et, monsieur Mack, que votre chauffeur ait bien toute sa soirée de libre. Je ne tiens pas à le voir dans mon rétroviseur, sinon la rencontre est annulée. Compris ?

– Ouais, coassa-t-il avec un sourire contraint. Je crois avoir compris. »

Il échangea quelques mots avec le chauffeur, qui voulut discuter mais finit par renoncer. J'eus droit à un regard appuyé de sa part, comme s'il voulait mémoriser mes traits, puis il aida Jaquette à s'extirper de la voiture, se remit ensuite au volant et démarra.

Jaquette avança lentement vers ma voiture. Il avait revêtu un smoking et tenait une canne en ébène à la main. Même voûté comme il l'était, dans son complet immaculé, il respirait l'élégance. Une élégance de croque-mort.

Lorsqu'il se fut installé, je me penchai pour attacher sa ceinture en prenant bien soin de ne pas froisser son veston. J'en profitai pour m'assurer qu'il n'avait pas d'arme. Je m'attendais à une protestation, mais il ne réagit pas, semblant au contraire amusé par la situation.

Le Costa del Sol est l'une des discothèques les plus chaudes de Detroit. Bien à l'abri au quinzième étage du Renaissance Center, elle est réservée exclusivement aux gens branchés et fortunés, très fortunés. J'y étais venu à plusieurs reprises comme garde du corps de Désirée, mais les videurs de l'entrée ne nous laissèrent le passage que lorsque Roddy Rothstein vint nous donner le feu vert.

Le Costa est construit sur deux niveaux : en bas, une immense salle de danse ; en haut, une galerie au plancher de plexiglas. Entre les deux, suspendu dans une sorte de nacelle, le disc-jockey pousse la sono à en crever les tympans de la statue de la Liberté. Un système laser des plus perfectionnés dessine des arabesques psychédéliques, alors que les flashes des photographes mitraillent les célébrités du haut de la partie de la galerie réservée à la presse.

Nous prîmes l'escalator derrière Roddy pour rejoindre la salle de restaurant au second étage. Elle sert de poste d'observation et c'est là que se traitent les affaires. Le plexiglas atténue le bruit de la musique dont le rythme se réduit à une sorte de battement de cœur qui vous est transmis par la plante des pieds.

Roddy nous ouvrit le chemin parmi les tables, accordant son pas au clopinement de Jaquette, et nous conduisit à la table principale où Sol et Millie essayaient de baratiner le chroniqueur mondain du *Detroit Free Press*. Sol avait enfilé un veston noir sur une chemise noire pour mettre en valeur une lourde croix de Jérusalem en or. Millie était éblouissante avec sa combinaison-pantalon à paillettes et une aigrette de diamants dans sa chevelure. Dési, à son habitude, arborait une tenue négligée, comble du chic de la rue. Dans le brouhaha, personne ne nous remarqua jusqu'à ce que Jaquette prenne la parole, sans élever le ton.

« Hello, Sol. Le métier de sangsue, ça paye toujours ? »

Sol lui lança un coup d'œil irrité et pâlit. « Mon Dieu, Dexter. » Il regarda autour de lui, mais Roddy avait déjà disparu dans la foule. « Que veux-tu ?

– Régler mes comptes.

– Il n'y a rien à régler, intervint Millie en me jetant un regard noir. Tout a été réglé il y a longtemps.

– Peut-être que non, répliqua Jaquette en se tournant vers Dési. Qu'en penses-tu, fillette ? Tu sais qui je suis ?

– Tu n'es rien du tout ! aboya Sol. C'est de la vieille histoire.

– De la vieille histoire, répéta Jaquette. Pour toi peut-être. Mais pas pour moi. Vous savez ce que ça représente de tomber sur une affiche où le visage d'une fille semble vous narguer ? Parce que vous lui trouvez quelque chose de familier ? J'ai foncé chez un disquaire pour acheter son album et voir sa photo de près et j'ai compris. Je veux dire que ça a été un sacré choc. Elle te ressemble, Millie, et elle a ta voix. Mais elle me ressemble également. Et à ma mère. Sur la jaquette du disque, il était indiqué qu'elle n'avait que vingt-cinq ans. Mais vous savez comme moi que c'est un foutu mensonge. Elle est ma fille. Tu étais enceinte quand tu m'as quitté. Tu me l'as caché et comme ça tu as pu te mettre à la colle avec un blanchot plein aux as.

– Ça suffit, hurla Sol. Je ne sais pas où tu veux en venir, Dex, mais si tu cherches des ennuis, tu vas être servi. Roddy ! »

Rothstein vint vers la table à toute vitesse en écartant les gens sur son passage, tout en faisant signe à un autre membre du service de sécurité. Derrière lui, je reconnus une silhouette familière : l'homme que j'avais aperçu sur le toit dans l'après-midi. Il était dans le coin de la presse, avec une caméra, ou une arme. Impossible de m'en rendre compte.

« Trop tard, Sol, laissa tomber Jaquette en fouillant sous son veston. Tu m'as tout pris, ma musique, ma femme et même ma fille. L'heure de payer est arrivée. »

Sol trébucha par-dessus sa chaise en hurlant : « Roddy ! » Rothstein surgit, brandissant son pistolet à deux mains en direction du ventre de Dexter.

« Non ! braillai-je en m'interposant entre eux deux. Ne faites pas ça. C'est exactement ce qu'il veut !

– Tue-le ! brama Katz. Vas-y, Roddy ! Et vous, Axton, écartez-vous !

– Bon Dieu, Sol, il n'a pas d'arme ! Il n'est pas venu ici pour vous tuer mais pour mourir ! Et vous compromettre par sa mort ! Il y a un gars à lui sur la galerie qui doit filmer toute la scène ! »

Personne ne m'écoutait. Rothstein se déplaçait en arc de cercle pour ajuster sa cible. Il allait tirer, je le voyais dans son regard. Merde !

Je bousculai Jaquette hors de la ligne de tir et me précipitai sur Roddy en un plaquage réussi. Nous nous écroulâmes sur une table. Il me donna un sérieux coup de crosse de son pistolet sur une oreille. À moitié étourdi, j'essayai en vain de bloquer son bras. Il se libéra et pointa son arme sur Dexter.

« Arrêtez ! » cria Dési en nous faisant sursauter.

Profitant de cette intervention, je plantai mes dents dans le poignet de Roddy. Rugissant, il laissa tomber son flingue et me frappa en plein visage de sa main libre. Sol, à quatre pattes, se précipita sur le pistolet pour le saisir et en menacer à son tour Dexter.

« Attention, Sol ! l'avertis-je. Regardez le gars dans le coin de la presse. »

Il risqua un rapide coup d'œil et aperçut le type au caméscope, puis se releva lentement. Plein de rage, il garda son arme pointée sur la poitrine de Jaquette ; jamais je n'avais vu dans les yeux de quelqu'un une telle envie de meurtre. Un long moment passa.

« Foutez le camp, Axton ! me lança-t-il en abaissant tout doucement son pistolet. Et emmenez-le ! Je vous le jure, si jamais je revois l'un de vous, je serai la dernière personne que vous aurez rencontrée. »

Je secouai la tête pour essayer de retrouver mes esprits. Rothstein continuait à maintenir dans sa main son poignet ensanglanté. Ses yeux, un court instant, rencontrèrent les miens ; je sus que rien n'était terminé entre nous. Maintenant, c'était une affaire personnelle. Un jour ou l'autre, je le reverrais. Cette simple pensée me donnait des frissons dans le dos.

Je me remis sur pied et aidai Jaquette à en faire autant. Épuisé, pâle comme la mort, il tenait à peine debout. Ramassant sa canne, je le soutins d'un bras et le fis avancer à pas lents vers la sortie. À l'escalator, il hésita et je le laissai avancer. Il regarda longuement en arrière ; Dieu seul sait ce qu'il pouvait penser à ce moment-là. Sol et Millie tentaient de calmer Dési ; tous trois étaient encore sous le choc. Jaquette déglutit et je crus qu'il allait dire quelque chose ; mais il n'en fit rien. Peut-être en était-il incapable. Je le conduisis à ma voiture.

Nous roulâmes en silence pendant une vingtaine de minutes ; on n'entendait que le ronronnement du gros V-8 de la Buick et la respiration sifflante de Jaquette. Il abaissa la vitre et laissa la pluie fouetter son visage pour dégouliner ensuite dans sa barbiche, puis sur son col. Ça semblait lui faire du bien.

« Je pensais que ce serait plus facile, chuchota-t-il, plus pour lui-même que pour moi.

– Plus facile de quoi ?

– De mourir. J'y avais longuement pensé et je croyais que j'étais prêt. Mais à la toute dernière seconde, j'ai pensé que peut-être ça ne valait pas la peine. Qu'il n'en valait pas la peine. Mais après... tout ce qu'il m'avait fait. C'était, hum, vraiment courageux de votre part d'intervenir. Je suis vraiment désolé de vous avoir entraîné dans mes ennuis.

– Pourquoi avez-vous fait ça ?

– J'avais besoin de quelqu'un pour déjouer les gars de la sécurité de Sol. Je suis allé au concert au Palace pour... pour voir ma fille de plus près. Je n'ai même pas pu m'approcher. C'est alors que je vous ai aperçu. Je me suis renseigné autour de moi, j'ai découvert qui vous étiez, ce que vous faisiez. Il m'a fallu un mois pour imaginer et mettre sur pied cette combine. Le gars à la caméra est un étudiant en cinéma de l'université de Detroit. Je lui ai fait croire qu'il s'agissait d'un documentaire sur un ex-chanteur qui essaie de récupérer des droits auprès d'une compagnie de disques qui l'a arnaqué. Tous les éléments étaient parfaitement en place dans mon plan, sauf vous.

– Comment ça ?

– Willis m'avait dit que vous étiez honnête. Mais il n'avait pas précisé que vous étiez cinglé. Je pensais que, lorsqu'on en serait au point final, vous resteriez en dehors du coup. Ma mort aurait été filmée. Et Sol n'aurait pas pu éviter d'être inculpé d'assassinat.

– Et ça valait le coup de mourir pour ça ?

– Bon Dieu, je suis en train de crever de toute façon, à petit feu. Et c'est douloureux. J'étais heureux de voir Noël. Mais je ne verrai pas le prochain. Je me disais qu'entraîner Sol avec moi... Peut-être que vous n'auriez pas dû intervenir. Je lui aurais laissé ma haine. » Il se tassa sur son siège et ferma les yeux. « Je n'ai même pas réussi à lui laisser ça. Je suis fatigué. Jusqu'à la moelle de mes os. Je n'ai plus qu'une envie : disparaître.

– C'est impossible. Ce n'est pas fini.

– Tiens ? Et pourquoi ?

– Vous m'avez engagé pour recouvrer une créance, monsieur Jaquette. Je n'ai pas encore rempli ma mission. Aimeriez-vous rencontrer votre fille ? Seul à seule ? Je pense pouvoir arranger ça.

– La rencontrer ? » Ses yeux se rouvrirent. « Pourquoi ? Pour lui dire adieu ?

– Ou bien bonjour. Vous avez bien plus de choses à lui raconter que vous ne pensez. Vous pourriez lui parler affaires, par exemple.

– Quel genre d'affaire pourrais-je traiter avec elle ?

– Il ne s'agit pas d'une affaire entre vous deux. Mais entre les Sultans et Sol.

– Mon vieux, tout ça c'était du vent ! Un simple truc pour réussir à le rencontrer. Il a cru à cette histoire de dette, mais tout avait été fait le plus légalement du monde.

– Sol les a tout de même arnaqués. Il ne faudrait pas que Dési finisse par avoir la même mentalité que lui. Elle a bon cœur et elle n'aime pas les compromissions. Je pense que si vous lui présentez bien les choses – vous êtes un vieil homme en train de mourir et cetera – elle touchera un mot à Sol pour qu'il trouve un arrangement satisfaisant avec les Sultans.

– Trop tard pour ça. Les Sultans, il n'y en a plus, à part Horace. Et il n'en a plus pour longtemps.

– Alors faites-le pour les autres. Les Sultans ne sont pas le seul groupe qu'il ait truandé. Peut-être pourriez-vous même créer un précédent juridique qui permettrait à d'autres anciens chanteurs d'obtenir un paiement plus équitable de leurs droits. Ça ne sera peut-être pas grand-chose. Mais ce sera toujours mieux que rien.

– Peut-être. J'en sais rien. Je suis trop fatigué pour y réfléchir maintenant. Lâchez-moi au prochain coin. Il faut que je marche un peu.

– Il pleut.

– Je sais. Arrêtez la bagnole. »

Je le regardai s'éloigner clopin-clopant. Un vieil homme en smoking sous la pluie. Je n'avais pas de souci à me faire à son sujet. Sa Cadillac nous suivait depuis notre sortie du Costa del Sol.

Je me dis qu'il avait tort de vouloir abandonner. Un gars qui avait mis tant d'énergie pour régler ses comptes devrait quand même retrouver assez de ressort pour parler à sa fille.

Et il avait également tort à propos des Sultans. Ils n'avaient pas disparu. Pas tout à fait. Pas plus que les centaines d'autres qui avaient chanté de toute leur âme dans des entrepôts ou devant des vitrines de magasins pour récolter quelques pièces de monnaie. Ils avaient bouleversé la culture musicale du monde entier. Et les margoulins du genre de Sol qui ne pensaient qu'à les dépouiller du dernier nickel de leurs droits en oubliaient une autre valeur qu'ils ne soupçonnaient même pas.

L'immortalité.

Après la disparition de Sol ou de ses semblables, qui se souviendrait d'eux ? Contrairement aux Sultans. À Otis Redding. Aussi longtemps qu'il y aurait quelqu'un pour les écouter, ils continueraient à chanter. Éternellement jeunes.

J'introduisis la cassette, passée et repassée, dans le lecteur de la Buick et me laissai emporter par le rythme de la batterie et les vibrations de la basse. Puis Horace DeWitt se mit à chanter pour moi. Non pas le mastodonte brisé de Riverine Heights, mais le colosse aux cheveux décrêpés, aux larges épaules et aux yeux marron qui souriait sur la photo du programme du Warfield Theater. Et il avait retrouvé sa jeunesse.

Et moi également.

« Je reviens à la maison, Motown Mama. Je ne peux pas vivre sans toi... »

Traduit par Jean-Paul Schweighaeuser

Titre original :
The Sultans of Soul
Initialement paru dans *Ellery Queen's Mystery Magazine*, mars 1993.

Le miracle de la falaise

PETER TREMAYNE

La barque, doucement ballottée par les vagues, s'approchait du quai taillé dans le granit. De son bord, sœur Fidelma aperçut le comité d'accueil qui l'attendait. Il était composé d'un homme jeune, très jeune même, qui n'avait certainement pas connu plus de vingt et un printemps. Elle remarqua sur son visage une expression courroucée où perçait une grande détermination.

Obéissant au geste du batelier, sœur Fidelma se déplaça vers le bord de la barque pour saisir l'échelle de corde, puis se hissa vivement sur le quai. Ses mouvements avaient une agilité juvénile qui semblait contredire son allure réservée et son habit de religieuse. Aux yeux du jeune homme qui suivait son ascension périlleuse, la silhouette de haute taille mais bien proportionnée, les fines mèches rebelles de cheveux roux dépassant de la coiffe, le visage jeune et séduisant et les yeux verts au regard vif, n'étaient pas ce qu'il s'était attendu à voir lorsqu'on l'avait informé qu'un dalaigh, un avocat de la Brehon Court, devait venir sur l'île. Cette jeune femme ne correspondait pas à l'idée qu'il se faisait d'une religieuse, et encore moins d'un membre respectable des cours de justice d'Eireann.

« Sœur Fidelma ? Avez-vous fait bon voyage ? »

Le jeune homme parlait lentement, sur un ton mesuré, pas vraiment amical mais « correct ». L'expression « d'une politesse froide » vint à l'esprit de Fidelma, et ses traits se crispèrent en une légère grimace avant de se détendre pour laisser apparaître un grand sourire amusé. Ce sourire déconcerta un instant le jeune homme. Cela n'allait pas non plus avec son état. C'était le sourire d'une enfant espiègle et frivole. Fidelma désigna sans un mot les vagues qui se brisaient derrière elle.

Avec la forte houle d'automne, d'un gris sale et chargée de coiffes d'écume d'un jaune crémeux, la traversée depuis l'Irlande n'avait rien eu d'agréable. Le vent froid soufflait en rafales, sifflant contre cette île de rochers déchiquetés qui émergeait de l'océan farouche et violent comme le sommet d'une colline qui eût été coupée de ses pareilles par un sombre déluge. À l'approche de l'île, des rochers noirs lui étaient apparus, semblables à la crête d'un coq de combat. Elle s'était étonnée qu'on pût continuer à vivre, à subsister en ces lieux désertiques d'aspect si peu hospitalier.

Pendant la traversée, le batelier lui avait dit qu'il n'y avait que cent soixante habitants sur cette île, qui pouvait en hiver être coupée du continent pendant des mois, aucun currach, même habilement dirigé, ne pouvant toucher son rivage. La population de l'île était très solidaire, repliée sur elle-même et composée surtout de pêcheurs. De plus, on n'avait enregistré aucune mort suspecte depuis des temps immémoriaux.

Mais aujourd'hui, les choses étaient différentes. Le jeune homme eut un léger froncement de sourcils et, comme elle ne répondait pas, il reprit la parole.

« Il n'était pas besoin de vous soucier de cette histoire, sœur Fidelma. Tout est parfaitement clair. Ce n'était pas la peine de vous faire venir jusqu'ici. »

Sœur Fidelma regarda le jeune homme avec un doux sourire. Il n'y avait aucun doute : le jeune homme était contrarié. Sœur Fidelma était une étrangère qui venait empiéter sur sa juridiction.

« C'est vous le bo'-aire de l'île ? » demanda-t-elle. Le jeune homme se raidit en une attitude de dignité qui ne correspondait pas à son âge.

« C'est moi effectivement », répondit-il sans arriver tout à fait à dissimuler sa fierté. Le bo'-aire était un magistrat local, un chef de clan ne possédant pas de terres, mais dont la richesse se mesurait au nombre de têtes de bétail qu'il possédait, d'où le nom de « maître du bétail » qu'on lui donnait. Les petites communautés, comme celles vivant sur les minuscules îles au long de la côte, étaient généralement gouvernées par un bo'-aire qui devait allégeance aux vrais chefs de clan du continent.

« J'étais en visite chez Fathan de Corco Dhuibhne lorsque lui est parvenue la nouvelle de cette mort », dit Fidelma d'une voix douce.

Fathan de Corco Dhuibhne était le chef de clan dont l'autorité s'étendait à toutes les îles. Le jeune bo'-aire eut un mouvement qui trahissait sa gêne. Sœur Fidelma poursuivit : « Fathan m'a demandé de venir vous voir afin de vous aider dans votre enquête. »

Elle estima que cette formule était une façon plus diplomatique d'approcher le jeune homme que celle qui aurait consisté à lui rapporter exactement ce que Fathan avait dit. Fathan savait que le bo'-aire venait tout juste d'être nommé et que cette affaire nécessitait quelqu'un de plus expérimenté dans ses jugements. « Je possède une certaine compétence pour mener ces enquêtes concernant des morts suspectes », ajouta Fidelma.

Le jeune homme se mordit la lèvre d'un air sombre. « Mais cette mort n'a rien de suspect. Cette femme a tout simplement glissé et est tombée de la falaise. Elle est haute de trois cents pieds à cet endroit-là ; elle n'avait aucune chance de s'en tirer.

– Vraiment ? Vous êtes sûr que c'est un accident ? »

Sœur Fidelma se rendit compte soudain qu'ils étaient restés debout sur le quai avec le vent qui les fouettait et les embruns qui imprégnaient leurs vêtements. Elle était toute mouillée malgré la cape de grosse laine qu'elle avait mise pour faire la traversée depuis An Chuis, sur le continent.

« Y a-t-il un endroit où nous pourrions nous abriter ? Et où nous serions plus à l'aise pour parler de tout cela ? » Elle posa la seconde question avant que le jeune homme n'ait pu répondre à la première.

Le jeune bo'-aire rougit lorsqu'il comprit le reproche implicite. « Mon bothan est là-bas sur la route, ma sœur. Venez avec moi. »

Il se retourna et lui montra le chemin. Une ou deux personnes saluèrent le bo'-aire au passage, tout en jetant des regards curieux à sœur Fidelma. La nouvelle de son arrivée aurait bientôt fait le tour de l'île, se dit-elle. Fidelma soupira. La vie sur l'île en été devait avoir un côté très romantique, loin des hurlements continuels du vent et des embruns vous cinglant le visage.

Dans la petite maison confortable en pierre grise du bo'-aire, un feu de tourbe brûlait doucement, réchauffant un peu l'atmosphère qui demeurait néanmoins humide. La jeune domestique du bo'-aire apporta un récipient de terre cuite rempli d'hydromel qu'elle chauffa avec un fer rouge au foyer. La boisson réchauffa Fidelma et lui redonna un peu de vigueur.

« Quel est votre nom ? demanda-t-elle entre deux petites gorgées.

– Fogartach », répondit sèchement le bo'-aire, qui se rendit compte qu'il avait oublié de se présenter à son hôte comme il le devait.

Sœur Fidelma sentit que le moment était venu de rappeler à l'ordre ce jeune présomptueux. « Dites-moi, Fogartach, vous êtes le magistrat local, mais en matière de droit, quelles sont vos compétences reconnues ? »

Piqué dans sa vanité, le jeune homme redressa légèrement la tête. « J'ai étudié quatre ans à Daingean Chuis. J'ai atteint le niveau de dos et je n'ai rien à envier aux spécialistes en Bretha Nemed, le droit des privilèges. »

Sœur Fidelma eut un léger sourire devant une telle arrogance. « Pour ma part, j'ai atteint le niveau d'anruth, dit-elle calmement. Après huit années d'études auprès du Brehon Morann de Tara. »

Le bo'-aire rougit, un peu gêné peut-être d'avoir paru se vanter devant quelqu'un dont le titre n'était que d'un degré inférieur à celui des plus hautes autorités juridiques des cinq royaumes d'Eireann. Il n'était guère besoin d'épiloguer. Sœur Fidelma, sans le brusquer plus que nécessaire, venait d'affirmer ses prérogatives sur le bo'-aire.

« Cette affaire ne pose pas vraiment de problème, dit Fogartach d'un ton légèrement boudeur. Il s'agit d'un accident. Cette femme a glissé et est tombée du haut de la falaise.

– Alors notre enquête ne sera pas longue, répondit sœur Fidelma avec un grand sourire.

– Quelle enquête ? J'ai déjà fait mon rapport. » Fronçant le sourcil, le jeune homme désigna une liasse de papiers.

« Fogartach, dit Fidelma d'une voix lente et posée, Fathan de Corco Dhuibhne veut absolument s'assurer que, comme vous le disiez, il n'y aucun problème. Savez-vous vraiment qui elle était ?

– C'était une religieuse, comme vous-même.

– Une religieuse ? Pas seulement une religieuse, Fogartach. Cette femme s'appelait Cuimne et était la fille du Grand Roi. »

Le jeune homme fronça à nouveau le sourcil. « Je savais qu'elle s'appelait Cuimne et je voyais bien qu'il y avait dans sa personne un air d'autorité, mais je n'imaginais pas qu'elle fût apparentée au Grand Roi. »

Le visage de sœur Fidelma se crispa et elle dit d'un air las et impatient : « Vous ne vous êtes pas non plus rendu compte qu'elle était l'abbesse Cuimne de Ard Macha, la représentante personnelle du prélat le plus puissant d'Eireann ? »

Le visage du jeune bo'-aire devint tout rouge sous l'effet de l'humiliation. Il secoua la tête sans dire un mot.

« Alors vous comprenez maintenant, Fogartach, poursuivit Fidelma, que le chef du clan de Corco Dhuibhne ne saurait admettre qu'il reste le moindre doute sur les circonstances de sa mort. L'abbesse Cuimne était un personnage important dont la mort peut avoir des répercussions à Tara aussi bien qu'à Ard Macha. »

Le jeune bo'-aire se mordit la lèvre, essayant de se justifier. « Le rang et les privilèges ne comptent pas beaucoup sur ce petit rocher battu des vents, ma sœur », reprit-il d'un ton sévère et maussade.

Fidelma ouvrit de grands yeux. « Mais ils comptent beaucoup pour Fathan de Corco Dhuibhne, car il est responsable devant le Grand Roi et l'archevêque d'Ard Macha. C'est la raison pour laquelle Fathan m'a envoyée ici », ajouta-t-elle, décrétant que le moment était enfin venu de révéler la vérité sans aucun ménagement. Elle laissa au jeune homme le temps de réfléchir à ce qu'elle venait de lui dire, et poursuivit : « J'aimerais bien entendre tout ce que vous savez sur cette affaire, Fogartach. »

Le bo'-aire se redressa sur son siège, mal à l'aise. Il se mordit la lèvre un instant, puis se résigna à subir l'autorité de la sœur. « La femme, je veux dire l'abbesse Cuimne, est arrivée sur l'île il y a quatre jours. Elle logeait au bruighean, l'auberge tenue par Bé Bail, la femme d'un pêcheur de l'île, Suilleabhain, l'homme à l'œil de faucon. C'est Bé Bail qui s'occupe de la seule auberge de l'île, même si elle ne sert pas à grand-chose, vu le petit nombre de gens qui ont l'idée de venir voir notre île.

– Qu'est-ce qu'elle était venue faire ici ? »

Le bo'-aire haussa les épaules. « Elle n'en a pas parlé. Je ne savais même pas qu'elle était abbesse. Je croyais juste qu'elle faisait partie d'une communauté et qu'elle était venue ici pour s'isoler du monde un certain temps. Vous savez bien comment sont parfois les religieuses. Elles recherchent souvent les endroits isolés pour méditer. Je ne vois pas d'autre raison à sa présence ici.

– Certes... », reprit doucement Fidelma. Puis elle lui fit signe de continuer.

« Elle a dit à Bé Bail qu'elle devait quitter l'île hier. Elle attendait le bateau de Ciardha qui devait arriver de An Chuis vers midi. Elle a fait son bagage après le petit déjeuner et est partie à pied, seule. Comme elle n'était pas de retour à midi et que le bateau de Cardhia était reparti, Bé Bail m'a demandé d'aller à sa recherche. L'île n'est pas grande au point qu'on puisse s'y perdre. Et puis, un peu après le déjeuner, j'ai vu arriver Buachalla qui courait vers moi.

– Qui est Buachalla ?

– Un jeune garçon. Le fils d'un des habitants de l'île.

– Et ensuite ?

– Le petit avait aperçu le corps de l'abbesse Cuimne au bas de la falaise de Ail Tuatha, au nord de l'île. J'ai appelé deux hommes et l'apothicaire...

– Un apothicaire ? Vous avez un apothicaire en permanence sur l'île ? interrompit Fidelma, surprise.

– Oui, Corcrain. Il était autrefois le médecin personnel de l'Eoganacht de Locha Lein. Il y a un an, il a voulu se retirer sur l'île. Il recherchait la solitude après la mort de sa femme, mais il a rejoint notre communauté et il pratique son art pour le bien des gens d'ici.

– Donc, il y avait deux habitants de l'île, l'apothicaire et vous-même. Vous avez tous deux suivi le jeune Buachalla ?

– Nous avons trouvé le corps de l'abbesse Cuimne au pied des falaises.

– Comment êtes-vous descendu jusqu'à lui ?

– Sans trop de difficulté. Il y a une plage de galets en bas des falaises à cet endroit. On y descend par un sentier. Il aboutit aux rochers à environ un demi-mile de l'endroit où elle est tombée. C'est justement à cet endroit que les falaises sont les plus hautes. Et c'est là que nous avons trouvé le corps.

– Est-ce que Corcrain l'a examiné ?

– Oui. Elle était morte, alors nous l'avons emportée au bothan de l'apothicaire, et là, il a procédé à un examen plus poussé et trouvé que... »

Sœur Fidelma l'arrêta d'un geste de la main. « Je ne vais pas tarder à l'entendre. C'est lui qui me dira ce qu'il a trouvé. Dites-moi, est-ce que vous avez fouillé autour de l'emplacement du corps ? »

Le bo'-aire fronça les sourcils et hésita. « Fouillé ? »

Sœur Fidelma soupira intérieurement. « Après avoir trouvé le corps, qu'est-ce que vous avez fait ?

– Il n'y avait aucun doute sur ce qui s'était passé. L'abbesse Cuimne marchait au bord de la falaise, elle a glissé et est tombée. Comme je vous l'ai dit, il y a une hauteur de trois cents pieds à cet endroit.

– Donc, vous n'avez pas fouillé le sommet de la falaise ou l'endroit où elle est tombée ? »

Fogartach eut un léger sourire. « Oh, tout ce qui lui appartenait, c'est-à-dire ce qu'elle avait apporté, se trouvait chez Bé Bail à l'auberge. Elle ne portait qu'une petite sacoche. Vous savez sans doute que les religieuses n'ont qu'un bagage très léger lorsqu'elles voyagent. Il n'était pas besoin de chercher bien loin. J'ai ici toutes ses affaires, ma sœur. Le corps a déjà été enterré. »

Sœur Fidelma se mordit la lèvre, exaspérée par l'ignorance et la prétention du jeune homme.

« Où est-ce que je peux trouver Corcrain, l'apothicaire ?

– Je vais vous conduire, dit le bo'-aire en se levant.

– Contentez-vous de me montrer la direction, répliqua Fidelma sur un ton sarcastique. Je vous promets de ne pas me perdre. »

Le jeune bo'-aire ne peut empêcher une expression agacée de paraître sur son visage. Fidelma eut comme un petit sourire malicieux. Elle soupçonnait que l'arrogance du jeune bo'-aire était due au fait qu'il la tenait pour indigne de sa mission à cause de son sexe. Il y avait des gens sur l'île, elle le savait, qui partageaient ces idées étranges.

Corcrain vivait dans un bothan, une petite maison située à seulement deux cents mètres sur les terres en pente ; elle faisait partie des nombreux bâtiments en pierre bien espacés qui jalonnaient les collines de l'île comme les perles d'un chapelet. Ces pentes s'élevaient depuis la mer et rejoignaient la crête de roches qui, à l'arrière de l'île, protégeait la partie peuplée des féroces vents du nord. L'apothicaire était un homme de près de soixante ans, très brun de peau et dont la frêle charpente semblait encore dégager une grande énergie. Ses yeux gris pétillaient.

« Alors, c'est vous la Brehon dont nous avons tous entendu parler ? »

Spontanément, Fidelma lui rendit son sourire chaleureux et sans malice. « Je ne suis pas Brehon, simplement avocate auprès de la Brehon Court, monsieur l'apothicaire. J'ai quelques questions à vous poser. L'abbesse Cuimne n'était pas une religieuse ordinaire. Elle était la sœur du Grand Roi et la représentante de l'archevêque d'Ard Macha. C'est pourquoi Fathan, chef du clan de Corco Dhuibhne, veut s'assurer qu'il ne s'est rien passé d'anormal. Si l'on n'envoie pas un rapport dans ce sens à Tara et à Ard Macha, la famille et les collègues de l'abbesse Cuimne pourraient être enclins à se faire toutes sortes d'idées, si vous voyez ce que je veux dire. »

Corcrain acquiesça, essayant manifestement de cacher sa surprise.

« Êtes-vous apothicaire diplômé ?

– J'ai été apothicaire et médecin principal des rois Eoganacht de Locha Lein », répondit Corcrain. Il faisait état d'un fait, sans arrogance ni vanité.

« Qu'est-ce qui a causé la mort de l'abbesse Cuimne ? »

Le vieil apothicaire soupira. « Il y a le choix. N'importe laquelle des multiples fractures et plaies profondes causées normalement par une chute du sommet d'une falaise de granit haute de trois cents pieds sur les rochers en contrebas.

– Je vois. Selon vous, elle a glissé et est tombée de la falaise ?

– Elle est effectivement tombée de la falaise », répondit l'apothicaire.

Le choix des mots surprit Fidelma qui fronça les sourcils. « Qu'est-ce que cela veut dire ?

– Je n'ai pas le don de double vue, ma sœur. Je ne peux pas affirmer qu'elle a glissé, ni expliquer comment elle est tombée de la falaise. Tout ce que je peux dire, c'est que ses blessures correspondent bien à une telle chute. »

Fidelma scruta le visage de l'apothicaire. C'était un homme qui connaissait son affaire et qui se gardait bien de donner une interprétation risquée des faits.

« Autre chose ? » lui souffla-t-elle.

Corcrain se mordit la lèvre. Il baissa les yeux un instant.

« J'ai choisi de me retirer sur une île paisible, ma sœur. Après la mort de ma femme, j'ai démissionné de mes fonctions de médecin à la cour de l'Eoganacht et je suis venu ici pour vivre dans une petite communauté rurale afin d'oublier ce qui se passait dans le monde extérieur. »

Fidelma attendit patiemment.

« Il m'a fallu une année entière pour être pleinement accepté ici. Je ne veux pas susciter l'inimitié des habitants de l'île.

– Voulez-vous dire qu'il y a quelque chose qui vous tracasse au sujet des circonstances de la mort de l'abbesse Cuimne ? En avez-vous parlé au bo'-aire ?

– À Fogartach ? Grands dieux, non. Lui, il est d'ici. De plus, je ne me suis pas rendu compte de ce "quelque chose", comme vous dites, avant qu'ils aient ramené le corps et que j'aie entrepris son examen.

– Quel était ce "quelque chose" ?

– Eh bien, il y avait en fait deux "quelque chose", mais rien dont on puisse tirer une conclusion précise. »

Fidelma attendait, tandis que l'apothicaire semblait rassembler ses idées.

« La première chose curieuse se trouvait dans la main droite de la défunte – cette main était serrée très fort. C'était un morceau d'une chaîne d'argent.

– Une chaîne ? demanda Fidelma.

– Oui, une petite chaîne d'argent. » L'apothicaire se retourna, alla chercher une petite boîte en bois et l'ouvrit. Fidelma y vit un morceau de chaîne qui avait manifestement été arraché à quelque chose et qui ne faisait pas plus de deux pouces de long. Elle le prit et l'examina. L'argent ne portait aucune marque de fabrique. C'était l'œuvre d'un pauvre artisan de village ne tirant de son art aucun orgueil excessif.

« Est-ce que l'abbesse Cuimne portait des bijoux du même genre ? Comment était son crucifix, par exemple ?

– Je l'ai donné au bo'-aire. Il est bien plus précieux, il est travaillé en or et en ivoire. On dirait qu'il a été façonné à la commande d'un prince.

– Mais selon vous, au moment de la chute, elle serrait dans sa main un morceau de chaîne en argent de piètre qualité ?

– Oui, sans aucun doute.

– Vous avez dit qu'il y avait deux "quelque chose". Quel est l'autre ? »

L'apothicaire se mordit la lèvre comme s'il hésitait avant de révéler la chose à sœur Fidelma. « Quand quelqu'un tombe de cette façon-là, on doit s'attendre à trouver de nombreuses contusions et hématomes...

– J'ai déjà connu cela, remarqua sèchement Fidelma.

– Voyez-vous, en examinant le corps, j'ai remarqué des hématomes au cou et aux épaules, la partie charnue autour de la nuque. Cela présentait un aspect plutôt uniforme, ce qui n'est pas le cas quand un corps entre en contact avec des rochers après une chute.

– Comment interprétez-vous ces marques ?

– On aurait dit qu'à un moment l'abbesse Cuimne avait été agrippée par-derrière par une personne aux mains puissantes. »

Les yeux verts de Fidelma s'agrandirent. « Quelle est votre idée ?

– Je n'en ai pas. Ce n'est pas à moi d'en avoir. Je n'ai même pas d'idée sur l'origine des hématomes autour du cou et des épaules. Je ne rapporte que ce que je vois. Tout cela peut cadrer avec les autres blessures mais je n'en suis pas entièrement convaincu. »

Fidelma mit le morceau de chaîne d'argent dans la bourse en cuir qu'elle portait à la taille.

« C'est bien, Corcrain. Avez-vous rédigé votre rapport pour le bo'-aire ?

– Quand j'ai appris qu'un Brehon arrivait du continent, je me suis dit que j'allais attendre et parler avec lui... je veux dire avec elle. »

Elle ignora la rectification hâtive. « J'aimerais voir l'endroit d'où est tombée l'abbesse Cuimne.

– Je vais vous y conduire. Ce n'est pas très loin. » L'apothicaire alla prendre une canne en bois d'aubépine, s'arrêta et fronça les sourcils en voyant les sandales de sœur Fidelma. « Vous n'avez rien de mieux à mettre ? Ce que vous avez est bien trop fragile pour la boue du sentier. »

Fidelma secoua la tête. « Vous n'avez pas de trop petits pieds », remarqua l'apothicaire d'un air pensif. Il se dirigea vers un coffre et revint avec quelque chose de plus solide, une paire de chaussures en cuir non tanné, avec trois couches de peau en guise de semelles, de ces chaussures robustes que portaient les habitants des îles. « Tenez, mettez ça. Vos jolies petites pantoufles n'auront pas à affronter la boue de nos chemins. »

Peu de temps après, Fidelma, un peu mal à l'aise, mais au moins au sec dans les grosses chaussures de cuir brut des autochtones, suivait Corcrain sur le sentier.

« Avez-vous vu l'abbesse Cuimne avant l'accident ? »

demanda Fidelma, légèrement essoufflée, derrière la silhouette nerveuse et énergique de son guide qui montait la côte à grandes enjambées.

« L'île n'est pas si grande. Oui, je l'ai vue et je lui ai parlé plus d'une fois.

– Savez-vous pourquoi elle était ici ? Le bo'-aire, lui, ne savait même pas qu'elle était abbesse. Il semble croire que c'était seulement une religieuse venue ici faire retraite, pour méditer en ce lieu solitaire, loin des distractions du monde.

– Ce n'est pas l'impression que j'ai eue. En fait, elle m'a dit qu'elle avait entrepris des recherches sur une question ayant rapport avec cette île. Et puis une fois, elle m'a dit quelque chose d'étrange... » Il fronça les sourcils en fouillant sa mémoire. « Cela concernait l'évêque de An Chuis. Elle m'a dit qu'elle espérait gagner un pari avec Artagan, l'évêque. »

Sœur Fidelma, étonnée, écarquilla les yeux. « Un pari ? Est-ce qu'elle en a dit plus ?

– J'ai cru comprendre que c'était lié à son enquête.

– Mais vous ne savez pas sur quoi elle enquêtait ? »

Corcrain secoua la tête. « Elle n'était pas tellement causante, alors il est normal qu'il n'ait rien su de son rang. Moi-même, je n'en savais rien, même si je me doutais bien que ce n'était pas une religieuse ordinaire.

– Vous avez pensé qu'elle était venue en exploration ? » rétorqua sœur Fidelma à la remarque de Corcrain. Corcrain acquiesça. « Quoique je me demande ce qu'il y a à explorer par ici.

– Est-ce qu'elle a insisté pour parler à quelqu'un en particulier ?

– Elle a cherché à rencontrer Congal.

– Congal ? De qui s'agit-il ?

– C'est un pêcheur. Mais c'est aussi le seanchai local, l'historien et le conteur traditionnel de l'île.

– Qui d'autre ?

– Elle a rencontré le père Patrick.

– Qui ?

– Le père Patrick, le prêtre de l'île. »

Ils étaient arrivés au bord de la falaise. Sœur Fidelma dut prendre un peu sur elle, effrayée qu'elle était de devoir s'approcher tout près de ce gouffre où soufflait un vent furieux.

« Nous l'avons trouvée exactement à l'à-pic de cet endroit. »

Corcrain le montra du doigt.

« Comment pouvez-vous en être sûr ?

– Cette excroissance rocheuse est un bon repère », dit l'apothicaire en la désignant du bout de la canne.

Fidelma se pencha et examina soigneusement le sol.

« Qu'est-ce que vous cherchez ?

– Peut-être le reste de la chaîne. Je n'en sais rien... » Elle s'arrêta et examina un espace d'ajoncs brisés et d'herbe foulée où par endroits le sol était mou et boueux. Il y avait des empreintes profondes de chaussures que le petit crachin n'avait pas encore fait disparaître. Rien qui pût être identifié, mais assez pour révéler que plus d'une personne s'étaient tenues à cet endroit.

« Il semble bien que c'est de là qu'elle est tombée, non ? »

L'apothicaire acquiesça.

Fidelma se mordit la lèvre. Les traces pouvaient très bien indiquer que plusieurs individus avaient quitté le sentier qui n'était qu'à deux mètres du bord de la falaise, pour venir tout près de celle-ci. Mais ce qui était le plus remarquable était que le bord de la falaise était au moins à deux mètres de la piste foulée. Il était impossible que l'abbesse Cuimne ait pu tomber de la falaise accidentellement en suivant le sentier. Pour tomber, il lui aurait fallu quitter délibérément le chemin, franchir l'obstacle des broussailles et des ajoncs, et s'approcher jusqu'à la limite dangereuse. Mais si ce n'était pas un accident, qu'est-ce qui s'était passé ?

Quelque chose l'intriguait aussi, à propos du bord de la falaise. Mais Fidelma ne voulait pas s'en approcher trop, car elle avait toujours eu horreur du vide. « Y a-t-il un moyen de descendre la paroi à cet endroit ? demanda-t-elle soudain à Corcrain.

– Il n'y a que les chèvres pour faire ça, j'imagine. Non, c'est trop dangereux. Ça ne veut pas dire qu'il soit impossible de descendre. Ceux qui ont la pratique de l'escalade dans des endroits inaccessibles pourraient peut-être essayer. Il y a des excavations dans la paroi de la falaise par ici, et une fois des gens venus du continent ont voulu descendre les examiner.

– À cet endroit précis ?

– Non. Environ trois cents mètres plus loin. Mais le bo'-aire les en a empêchés en leur disant que c'était trop dangereux. C'était l'année dernière. »

Fidelma ôta la petite cape de laine qu'elle portait pour se protéger du crachin presque ininterrompu qui tombait du ciel gris de l'île et l'étala près du bord de la falaise. Puis elle s'agenouilla avant de s'étendre dessus de tout son long et se glissa légèrement en avant pour regarder par-dessus le rebord. Comme l'avait dit l'apothicaire, seul un expert en escalade ou une chèvre aurait pu se risquer à y descendre. Elle frissonna un instant en fixant des yeux la plage rocheuse, cent mètres plus bas.

Après s'être relevée et avoir brossé sa cape, elle demanda à Corcrain : « Où est-ce que je peux trouver ce Congal ? »

Congal, un homme de taille imposante, était assis devant une assiette contenant du poisson et un œuf de canard cuit. Bien qu'il fût à table, il n'avait pas quitté sa tenue de pêcheur, comme s'il ne voulait pas prendre la peine de se changer en rentrant dans son bothan. Pourtant ses vêtements ne faisaient qu'accentuer le volume de son torse musclé. Il avait aussi des mains fortes et calleuses. « C'est bien triste tout ça », lança-t-il d'une voix sombre à l'adresse de sœur Fidelma qui s'était assise de l'autre côté de la table de pin raboté, devant un bol d'hydromel doux qu'il lui avait offert en signe d'hospitalité. « Cette femme avait toute la vie devant elle, mais on ne va pas se promener dans des endroits aussi dangereux quand on ne connaît pas.

– On m'a dit qu'elle était partie en exploration. »

Le colosse fronça le sourcil. « En exploration ?

– On m'a dit aussi qu'elle vous avait parlé plusieurs fois.

– Ça n'a rien d'étonnant. Je suis le seanchai local. Je connais toutes les légendes et les histoires de l'île. »

Il y avait plus qu'un soupçon d'orgueil dans sa voix. Sœur

Fidelma comprit que l'orgueil était la caractéristique de ces insulaires. Ils ne possédaient pas grand-chose, mais ils étaient fiers du peu qu'ils avaient.

« C'est ça qui l'intéressait ? Les vieilles histoires ?

– C'est ça.

– Un sujet, une histoire en particulier ? »

Congal fit un léger mouvement, comme s'il était sur la défensive. « Je n'en ai pas souvenir.

– Alors, quoi d'autre ?

– Oh, juste des histoires de l'ancien temps, quand les druides de Iarmuma traquaient les prêtres du Christ pour les tuer. C'était il y a très longtemps, avant même que le bienheureux Patrick n'arrive sur nos rivages.

– Vous lui avez raconté certaines de ces histoires ? »

Congal acquiesça. « C'est exact. Beaucoup de prêtres du Christ ont trouvé refuge sur cette île aux temps païens. Ils fuyaient le continent à l'époque où les gens du roi de Iarmuma brûlaient les églises et les monastères. »

Sœur Fidelma soupira. Ce n'était pas le genre de sujet susceptible d'intéresser l'abbesse Cuimne. En tant que représentante de l'archevêque, comme Fidelma le savait, elle avait la responsabilité particulière de veiller à l'observance uniforme de la foi en Irlande.

« Mais, il n'y avait pas une histoire qui l'intéressait plus spécialement ? insista-t-elle.

– Non, aucune. »

N'y avait-il pas trop d'assurance dans la voix de Congal ? Sœur Fidelma ressentit une sorte de démangeaison désagréable à la nuque, cette sensation étrange qu'elle éprouvait toujours quand quelque chose lui semblait louche ou que quelqu'un ne lui disait pas toute la vérité.

De retour à la maison du bo'-aire, elle fit l'inventaire de la sacoche de cuir qui contenait les affaires de l'abbesse défunte. Elle dut faire un effort pour trier les objets qui se chargèrent à ses yeux d'une émotion presque douloureuse. Toutes ces choses disaient sans ambiguïté la coquetterie de l'abbesse ! Quelques produits de beauté, un flacon de parfum, son rosaire et son crucifix, une magnifique œuvre d'art en or et en ivoire, qui proclamait son rang de sœur du Grand Roi bien plus que sa fonction d'humble religieuse. Les grains du rosaire étaient d'ivoire importé. Il y avait aussi les vêtements nécessaires à son voyage. Tout cela tenait dans la sacoche de cuir que les moines et les nonnes portaient lors de leurs voyages et de leurs pèlerinages.

Sœur Fidelma examina deux fois le contenu de la sacoche avant de se rendre compte de ce qui la tracassait. Elle s'adressa au bo'-aire qui donnait des signes d'impatience. « Fogartach, êtes-vous bien sûr que c'est là tout ce que l'abbesse Cuimne possédait ? »

Le jeune magistrat acquiesça avec véhémence. Sœur Fidelma soupira. Si l'abbesse Cuimne était sur l'île pour se livrer à des recherches ou à une enquête, elle avait dû avoir de quoi noter le déroulement et les résultats de ses travaux. En outre, où était le missel portatif que possèdent la plupart des religieuses d'un certain rang ? Plus d'un siècle auparavant, quand les moines et les nonnes irlandais s'étaient mis en route pour leurs missions aux quatre coins du monde, ils devaient emporter avec eux des documents liturgiques et religieux. Il fallait donc que ceux-ci soient de taille suffisamment réduite pour que les missionnaires puissent les porter dans leurs sacoches spéciales appelées tiag liubhar. En conséquence, les moines chargés de la copie de ces livres commencèrent à en réduire le format. Ces petits livres étaient aujourd'hui portés par presque tous les clercs de l'Église. Il était étrange que l'abbesse n'ait même pas eu un missel dans son bagage. Elle tambourina des doigts sur la table pendant un moment. Si la clé de l'énigme ne pouvait être obtenue sur l'île, peut-être se trouverait-elle dans le pari qu'elle avait fait avec Artagan, l'évêque de An Chuis, sur le continent. Sa décision fut bientôt prise. Elle se tourna vers le bo'-aire qui attendait la suite des événements.

« Il me faut tout de suite un currach pour me conduire à An Chuis sur le continent. »

Le jeune homme, surpris, la regardait bouche bée. « En avez-vous fini ici, ma sœur ?

– Non. Mais je dois m'entretenir immédiatement avec quelqu'un à An Chuis. Il faudra que le bateau m'attende car je dois être rentrée cet après-midi. »

L'évêque Artagan se leva, surpris, lorsque sœur Fidelma entra d'un pas résolu dans son bureau à l'abbaye d'An Chuis, après avoir été cérémonieusement annoncée par un membre de l'ordre. C'était de cet endroit qu'Artagan régentait tout le clergé de Corco Dhuibhne.

« Je voudrais vous poser quelques questions, monseigneur, annonça-t-elle après les présentations.

– C'est tout naturel : vous êtes dalaigh de la Brehon Court », admit l'évêque, un homme d'un âge incertain, au visage flasque mais au comportement plutôt agité. Il l'avait invitée à s'asseoir près du feu et lui avait offert de l'hydromel chaud en signe de bienvenue.

« L'abbesse Cuimne..., commença Fidelma.

– J'ai appris la triste nouvelle, l'interrompit l'évêque. Elle a fait une chute mortelle.

– C'est vrai. Mais avant d'aller sur l'île, elle a séjourné ici, à l'abbaye, n'est-ce pas ?

– Elle est restée deux nuits en attendant que la mer se calme pour aller sur l'île, confirma Artagan.

– Est-ce que l'île est sous votre juridiction ?

– Oui.

– Pourquoi l'abbesse Cuimne y est-elle allée ? On raconte qu'elle avait fait un pari avec vous, à propos du résultat de sa visite et de ce qu'elle découvrirait. »

Artagan eut une grimace de lassitude. « Elle recherchait une chimère, dit-il sur un ton rassurant. Je ne risquais rien à parier. »

Fidelma plissa le front, perplexe. « J'aimerais avoir une explication.

– L'abbesse Cuimne avait une très forte personnalité. Ce qui est bien naturel étant donné qu'elle... était la sœur du Grand Roi. Elle avait des talents remarquables. Il était donc aussi naturel que l'évêque Armagh l'ait nommée sa représentante personnelle afin d'assurer l'uniformité du Saint Office dans les monastères et les églises d'Eireann. Je ne l'ai rencontrée que deux fois. Une fois à l'occasion d'un synode à Cashel, et lorsqu'elle a séjourné ici avant son départ pour l'île. Elle avait des idées assez originales dont il était parfois difficile de discuter avec elle.

– En quel sens ?

– Avez-vous entendu parler de la légende concernant le reliquaire du bienheureux Palladius ?

– Racontez-moi, l'invita Fidelma, afin de cacher sa stupéfaction.

– Comme vous le savez, il y a de cela deux siècles et demi, la communauté chrétienne d'Eireann était très réduite, mais avec l'aide de Dieu, elle s'est accrue au fur et à mesure que les gens se tournaient vers la parole du Christ. Un jour, ils ont été si nombreux qu'ils se sont adressés au pape de Rome, la ville sainte. Célestin, le premier du nom à siéger sur le trône de Pierre, le disciple du Christ, a été prié de leur envoyer un évêque. Ils voulaient un homme capable de les instruire et de les aider à suivre les voies du Dieu vivant. Célestin a nommé Palladius premier évêque des Irlandais croyant au Christ. »

Artagan s'arrêta un instant et poursuivit : « Il existe deux versions de cette histoire. La première dit que Palladius, en route pour Eireann, est tombé malade en Gaule et y est mort. Selon la seconde, Palladius a réussi à atteindre nos côtes et a exercé son ministère jusqu'à ce qu'il soit traîtreusement assassiné par un druide enragé à la solde du roi de Iarmuma.

– Je connais ces histoires, confirma sœur Fidelma. C'est après la mort de Palladius que le bienheureux Patrick, qui étudiait alors en Gaule, a été nommé évêque d'Irlande et est revenu dans ce pays, où il avait été autrefois retenu en otage.

– C'est vrai, approuva Artagan. C'est alors qu'est née une légende, dans les années qui ont suivi la mort de Palladius : à savoir que des reliques de ce saint avaient été placées dans un reliquaire. C'était une boîte avec un couvercle en forme de toit, d'environ douze centimètres de long sur six de large et cinq de profondeur. Ces boîtes sont d'ordinaire en bois, souvent d'if, et sont garnies de plomb à l'intérieur, l'extérieur étant orné de dorures, d'alliage de cuivre, de feuille d'or, avec des décorations d'ambre et de verre. Ce sont de très beaux objets. »

Sœur Fidelma fit un petit signe de tête impatient. Elle avait déjà vu de nombreux reliquaires de ce genre dans les grandes abbayes d'Eireann.

« La légende veut que les reliques de Palladius aient été autrefois gardées à Cashel, résidence des rois Eoganacht du Munster. Puis, il y a environ deux cents ans, il y a eu un renouveau des croyances druidiques à Iarmuma. Le roi de Iarmuma est revenu à l'ancienne religion, et cela a été le début d'une grande persécution des communautés chrétiennes. Cashel a été prise d'assaut. Mais les reliques ont été emportées dans le pays pour y être sauvegardées. Elles sont passées d'un endroit à un autre. Jusqu'à ce qu'elles soient transportées dans les îles. Les reliques de notre premier évêque se sont trouvées à l'abri des ravages des hommes. C'est là qu'elles ont disparu.

– Continuez, l'encouragea sœur Fidelma, alors qu'il s'arrêtait un instant.

– Jugez un peu. Quelle aubaine ce serait si nous retrouvions les reliques du premier évêque d'Eireann après tout ce temps ! Quel centre de pèlerinage deviendrait leur emplacement et quelle belle et grande abbaye pourrait y être construite pour y attirer l'attention du monde entier... »

Sœur Fidelma fit une grimace. « Voulez-vous dire que l'abbesse Cuimne était venue sur l'île à la recherche du reliquaire de Palladius ? »

L'évêque d'Artagan approuva de la tête. « Elle m'a informé qu'à Ard Macha, dans la grande bibliothèque, elle était tombée sur de vieux manuscrits indiquant que le reliquaire avait été emporté sur une île au large de Corco Dhuibhne. Les manuscrits, qu'elle a refusé de me montrer, contenaient selon elle des indications sur l'emplacement du reliquaire, datant de l'époque. Ces notes avaient été conservées dans un vieux livre dans la bibliothèque du monastère d'Ard Macha. Il existait bien des légendes disant que des prêtres s'étaient enfuis sur des îles à l'époque des persécutions du roi de Iarmuma, mais nous aurions sans doute eu des informations si le saint reliquaire y avait été emporté. » L'évêque eut une mimique qui montrait son dédain.

« Donc vous ne partagiez pas l'avis de l'abbesse Cuimne sur la présence du reliquaire dans l'île ? demanda sœur Fidelma.

– Non. Je suis moi-même un peu spécialiste de cette période. Palladius est mort en Gaule. Cela, au moins, est sûr ; c'est d'ailleurs attesté dans la plupart des documents de l'époque.

– C'est donc pour cela que vous avez pensé que l'abbesse poursuivait une chimère ?

– C'est exact. Les reliques de Palladius n'ont pas survécu aux ravages du temps. Si cela avait été le cas, elles se trouveraient en Gaule, et pas ici. Il m'a été difficile de dissuader l'abbesse Cuimne. C'était une femme obstinée, je vous l'ai dit. »

Soudain, l'évêque fronça les sourcils. « Mais quel rapport y a-t-il avec votre enquête sur sa mort ? »

Sœur Fidelma eut un aimable sourire et se leva. « Il fallait simplement que je m'assure de l'objet de sa visite sur l'île. »

Au retour, dans le currach ballotté violemment par les courtes vagues grises, sœur Fidelma réfléchissait, le front plissé. Ainsi donc, il était logique que l'abbesse Cuimne ait parlé du reliquaire de Palladius avec Congal, le seanchai de l'île ; comment se faisait-il alors que celui-ci ait omis de mentionner ce fait ? Qu'est-ce que ce grand gaillard de pêcheur essayait de cacher ? Elle décida de laisser Congal à l'écart pour le moment et d'aller, aussitôt arrivée, parler avec le père Patrick, le prêtre de l'île. C'était la deuxième personne que l'abbesse avait tenu tout particulièrement à voir sur l'île.

Le père Patrick était un vieillard, approchant sans doute les quatre-vingt-dix ans. C'était un petit bonhomme tout frêle qui, se dit Fidelma, serait emporté comme un fétu de paille par les grands vents qui soufflaient sur l'île. Un homme tout en os, aux grosses phalanges, à la peau tendue et parcheminée, et aux rares mèches de cheveux blancs. Par-dessous les sourcils tombants, des yeux pâles d'une couleur indéfinissable regardaient fixement

Fidelma. Le père Patrick était assis sur une chaise près de sa cheminée, le châle de grosse laine enveloppant sa frêle carcasse maintenu par une broche autour de son cou décharné. Pourtant, malgré l'âge et la décrépitude, Fidelma avait l'impression de se trouver en présence d'une personnalité forte et dynamique.

« Parlez-moi du reliquaire de Palladius », demanda sœur Fidelma sans préambule. Elle avait tenté sa chance, mais elle vit qu'elle avait bien fait.

Le vieux visage ne bougea pas. Seuls les yeux clignèrent une fois, comme pour marquer la surprise. Mais le regard tranquille de Fidelma remarqua la réaction involontaire. « Qu'avez-vous entendu dire à propos de cette vieille légende ? »

La voix rauque était si faible que Fidelma eut bien du mal à y percevoir la moindre émotion, et pourtant il y apparaissait quelque chose qui faisait penser que le vieillard était sur la défensive.

« Est-ce vraiment une légende, mon père ? demanda Fidelma d'un ton pressant.

– Il y a beaucoup de vieilles légendes par ici, ma fille.

– Oui, mais l'abbesse Cuimne avait la quasi-certitude que celle-ci était vraie. Elle a dit à l'évêque de Corco Dhuibhne qu'elle verrait le reliquaire avant de quitter l'île.

– Et maintenant elle est morte », observa le vieillard, presque en soupirant. De nouveau les yeux pâles et délavés clignèrent. « Qu'elle repose en paix. »

Fidelma attendit un instant. Le prêtre se taisait.

« Au sujet du reliquaire..., lança-t-elle comme instinctivement.

– Tout le monde pense que ce n'est qu'une légende et que cela le restera. »

Sœur Fidelma fronça les sourcils, s'efforçant d'interpréter ces paroles. « Alors, il n'est pas sur l'île ?

– Personne ici ne l'a vu. »

Fidelma pinça les lèvres dans un effort pour réprimer son impatience. Elle avait le sentiment très net que le père Patrick était en train de jouer sur le sens des mots. Elle s'y prit autrement.

« L'abbesse Cuimne est venue parler avec vous deux ou trois fois, n'est-ce pas ? De quoi avez-vous parlé ?

– Nous avons parlé des traditions de l'île.

– Et du reliquaire ?

Le prêtre hésita un instant. « De la légende du reliquaire, corrigea-t-il.

– Et elle croyait qu'il était ici, sur l'île, n'est-ce pas ?

– Elle le croyait.

– Et ce n'est pas le cas ?

– Demandez à n'importe qui sur l'île s'il l'a vu ou s'il a une idée de l'endroit où il se trouve. »

Fidelma poussa un soupir d'impatience. De nouveau, il éludait la question en jouant sur les mots. Le père Patrick aurait fait un bon avocat, très habile dans les débats. « Très bien, mon père. Merci pour le temps que vous m'avez consacré. »

Comme elle quittait la cellule du prêtre, elle rencontra Corcrain, l'apothicaire, devant la porte.

« Le père Patrick est-il gravement malade ? lui demanda-t-elle aussitôt.

– Le père Patrick est un vieillard très affaibli, répondit l'apothicaire. Je crains qu'il ne soit plus parmi nous avant la fin de l'hiver. Son cœur lui a déjà causé deux alertes, et il devient de plus en plus fragile.

– Jusqu'à quel point ?

– Il a eu deux attaques. La prochaine risque d'être fatale. »

Sœur Fidelma plissa les lèvres. « L'évêque pourrait sans doute mettre à la retraite un homme aussi vieux... Il irait se reposer sur le continent dans une abbaye confortable.

– Sans doute. À condition que quelqu'un arrive à persuader le père Patrick de quitter l'île. Il est venu ici jeune homme, il y a soixante ans, et il n'est jamais reparti. C'est un vieux bonhomme têtu. Il considère l'île comme son fief. Il se sent personnellement responsable de chaque habitant. »

Sœur Fidelma se mit à nouveau en quête de Congal. Cette fois, le seanchai l'accueillit d'un air soupçonneux.

« Qu'est-ce que l'abbesse Cuimne voulait savoir au sujet du reliquaire de Palladius ? » demanda sœur Fidelma, sans préambule.

La bouche du colosse s'ouvrit devant la question inattendue.

« Elle savait qu'il était sur l'île, n'est-ce pas ? » insista Fidelma, sans laisser à l'homme le temps de réfléchir.

Congal serra les lèvres. « Elle le pensait, répondit-il enfin.

– Alors, pourquoi ce secret ?

– Quel secret ?

– S'il se trouve sur l'île, pourquoi est-ce resté un secret ? »

L'homme fit un léger mouvement, comme s'il était mal à l'aise. « En avez-vous parlé au père Patrick ? demanda-t-il d'un air sombre.

– Oui. »

Manifestement, Congal était très contrarié. Il hésita à nouveau, puis redressa le torse. « Si le père Patrick vous a parlé, alors vous savez. »

Fidelma décida de ne pas informer le conteur que le père Patrick ne lui avait pratiquement rien dit. « Pourquoi garder secret le fait que le reliquaire se trouve sur l'île ? insista-t-elle à nouveau.

– Parce que c'est bel et bien le reliquaire de Palladius ; les ossements mêmes du premier évêque nommé en Irlande chrétienne, le bienheureux saint qui nous a tirés des ténèbres pour nous faire entrer dans la lumière divine. Songez, sœur Fidelma, à ce qui se passerait si l'on venait partout à savoir que les reliques se trouvent ici sur l'île. Songez aux pèlerins qui afflueraient ici, pensez aux fondations qui verraient le jour, et à tout ce qui s'ensuivrait. Bientôt, des gens venus du monde entier viendraient briser notre tranquillité. Bientôt notre communauté serait submergée ou dispersée. Il vaut mieux que personne n'entende parler des reliques. Tenez, moi-même, je ne les ai jamais vues, ni ne sais où elles sont cachées. Il n'y a que le père Patrick qui... »

Congal vit l'expression du visage de sœur Fidelma et dut se rendre compte de la stupéfaction qu'elle éprouvait. « Est-ce que le père Patrick vous a dit... ? Qu'est-ce que le père Patrick vous a dit ? » demanda-t-il brusquement, le visage soupçonneux.

Soudain, on frappa à la porte du bothan, et avant que Fidelma ait pu répondre, le jeune bo'-aire passa la tête dans l'entrebâillement de la porte. Le trouble se lisait sur son visage.

« Ah, ma sœur, Corcrain l'apothicaire demande si vous pouvez retourner immédiatement à la cellule du père Patrick. Il est très malade, mais il insiste pour vous voir. »

Corcrain l'attendait à la porte du père Patrick. « Je crains qu'il n'en ait plus pour très longtemps, dit-il d'une voix calme. Peu après votre départ, il a eu la troisième attaque que je redoutais. Il insiste néanmoins pour vous voir seul à seule. J'attendrai dehors, si vous avez besoin de moi. »

Le vieux prêtre reposait sur son lit, très pâle, la peau de son visage d'une étrange coloration bleuâtre. Les paupières vacillèrent, s'ouvrirent. C'étaient toujours les mêmes yeux pâles et délavés.

« Alors, ma fille, vous savez maintenant ? »

Sœur Fidelma décida d'être franche. « J'ai des soupçons, corrigea-t-elle.

– Bon, je dois me mettre en paix avec Dieu, et il vaut mieux que vous sachiez la vérité plutôt que de me laisser partir en laissant mon nom entaché de soupçon. »

Il y eut un long silence.

« Le reliquaire est ici. Il a été apporté par des prêtres fuyant les guerriers du roi de Iarmuma il y a plus de deux cent cinquante ans. Ils l'ont caché dans une caverne pour le mettre à l'abri. Pendant des générations, le prêtre officiant sur l'île ne révélait qu'à son successeur l'endroit où il se trouvait. Quelquefois, quand il n'y avait pas de prêtre, on le disait à un habitant de l'île, afin que chaque génération nouvelle connaisse la cachette. J'étais un jeune prêtre lorsque je suis arrivé ici il y a environ soixante ans et que j'ai appris le secret du vieux prêtre que je devais remplacer. »

Le vieillard s'arrêta pour reprendre difficilement sa respiration. « Puis l'abbesse Cuimne est venue. C'était une femme très intelligente. Elle avait trouvé des preuves. Elle s'est fait raconter les légendes par Congal, qui sait beaucoup de choses, mais pas l'endroit où sont cachées les reliques. Il a essayé de l'empêcher d'aller plus loin en ne lui révélant rien, et même en lui racontant des mensonges. C'est alors qu'elle est venue me voir. J'ai été horrifié de voir qu'elle avait un morceau de parchemin, une suite de notes confuses écrites de la main même du bienheureux Patrick. À la mort de Palladius, Patrick avait été envoyé par le pape pour lui succéder comme évêque des Irlandais. Le parchemin comportait une carte avec des indications incompréhensibles, à moins de savoir ce que l'on cherchait et l'endroit qu'il fallait localiser.

« L'abbesse Cuimne était intelligente. Elle avait connaissance des légendes et elle avait découvert ce papier entre les pages d'un vieux livre ayant appartenu au bienheureux Patrick, dans la grande bibliothèque d'Ard Macha. Et elle s'est livrée à un jeu de savantes devinettes, ma fille.

– Vous avez essayé de la dissuader de poursuivre sa recherche ?

– J'ai tout fait pour la persuader que les légendes n'étaient pas forcément liées à la réalité. Mais elle n'a rien voulu entendre.

– Et alors ?

– Alors, je lui ai parlé franchement. J'ai essayé de toutes mes forces de la convaincre d'épargner à cette île les conséquences de la révélation que c'était ici qu'était caché le reliquaire. J'ai insisté sur les répercussions que cela aurait sur cette communauté. Vous avez de l'imagination, sœur Fidelma. Cela se voit. Imaginez ce qui se passerait dans cette petite île paisible, dans cette petite communauté heureuse.

– Est-ce que les reliques ne pourraient pas quitter l'île ? demanda Fidelma. Elles pourraient peut-être être transférées à Cashel ou même à Ard Macha.

– Alors, cette île perdrait la protection divine que lui vaut la garde des reliques sacrées. Non. Les reliques ont été apportées ici pour une bonne raison, et c'est ici qu'elles doivent rester. »

La voix du vieux prêtre s'était soudain faite plus sonore. Puis il se tut pendant un moment avant de poursuivre : « J'ai fait de mon mieux pour lui faire imaginer le désastre. Nous en avons connu, de ces désastres, dans d'autres communautés où des reliques avaient été découvertes, où des miracles s'étaient produits. De grandes abbayes ont été bâties, et des sanctuaires érigés. Ce qui a entraîné la ruine de ces petites communautés. Des lieux d'humbles et pieux pèlerinages ont été transformés en sièges de vulgaires entreprises commerciales. Une déchéance dépassant l'imagination, tout ce qui faisait tellement horreur à notre Sauveur. N'a-t-il pas chassé les prêteurs et les marchands du temple ? Quelle ne serait pas sa fureur aujourd'hui contre ceux qui ont fait de son église le temple du mercantilisme ? Non, ce n'est pas ce qu'il a voulu pour notre petite île. Tout cela détruirait notre mode de vie et notre âme elle-même ! »

La voix du vieux prêtre s'était faite véhémente.

« Et quand l'abbesse de Cuimne a refusé d'admettre vos arguments, qu'avez-vous fait ? insista sœur Fidelma, d'une voix calme.

– D'abord, j'ai espéré que l'abbesse ne serait pas capable de déchiffrer les signes qui la mèneraient au reliquaire. Mais elle y est parvenue. C'était le matin du jour où elle devait quitter l'île... »

Il s'arrêta et une expression de douleur traversa son visage. Il essaya péniblement de reprendre sa respiration, mais il secoua la tête quand Fidelma proposa d'appeler l'apothicaire.

Sœur Fidelma attendait patiemment. Finalement, le prêtre poursuivit : « Le hasard a voulu que j'aperçoive l'abbesse Cuimne sur le sentier menant à Aill Tuatha, la falaise du nord. Je l'ai suivie, espérant l'impossible. Mais elle savait où elle allait.

– C'est là que le reliquaire est caché ? demanda Fidelma. Dans l'une des cavités au sommet de la falaise d'Aill Tuatha ? »

Le prêtre acquiesça d'un air résigné. « L'abbesse a commencé à descendre. Elle pensait que cela allait être facile. J'ai essayé de l'arrêter, pour l'avertir du danger. » Le prêtre s'arrêta, ses yeux délavés animés par l'émotion. « Je vais bientôt rencontrer mon créateur, ma fille. Il n'y a pas de prêtre sur l'île. C'est devant vous que je dois mettre mon âme en paix. Vous allez entendre une confession, comprenez-vous ? »

Fidelma resta un moment silencieuse ; le conflit entre son rôle d'avocate près de la Brehon Court et celui d'un membre d'un ordre religieux la fit hésiter. Elle finit par donner son assentiment. « Je comprends, mon père. Que s'est-il passé ?

– L'abbesse a commencé à descendre le long de la falaise pour atteindre l'entrée de la cavité. Je lui ai crié de faire très attention si elle voulait absolument descendre. Je me suis approché jusqu'au bord, et je me suis penché. C'est à ce moment qu'elle a glissé. Elle a tendu la main et essayé d'attraper mon crucifix, que je portais accroché à une chaîne d'argent autour de mon cou. Les maillons de la chaîne ont cassé. À ce moment-là, j'ai voulu la saisir, d'abord par les épaules, puis par le cou. Hélas, je suis vieux et je n'ai plus de forces, elle a échappé à ma prise et a dégringolé jusqu'en bas sur les rochers. » Le prêtre s'arrêta, haletant.

Sœur Fidelma se mordit la lèvre. « Et après ? l'encouragea-t-elle.

– En regardant en bas, j'ai vu qu'elle était morte. Je me suis agenouillé quelques instants pour prier, cherchant à l'absoudre de ses péchés, dont l'audace et l'arrogance étaient les seuls qui m'étaient connus. Alors il m'est venu une idée qui a fini par m'apporter du réconfort. Nous sommes tous entre les mains de Dieu. J'ai soudain pensé que cela s'était fait par son intervention. Il aurait pu sauver l'abbesse. Au lieu de cela, c'est peut-être sa volonté qui s'est accomplie, sous la forme d'un miracle qui a empêché que le reliquaire ne soit découvert. Une mort pour prévenir un grand mal, la destruction de notre communauté. Cette pensée m'a réconforté, ma fille. Alors, tout simplement, j'ai ramassé mon crucifix brisé, même s'il manquait un morceau à la chaîne. Puis je me suis contraint à revenir sur le sentier, à descendre jusqu'à la plage et à la fouiller. J'ai trouvé son missel et à l'intérieur, le papier qui l'avait mise sur la voie, celui écrit de la main du bienheureux Patrick. J'ai pris les deux objets et je suis rentré. J'ai agi sottement car j'aurais dû me contenter de prendre le papier et de laisser le missel. J'ai compris à quel point son absence avait dû paraître étrange à un œil exercé. Mais j'étais épuisé, car je suis très malade. Le reliquaire restait en lieu sûr... c'est du moins ce que je croyais. »

Sœur Fidelma, troublée, poussa un profond soupir. « Qu'avez-vous fait du papier ?

– Dieu me pardonne ! Il était de la main du bienheureux Patrick, et pourtant je l'ai détruit. Je l'ai brûlé dans l'âtre.

– Et le missel ?

– Il est là, sur la table. Vous pouvez l'envoyer à sa famille.

– C'est tout ?

– C'est tout, ma fille. Et pourtant ma conscience ne cesse de me tourmenter. Est-ce que je suis, à mon tour, assez arrogant pour penser que Dieu ait pu vouloir commettre un meurtre, même dans un but aussi pieux ? Je voulais cacher mon grave péché dans l'histoire qu'on raconterait au bo'-aire. Mais je voulais avant tout garder le secret du reliquaire. Maintenant, je vais mourir. Il faut que je parle du secret à quelqu'un. Peut-être que la volonté de Dieu est que ce soit vous, étrangère à cette île, qui entendiez la vérité, dont vous connaissez déjà une partie. Que dit le vieux vers latin – *quis, quid, quibus auxiliis, cur, quomodo, quando* ? »

Sœur Fidelma adressa un doux sourire au vieillard. « Qui est le criminel ? Quel est le crime ? Où a-t-il été commis ? Par quels moyens ? Avec quels complices ? Pourquoi ? De quelle façon ? Quand ?

– Exactement, ma fille. Et maintenant vous savez tout cela. Vous avez soupçonné Congal ou moi-même de quelque sombre crime. Il n'y a pas eu de crime. S'il y a eu crime, l'instrument en a été un miracle. J'ai senti que je ne pouvais faire autrement que de tout vous dire et de placer le sort de cette île et de sa communauté entre vos mains. Comprenez-vous ce que cela signifie, ma fille ? »

Lentement, sœur Fidelma fit un signe de la tête. « Je comprends, mon père.

– Alors, j'ai fait ce que j'aurais dû faire avant. »

Dehors, devant la cellule du prêtre, plusieurs habitants de l'île s'étaient assemblés et regardaient sœur Fidelma avec des expressions allant de la curiosité à l'hostilité. Corcrain scrutait son visage, mais Fidelma choisit d'ignorer les questions muettes.

Elle préféra aller voir Congal pour lui parler de la caverne d'Aill Tuatha. C'était la responsabilité de Congal. Elle en refusait le fardeau.

Les mouettes tournaient en criant au-dessus du quai de granit gris. Elles affrontaient le vent violent qui donnait parfois l'impression de les arrêter dans leur vol, puis elles battaient des ailes plus fort et reprenaient leur manège. La mer était agitée et, à travers la brume grisâtre, sœur Fidelma aperçut le bateau de Ciardha venant d'An Chuis qui s'approchait du port, ballotté par les vagues. Le voyage de retour n'allait pas être très agréable. Elle soupira. Il y avait dans le bateau un jeune prêtre venu pour remplacer le père Patrick. Celui-ci avait sombré dans un sommeil paisible et était mort quelques heures après que sœur Fidelma avait parlé avec lui.

Fidelma avait eu un choix difficile à faire. Elle était retournée à la maison du bo'-aire et avait réfléchi toute la nuit au rapport officiel du jeune magistrat, à la lumière de ce qu'elle savait maintenant. Elle était là, attendant l'arrivée du bateau qui devait la ramener en Irlande. À ses côtés, mal à l'aise, se tenait le magistrat au visage enfantin.

Le bateau touchait maintenant le quai. Des cordages furent lancés et saisis, et les rares passagers grimpèrent jusqu'au quai par la vieille échelle de corde. Le premier était un jeune homme aux traits fins, à l'allure incroyablement juvénile, qui portait son habit comme l'insigne flambant neuf de son ministère. Congal et Corcrain se tenaient au bout du quai pour l'accueillir.

Sœur Fidelma secoua la tête d'un air incrédule. On avait l'impression que ce prêtre n'avait pas encore appris à se raser et pourtant il était déjà le « père » de ces cent soixante âmes. Elle se tourna et, avec un sourire, tendit impulsivement sa main au jeune bo'-aire.

« Bien. Merci mille fois pour votre hospitalité et votre aide, Fogartach. Je vais aller voir le chef Brehon et Fathan de Corco Dhuibhne. Après cela, je ne serai pas fâchée de me remettre en route pour mon abbaye de Kildare. »

Le jeune homme retint dans la sienne la main de sœur Fidelma une fraction de seconde de plus que nécessaire, son regard soucieux scrutant son visage.

« Et pour mon rapport, ma sœur ? »

Sœur Fidelma s'éloigna brusquement et commença sa descente, s'arrêtant un instant en haut de l'échelle. En dépit de l'arrogance du jeune homme, il ne fallait plus jouer au chat et à la souris avec lui.

« Comme vous le disiez, Fogartach, l'affaire était toute simple. L'abbesse Cuimne a glissé, est tombée et s'est tuée. C'était un tragique accident. »

Le visage du jeune bo'-aire se détendit et, pour la première fois, il sourit ; puis il leva la main pour la saluer. « Je vous dois en quelque sorte une leçon de sagesse, Anruth de la Brehon Court, dit-il, un peu sèchement. Que Dieu vous garde jusqu'à votre destination ! »

Sœur Fidelma lui rendit son sourire et leva la main. « Toute destination ne fait que mener à une autre, Fogartach », répondit-elle. Elle lui lança son grand sourire malicieux et sauta à la poupe du currach qui, en bas, se balançait doucement en l'attendant.

Traduit par Jean-Claude Dieuleveux

Titre original :
Murder by miracle
Initialement paru dans *Constable New Crimes 2*,
anthologie de Maxim Jakubowski, 1993.

Neuf fils

WENDY HORNSBY

Ce matin, j'ai vu le nom de Janos Bonachek dans le journal. Un bel article lui était consacré à l'occasion de son départ en retraite après vingt-cinq ans de carrière en tant que juge fédéral. « L'enfant prodige » – c'est ainsi que l'appelait le journaliste – était maintenant, comme on pouvait le constater sur la photo illustrant l'article, un homme au crâne presque entièrement chauve où seule subsistait une poignée de cheveux blancs au-dessus des oreilles, derniers vestiges de ce qui avait été autrefois une admirable crinière blonde.

Pendant un moment, j'ai été tentée de lui écrire ou de lui téléphoner pour connaître enfin la réponse aux questions que je n'avais jamais cessé de me poser à propos de cette mort qui, entre nous, fut à la fois un lien et un obstacle. Finalement, je ne l'ai pas fait. À quoi cela aurait-il servi, après tant d'années ? Sa longue et brillante carrière au service de la loi n'avait-elle pas suffi à réparer les fautes de chacun d'entre nous ? Et puis il y a si longtemps que la chose a eu lieu.

Tout débuta par un jour apparemment ordinaire. Nous étions en avril, mais le printemps n'était encore qu'une démangeaison. Seules deux touches de couleur vive se détachaient sur un fond ininterrompu de boue noire et de fange grise ; c'était, d'une part, le bleu des crocus qui pointaient au travers des plaques de neige sale, et d'autre part le jaune lumineux de la chevelure de Janos Bonachek rejoignant, le long de la ligne d'horizon, la ferme de ses parents après l'école. Peut-être que les crocus printaniers et le petit Janos n'avaient en soi rien d'extraordinaire, mais dans ce coin glacé, et durant ces temps difficiles, ils étaient tout simplement miraculeux.

Nous étions en 1934, au creux de la Grande Dépression. L'époque était dure, mais dans la petite ville rurale où j'avais été envoyée, les épreuves et les privations étaient une vieille habitude.

J'étais arrivée au mois de septembre de l'année précédente, le jour de mon anniversaire, emportant dans mes bagages mon diplôme tout frais d'institutrice. Avec mes vingt ans, je n'étais pas beaucoup plus vieille que mes élèves en âge d'entrer au lycée.

Janos avait dix ans au début du trimestre et exactement la même taille qu'un épi de blé arrivé à maturité. Ses cheveux étaient presque de la même couleur que les champs de céréales qu'il traversait en courant. Quand les blés n'étaient pas encore fauchés, il se confondait avec le décor, au point que sa course parmi les épis pouvait faire croire qu'une brise légère soufflait sur le champ. Pour l'apercevoir en entier, il fallait attendre la fin des moissons.

Dans les plaines du Nord, la saison des cultures est courte, tout au plus une brève respiration estivale coincée entre le dégel du printemps et les premières gelées de l'automne. Sous la surface de la terre, comme dans le cœur des gens qui s'échinent à la cultiver, il y a, semble-t-il, une zone qui ne se réchauffe jamais complètement. Je continue à croire que si l'hiver n'avait pas été aussi long, si le froid n'avait pas complètement infusé les âmes, nous n'aurions pas été amenés à enterrer la petite sœur de Janos Bonachek.

Janos venait d'une famille de neuf garçons. Un seul d'entre eux, lui, s'était vu dispensé des corvées de la ferme pour suivre une scolarité normale. Il avait ensuite entraîné dans son sillage son jeune frère Boya. Le petit Boya était alors âgé de quatre ou cinq ans. Il n'était pas aussi brillant que Janos, mais il faisait beaucoup d'efforts. Stimulé par Janos, qui lui donnait des leçons particulières, Boya essayait, cette année-là, de sauter une classe pour entrer en première année de cours élémentaire.

Aux environs de la fête d'Halloween, lors de ma première année d'enseignement, Janos fut envoyé dans ma classe par son institutrice, qui avouait n'avoir plus rien à lui apprendre. Je ne sais pas si j'étais mieux préparée qu'elle pour cette tâche, sauf que j'avais emporté avec moi mes livres du lycée, lesquels étaient rangés sur les étagères de ma chambre. Toujours est-il que je fis de mon mieux.

Janos représentait une sorte de défi. Il absorbait tout ce qu'on lui présentait et en demandait toujours plus ; il me conduisait avec douceur, mais avec insistance aussi, à expliquer et à approfondir. Il était avide de tout. Sauf de géographie. Cette matière le laissait sceptique. Ayant vécu toute sa vie dans une région de plaines dépourvue de relief, Janos ne pouvait pas concevoir la rotondité de la Terre, pas plus qu'il ne pouvait admettre la réalité d'étendues d'eau plus vastes que les champs de blé qui bornaient son horizon. L'existence des montagnes, des déserts, des océans, était pour lui comme autant d'actes de foi ; petite fille, j'avais ressenti la même chose quand, au catéchisme, les sœurs me parlaient du paradis.

Pour ses camarades, Janos faisait certainement figure de bête curieuse. Je le revois encore, sa chevelure étincelante penchée sur ses livres, sa petite figure tirée, le front barré de plis profonds, essayant désespérément d'assimiler un nouvel ensemble de vérités premières sur le monde situé de l'autre côté des champs. S'ils ne jouaient jamais avec lui, les autres élèves lui témoignaient du respect, voire de la déférence. Il passait ses récréations et l'heure du déjeuner assis près du porche de l'école, attendant pour rentrer que je sonne la grosse cloche de cuivre. Je me demande quel genre de juge a bien pu être cet enfant qui n'avait jamais appris à jouer.

Janos frissonnait quand il avait froid, mais cela mis à part, le manque de confort lui était indifférent. Boya et lui se rendaient à l'école pieds nus, et ce jusqu'à ce que la neige recouvre le sol. Alors, ils débarquaient chaussés de bottes ostensiblement trop grandes, mais le plus étrange était qu'aucun de leurs camarades ne semblait le remarquer. Le manteau de Janos, même par temps de blizzard, se résumait à une vieille couverture grise, sous laquelle, j'en avais la conviction, il devait dormir la nuit. Ses cheveux dorés se dressaient en touffes raides et faisaient irrésistiblement penser au blé quand il vient d'être fauché. En aucune manière, cependant, il ne se sentait différent de ses camarades impeccablement vêtus et lavés.

Bien qu'il affichât un air de dignité stoïque, la situation de Janos me fendait le cœur. Ainsi quand les blizzards arrivèrent, l'école dut fermer ses portes, et malgré cela je m'y rendis quand même, car je savais que Janos serait là avec Boya. Si je n'étais pas venue ouvrir la salle de classe, je suis certaine qu'ils auraient gelé sur place.

Or, me rendre à l'école constituait une véritable expédition. Je louais à l'époque une chambre en ville chez un médecin dont la femme, Martha, devint par la suite une amie très chère. Quand la neige tombait en tourbillons aveuglants, je suppliais le docteur d'atteler ses deux chevaux de trait pour me conduire en traîneau jusqu'à l'école. Après la première sortie, le docteur ne protesta plus que pour la forme, car les deux garçons attendaient sous le porche et apparemment depuis déjà un bon bout de temps. Couverts de neige, ils se tenaient serrés l'un contre l'autre.

C'est pendant cette période, seule avec les deux garçons, que je connus les plus belles journées de ma carrière. J'apportais des livres de la bibliothèque de Martha, des livres qui ne figuraient pas obligatoirement au programme. Nous lisions ensemble ; nos conversations roulaient autour du monde situé de l'autre côté des champs et de la découverte que nous en ferions un jour. Pendant qu'à l'extérieur la neige continuait de tomber, nous évoquions l'étouffante chaleur des tropiques, le flux et le reflux de l'océan, les hommes en costume clair discutant de tout et de rien en sirotant un sherry centenaire dans des bars ruisselants de lumière électrique.

Nous avons ainsi passé plusieurs jours ensemble. Cette année-là, la première neige arriva à la Toussaint et tomba sans discontinuer jusqu'au Vendredi saint. S'il n'y avait pas eu Janos et les leçons particulières que je donnais le soir à mon domicile, je crois bien que je n'aurais pas pu supporter ces périodes de froid sans fin.

Immanquablement, les soirs d'hiver, quand la route était impraticable et que les gens raisonnables restaient calfeutrés devant l'âtre, il y avait toujours quelqu'un pour réclamer les soins du docteur. Dans ces cas-là, il attelait le traîneau et partait. Bien entendu, Martha ne pouvait dormir avant d'avoir entendu le retour du traîneau et je lui tenais compagnie, quelquefois jusqu'à l'aube.

Martha avait fait ses études à Smith ou à Vassar. Je ne sais plus dans laquelle des deux écoles, car les établissements pour jeunes filles de la côte est ne faisaient pas partie de mon univers. Elle fut donc mon mentor dans ce monde que je ne connaissais qu'au travers des magazines et des catalogues sur papier glacé, où resplendissait toute une société de personnes d'un raffinement inouï. Ce qui me frappait le plus quand je contemplais ces gens, c'était de voir combien ils étaient tous indemnes ; je veux dire qu'ils n'avaient ni cicatrice ni mutilation due à une machine agricole. Sur leurs visages, je lisais la paix de l'esprit, ouvrant, j'en avais la conviction, sur le monde des idées. Ces gens nourrissaient mes rêves, ceux de Martha aussi, je pense.

Martha acceptait de bonne grâce sa vie dans notre petite communauté, mais je savais que la compagnie d'autres femmes ayant reçu une bonne éducation lui manquait. À ma manière, j'y suppléais.

Tandis que je passais mes journées à éduquer Janos, Martha, elle, passait ses soirées à m'enseigner les bonnes manières, ces conventions sociales qui me seraient utiles si j'arrivais un jour à m'échapper de notre petite ville. Sans doute n'étais-je pas une élève aussi rapide que Janos, mais j'avais en moi la même soif d'apprendre.

Les leçons commencèrent dans le grenier où Martha rangeait ses malles. Emballé dans du tissu blanc, il y avait là l'élégant trousseau qu'elle avait apporté avec elle en quittant la côte est.

Il était constitué de robes de soirées de toutes sortes : l'une en taffetas lie-de-vin, l'autre en velours vert et encore une autre, rose celle-là, coupée dans une soie si fine que je n'osais pas l'effleurer à cause de mes mains rêches.

Jusqu'à ce jour, je n'avais jamais vu une femme en tenue de soirée, mais je savais que les robes de Martha surpassaient celles que l'on pouvait acheter par correspondance, même en y mettant le prix.

Martha et moi enfilions ces robes de rêve et lisions Proust à haute voix en buvant du café arrosé de cognac ; parfois aussi, nous nous mettions au piano à tour de rôle. Si j'arrivais à venir à bout, non sans peine, d'une valse de Strauss ou d'une polka, Marthe, elle, jouait en véritable virtuose Dvorak et Debussy. Ces longues soirées passées dans le salon de Martha à attendre le retour du docteur, à prier pour que son traîneau ne se retourne pas, et pour que le voisin qui l'avait appelé guérisse, m'aidèrent à compléter mon éducation de jeune fille.

Quand il rentrait, les mains si engourdies par le froid qu'il fallait l'aider à se débarrasser de ses vêtements, Martha l'accueillait invariablement en lui lançant : « Alors, comment s'est passé l'accouchement de Mme Bonachek ? » C'était entre nous une plaisanterie, car Mme Bonachek accouchait toute seule. Personne d'ailleurs n'aurait pu dire combien de grossesses elle avait connues en dehors de ses neuf fils vivants. Si les Bonachek étaient pauvres, au moins étaient-ils riches en fils.

C'est à quoi je repensais, cet après-midi de début de printemps, en passant devant la ferme des Bonachek. Après la classe, j'avais vu Janos courir à travers champs. Sans doute se dépêchait-il de rentrer chez lui pour aider sa mère. Autrement où était-il allé ? Et où donc étaient ses frères ?

Ces questions me restèrent à l'esprit.

Ainsi que je l'ai dit, cette journée avait été tout à fait ordinaire. J'étais restée dans ma classe après le départ des élèves pour nettoyer un peu, et il devait être quatre heures passées quand je me mis en route. Comme d'habitude, j'empruntai le chemin vicinal pour rejoindre le bourg, chemin qui, à mi-parcours, croisait la ferme des Bonachek. Bien que sous mes pas la terre noire fût complètement gelée, je cherchais des yeux les signes annonciateurs du printemps et comptais les semaines qui nous séparaient encore de la fin du trimestre.

Malgré mes nouvelles bottes (des Sears et Roebuck !), j'avais froid aux pieds ; aussi étais-je en train de composer mentalement une lettre de réclamation cinglante à la société qui me les avait vendues. Sur la promesse du catalogue m'assurant que ces bottes me protégeraient des froids les plus mordants, j'y avais consacré une bonne part de mes maigres économies avec l'espoir d'avoir chaud aux pieds, ce qui, pour moi, était le comble du luxe. Peut-être que le rédacteur du catalogue, dans son bureau de Chicago, ne pouvait pas imaginer qu'il existât une terre aussi froide que ce chemin.

En approchant de la ferme, je m'attendais à croiser la mère de Janos. Pendant trois jours de suite, j'avais vu Mme Bonachek occupée à travailler dans les champs, le matin en me rendant à l'école, et l'après-midi en rentrant chez moi. Je ne pouvais pas ne pas la voir, pour la bonne raison qu'entre l'école et la ferme des Bonachek il n'y avait ni colline, ni mur, ni écran d'arbres.

Quand je passais devant elle, Mme Bonachek tournait rarement les yeux vers moi. Contrairement aux autres parents, elle ne cherchait pas à m'aborder avec un petit mot aimable, ne me posait jamais de questions sur le travail de ses enfants, jamais non plus elle ne me demanda de les laisser sortir avant l'heure pour effectuer les corvées de la ferme. Certes, elle parlait à peine l'anglais, mais beaucoup d'autres parents étaient dans ce cas, comme les miens d'ailleurs.

Une énigme, voilà ce qu'elle était. Sans forme ni couleur, quand elle semait dans les labours les graines qu'elle sortait d'une grosse poche de son tablier, Mme Bonachek semblait se confondre avec le paysage. Chaussée de bottes de feutre, elle progressait lentement le long des sillons rectilignes, son bras maigre effectuant un mouvement circulaire aussi régulier que celui d'une machine agricole.

Je ne pouvais m'empêcher de penser que semer en cette

saison était une bien étrange initiative. Il n'y avait d'ailleurs personne d'autre dans les champs. Ne savait-elle pas qu'en agissant ainsi elle risquait de perdre son semis, ne serait-ce qu'à cause du mildiou ou des dernières gelées du printemps ? En tant que fille d'éleveur, j'avais quelques notions sur la culture du blé, et je savais aussi ce que l'on exigeait des enfants de fermiers. Nous étions six dans la famille, mes cinq frères et moi. Ma mère n'allait jamais dans les étables seule pour peu qu'un des enfants se trouvât à proximité. Or Mme Bonachek avait neuf fils. Pourquoi, dans ces conditions, travaillait-elle dans les champs toute seule ?

L'après-midi du quatrième jour, une fois fermée la porte de ma classe, je guettai comme à l'accoutumée Mme Bonachek. Ne l'apercevant pas, je me sentis soulagée à la pensée que je n'aurais pas à saluer quelqu'un qui, je le savais, ne me retournerait pas mon bonjour.

C'est pourquoi je marchais d'un pas plus assuré, remâchant ma rancune contre Sears et Roebuck dans un vocabulaire que je ne pourrais jamais coucher sur le papier et, tout en m'amusant de l'audace de mes expressions, je comptais les crocus bleus qui poussaient le long du chemin.

Juste comme j'arrivais à la hauteur de la rangée de pierres qui bordait l'entrée de la propriété des Bonachek, je la vis. Elle était assise à même la terre, entre le chemin et la petite maison, la tête penchée, les bras croisés sur la poitrine. Son tablier en calicot aux couleurs fanées, dont la grande poche à semis paraissait plate et vide, était étalé à côté d'elle. Elle était si parfaitement immobile que l'on aurait pu croire qu'elle était en train de dormir. L'idée qu'elle était peut-être malade et que je devais lui porter secours me traversa l'esprit. À ce moment même, elle tendit la tête vers moi et, m'ayant aperçue, pivota sur elle-même et me tourna le dos.

Je hâtai le pas. Le chemin fit alors un virage, et pendant quelques mètres elle disparut de mon champ de vision. Lorsque je me retournai pour la regarder à nouveau, elle était debout et avait abandonné son tablier. Celui-ci, comme un petit tas de couleur rouge fanée, gisait en boule au bout d'un sillon. Elle retroussa un pan de sa robe, le remplit de grain et se remit au travail. Comment se pouvait-il qu'une femme aussi primitive ait pu mettre au monde un garçon aussi brillant que Janos ? Cette question me laissait songeuse.

À mon retour, je trouvai Martha dans un état de gaieté exubérante. Le temps était glacial, mais elle avait vu un crocus. C'est pourquoi elle voulait que nous organisions un thé pour célébrer l'arrivée du printemps. On sortirait les robes de gala et l'on inviterait quelques dames du bourg. Ce serait, disait-elle, une occasion de s'amuser, et pour moi un début dans le monde ! Bien entendu, je pourrais inviter qui je voulais.

J'avais toujours à l'esprit Mme Bonachek. Je ne pouvais m'empêcher de me l'imaginer, quittant sa posture accroupie dans les champs et venant s'asseoir, toute maculée de terre, sur le beau canapé en brocart de Martha. Pour cette raison, je déclarai que c'était elle que je souhaitais inviter en priorité. Cette idée nous fit pouffer de rire au point que j'en attrapai le hoquet. J'ajoutai que, cette femme n'ayant pas de fille, un peu de compagnie féminine lui ferait du bien.

Martha se mit au piano et plaqua quelques accords mélodramatiques. Je préparai une bassine d'eau chaude et y plongeai mes pieds glacés, tout en évoquant le printemps et la perspective d'avoir enfin chaud, vraiment chaud, dans tous les membres à la fois. Je me demandais ce que les femmes des magazines faisaient quand elles donnaient un thé.

Nous étions en train de débattre des sandwiches qu'il nous faudrait confectionner, des petits-fours et des oignons taillés en forme de marguerite, quand le docteur rentra pour dîner.

Sa barbe était parsemée de flocons, et, me penchant à la fenêtre, je vis que la neige tombait tel un fin rideau de dentelle blanche posé sur le ciel du soir. Quand Martha eut fermé la porte et qu'elle revint vers nous, je vis des larmes dans ses yeux.

« Tu arrives tard, dit-elle en s'efforçant de sourire. L'accouchement de Mme Bonachek, j'imagine ?

– Malheureusement, non ! répondit-il d'un air lugubre.

J'aurais aimé que, pour une fois, elle m'appelle à temps. Elle a encore accouché toute seule. L'enfant est mort. D'hypothermie, je pense. Une petite fille. Une belle petite fille bien constituée. »

J'étais abasourdie, mais je réussis à articuler quelques mots. « Mais cet après-midi encore, elle travaillait dans les champs. »

Martha et le docteur échangèrent un regard qui me rappela que j'avais encore beaucoup de choses à apprendre. Puis le docteur se lança dans un exposé, pestant contre ces gens qui n'avaient pas assez de bon sens pour se mettre au lit et se demandant quel genre de vie pouvait espérer un enfant né dans de telles conditions.

« Pauvre femme ! enchaîna Martha. Elle a enfin une fille pour lui tenir compagnie et celle-ci meurt. » Elle me saisit brusquement le bras et ajouta : « Notre devoir est de lui apporter un peu de réconfort. »

Après avoir enfilé bottes et manteaux, on attendit que le docteur sorte sa vieille Ford du hangar. La voiture faisait un vacarme terrible, ce dont Martha se plaignit doucement, mais il n'y avait pas assez de neige pour utiliser le traîneau. Nous étions toutes les deux déçues, car le voyage en traîneau aurait ajouté un peu de solennité à la circonstance.

« Dites ce que vous avez à dire, puis partez », nous avait recommandé le docteur, tandis que la voiture cahotait sur le chemin sillonné d'ornières. « Ces gens n'ont pas l'habitude des civilités ; il se pourrait même qu'ils ne comprennent pas le pourquoi de votre démarche. »

Il ne pouvait pas se douter que Martha et moi nous sentions quelque peu coupables envers cette pauvre Mme Bonachek dont nous nous étions tant moquées. Et puis surtout, l'ennui, l'ennui d'avoir été enfermées tout l'hiver nous pesait si fort qu'une distraction, quelle qu'elle fût, du moment qu'elle rompait un peu la monotonie des jours, était bonne à prendre.

Nous entrâmes dans la petite maison en bois et ce fut Janos, un Janos au visage lugubre, qui traduisit nos condoléances. Martha se montra intarissable : Un bébé devait avoir un enterrement digne de ce nom ; il fallait et un cercueil et une robe ; avait-on fixé la date de la cérémonie ?

Mme Bonachek posa sur Martha et moi son regard vitreux, couleur de terre. Janos haussa ses maigres épaules. Il déclara qu'il n'y avait pas d'argent pour les funérailles. D'ordinaire quand un bébé mourait, on appelait le médecin pour qu'il signe un certificat de décès, puis les services de la mairie venaient chercher la dépouille mortelle. C'était tout.

Martha tapota les mains calleuses de Mme Bonachek. Elle n'avait pas de souci à se faire. Nous nous chargerions de tout. Ce qui fut fait. Détournées de notre projet de thé par un brusque changement de climat, nous avons mis toute notre énergie dans la préparation de l'enterrement.

Je trouvai une jolie boîte en bois d'une taille appropriée dans la remise du docteur et je la peignis en blanc. Martha descendit du grenier sa merveilleuse robe de soirée en soie rose et un vieil oreiller en plumes. Elle ne sourcilla même pas quand les ciseaux déchirèrent les délicats empiècements cousus à la main. Pour ma part, je ne pus retenir mes larmes. Martha me serra dans ses bras en me disant que la volonté de Dieu devait s'accomplir et que Mme Bonachek, comme tous les paysans, avait une âme forte... Moi, je pensais à la robe qu'on venait de sacrifier.

Nous avons travaillé une bonne partie de la nuit. Nous avons garni de plumes le fond de la boîte et tapissé les côtés de soie rose. Pour sa part, le docteur avait négocié avec la mairie l'obtention d'un coin de terre dans le cimetière communal. Comme il ne s'agissait que d'une toute petite parcelle, on la lui avait concédée.

Nous avons pris contact avec le prêtre de la paroisse, mais il ne voulut pas se charger de la cérémonie. Le cimetière communal n'était pas consacré et il ne connaissait pas les Bonachek. Nous espérions surtout ne pas devoir solliciter un rabbin, car si tel avait été le cas nous aurions été très ennuyées, vu qu'il n'y en avait aucun à des kilomètres à la ronde. Finalement, Martha tint le raisonnement suivant : le Ciel étant le Ciel, un prêcheur méthodiste ferait l'affaire, d'autant plus que lui était d'accord.

Le lendemain après-midi, tout était prêt. La neige avait tourné à la neige fondue, mais la ferveur de nos âmes ne s'en trouva pas entamée. Nous sommes sorties vêtues de manteaux bleu marine, couleur que Martha jugeait plus appropriée à l'enterrement d'un enfant que le noir.

Le docteur nous conduisit à la petite maison. Quand nous sommes entrées, toute la famille Bonachek, lavée et peignée, s'est levée pour nous accueillir. Ce fut la première fois, si mes souvenirs sont bons, que je vis Janos sourire. Il me montra du doigt sa cravate élimée qui pendait sur la ficelle lui servant de ceinture. Il était grotesque, mais je savais qu'il avait la conviction d'être élégant. Tous, même Boya, portaient de vagues chaussures. Oubliant les circonstances qui nous réunissaient, on aurait pu penser à une sorte de gala.

M. Bonachek, un homme à la figure pâle et décharnée, nous débarrassa du cercueil et nous conduisit dans l'unique chambre de la maison. Le bébé, enveloppé dans un morceau de calicot, reposait sur la table de toilette. Je déballai sur le lit la minuscule robe de soie tandis que Martha poussait Mme Bonachek hors de la pièce.

« Nous devons la laver », dit Martha. Un tremblement dans sa voix me fit comprendre que son courage faiblissait. Elle commença par retirer l'étoffe qui entourait le petit corps. Ce fut alors que je reconnus le calicot : c'était le tablier de Mme Bonachek.

Je pensai aux neuf fils alignés dans la pièce voisine, à Mme Bonachek assise dans le champ, à son tablier étendu, à côté d'elle, sur la terre glacée. *Mme Bonachek qui était riche en fils.*

Je devais savoir par la suite combien de bébés, combien de filles étaient mortes avant celle-ci, enveloppées dans ce tablier. Janos, pour qui la mort faisait partie de la routine de la vie, me le dirait. Mais je n'eus pas, à cet instant, le courage de lui poser la question.

Martha faisait beaucoup d'efforts pour garder son sang-froid. Elle avait habillé le bébé et l'avait déposé délicatement dans le cercueil. C'était une ravissante petite fille, son visage de porcelaine était encadré de soie rose. La voir reposer dans cette boîte, telle une poupée dans la vitrine d'un magasin de jouets, m'était insupportable.

Je voulus m'ouvrir à Martha du doute insidieux qui était en train de prendre corps en moi. Mais j'hésitai trop longtemps.

Janos pointa alors le nez à la porte ; je ne voulais pas qu'il entende ce que j'avais à dire. Son visage m'apparut si maigre et il avait tellement l'air d'attendre quelque chose que, brusquement, l'idée me vint que nous avions oublié d'apporter des provisions pour la circonstance.

« Janos, murmura Martha. Dis à ta maman qu'elle peut venir maintenant. »

Janos conduisit sa mère jusqu'au seuil de la chambre, mais celle-ci refusa obstinément de faire un pas de plus. J'allai vers elle et, la prenant par les épaules, la forçai à s'approcher du cercueil. J'espérais qu'elle manifesterait au moins un peu d'émotion. Car autrement, quel espoir restait-il à Janos ?

Finalement, elle eut un tremblement nerveux et tendit la main pour toucher la joue du bébé. Elle prononça quelques phrases dans sa langue natale. Je ne compris ni les mots ni le ton. C'était à la fois comme une prière ou une malédiction.

Lorsque mes mains quittèrent ses épaules, elle se retourna pour me regarder. L'espace d'une seconde, une petite lueur passa dans ses yeux. Je n'y lus ni la peur ni la culpabilité ; pourtant, elle savait ce que j'avais vu la veille dans les champs. Je fus troublée, car à cet instant elle était belle. J'entrevis alors l'existence qui aurait pu être la sienne, dans une autre époque, dans un autre endroit. Des larmes finirent par me monter aux yeux et je pleurai sur elle, pas sur le bébé.

Janos et Boya portèrent le cercueil dans la pièce de devant et le déposèrent sur la table. Le prêcheur arriva et, après avoir refusé d'être payé, célébra le plus complet de ses services funèbres. Il s'adressa à notre petit groupe – les Bonachek, Martha, le docteur et moi – comme si nous étions une véritable congrégation. Je ne me souviens plus de ce qu'il a dit. Je n'écoutais pas. Je suivais des yeux les motifs du lino déchiré qui recouvrait le sol et je maudissais en silence la misère du lieu et le froid qui s'infiltrait sous la porte.

Notre petite procession était triste à voir. Avant d'atteindre le cimetière situé au bout de la ville, il nous fallut descendre tout un chemin bourbeux, en reprenant des cantiques que seul le prêcheur semblait connaître. Au cimetière, le prêcheur fit des prières pour l'âme innocente de la petite fille, puis la livra à la terre. Que les premiers concernés par ce deuil ne comprennent pas un traître mot de ce qu'il disait ne semblait pas le gêner.

Avec bien du mal, le docteur finit par dissuader Martha d'inviter toute la famille Bonachek à souper : il n'y avait pas assez de nourriture pour tout le monde, il aurait fallu y penser plus tôt.

En revenant du cimetière, je m'arrangeai pour prendre le docteur à part. Je lui confiai ce que j'avais sur le cœur, ce que j'avais vu, la veille, dans les champs. Elle avait laissé son tablier en boule au bout du sillon et elle s'était remise au travail. Je me serais sentie coupable de garder pour moi seule de tels faits.

Le docteur ne parut pas aussi choqué que je m'y attendais. Mais c'était un homme de grande expérience, et moi, je n'étais que la fille d'un éleveur, l'aînée, la seule fille d'une famille de cinq garçons.

À mesure que l'après-midi avançait, l'air devenait plus froid et le risque d'une nouvelle chute de neige semblait se préciser. Encore aujourd'hui, quand j'ai vraiment froid, je revois cet après-midi. Janos, bien entendu, est au cœur de ce souvenir.

Je pense que cette petite cérémonie à laquelle participèrent des personnes étrangères à sa famille fut pour lui une sorte de déclic. Il n'était plus soudain un garçon appartenant à une seule communauté, mais à l'ensemble du monde, à ce monde de l'autre côté du chemin qui séparait sa ferme de l'école, là où se trouvaient les montagnes et les océans. Ce fut pour lui une révélation.

Janos cria mon nom et vint à ma rencontre. Je m'arrêtai pour l'attendre et le regardai courir. Il était radieux et bizarrement exubérant.

Un pâle rayon de soleil faisait étinceler sa chevelure blonde tandis qu'il avançait avec peine dans le chemin bourbeux. Des mottes énormes s'accrochaient à ses grandes bottes et je craignis un moment que ses jambes maigres ne se brisent sous le poids de la boue qui l'entravait. Mais lui ne semblait pas le remarquer. La boue faisait simplement partie de la ronde des saisons, c'était le signe avant-coureur des jours plus chauds.

Quand il m'eut rejointe, Janos était à bout de souffle et son visage était écarlate. Il avait l'air d'un petit vieillard plein de sagesse, pour qui la vie n'a plus de secrets. Comme à son habitude, il se tenait avec cette raideur empreinte de dignité qui, j'imagine, devait faire merveille quand il était revêtu de sa robe de juge.

Trop essoufflé pour parler, il me glissa dans la main un crocus qu'il avait cueilli dans la boue.

« Très joli », dis-je, émue par son geste. Son visage souriant me donna le courage de poser la question qui me brûlait les lèvres : « Que disait la prière que ta mère récitait pour le bébé ? »

Il haussa les épaules et fit un effort pour reprendre sa respiration. Alors, il tendit la main et toucha la fleur délicate qui déjà se fanait à la chaleur de mes doigts.

« Ce n'était pas une prière », dit-il. « Elle a dit : “Puisses-tu connaître la paix. Tes sœurs t'attendent au paradis pour t'embrasser.” »

Je mis la main sur son épaule puis, levant la tête vers les lourds nuages qui s'amoncelaient, je demandai : « S'il neige demain, quels livres aimerais-tu que j'apporte ? »

Traduit par Jean-Pierre Croquet

Titre original :
Nine Sons
Initialement paru dans *Sisters in Crime 4*,
anthologie de Marilyn Wallace, 1991.

Séries noires pour une île verte

J. BARINE

DOUBLE MARIAGE DANS LA RUE BOUDOIR

DOUBLE MARIAGE DES PLUS SINGULIERS. Ce matin, vers trois heures, les habitants du quartier Saint-Roch furent réveillés par une suite de soupirs de fièvre, qui semblaient venir du quatrième étage d'une maison de la rue Boudoir, que l'on savait occupée en totalité par une dame L'Espanaye et sa fille Camille L'Espanaye. Après quelques retards causés par des efforts infructueux pour se faire ouvrir à l'amiable, la grande porte fut forcée avec une pince, et huit ou dix voisins entrèrent, accompagnés de deux gendarmes.

Cependant, les soupirs avaient cessé ; mais au moment où tout ce monde arrivait pêle-mêle au premier étage, on distingua deux fortes voix qui semblaient appeler à l'aide et venir de la partie supérieure de la maison. Quand on arriva au second palier, ces bruits avaient également cessé, et tout était parfaitement tranquille. Les voisins se répandirent de chambre en chambre. Arrivés à une vaste pièce située sur l'arrière, au quatrième étage, et dont on força la porte qui était fermée, avec la clé en dedans, ils se trouvèrent en face d'un spectacle qui frappa d'étonnement tous les assistants.

La chambre était dans le plus étrange désordre. Il n'y avait qu'un lit défait, les draps jetés au milieu du parquet. Sur une chaise, on trouva un rasoir électrique ; dans l'âtre, trois longues et fortes boucles de cheveux gris qui semblaient avoir été soi-

gneusement coupées pour être placées dans un médaillon. Sur le parquet gisaient quatre napoléons, une boucle d'oreille ornée d'une topaze, trois grandes cuillers d'argent, trois plus petites en métal d'Alger, et deux sacs contenant environ quatre mille francs en or. Dans un coin, les tiroirs d'une commode étaient ouverts et les articles qu'ils contenaient étaient intacts. Un petit coffret de fer fut trouvé sous la literie (non pas sous le bois de lit) ; il était ouvert avec la clé dans la serrure. Il ne contenait que quelques vieilles lettres d'amour et d'autres papiers sans importance.

On ne trouva aucune trace de Mme L'Espanaye ; mais on remarqua une quantité extraordinaire de dragées et de grains de riz. Deux robes de mariée attiraient le regard : l'une, blanche et vaporeuse, sur une chaise et l'autre, sur le sol, plus sobre, qui pouvait convenir à une veuve. Où pouvaient être Mme L'Espanaye et sa fille qui venaient de célébrer leurs noces, et où pouvaient être les maris ? On fit une recherche dans la cheminée, et

Gibbey reposa la feuille sur le bureau à côté de la machine à écrire.

« Le texte s'arrête bien là ? Vous n'avez pas trouvé la suite ? demanda-t-il. Et le conte d'Edgar Poe était bien ouvert à la page correspondante ?

– Rien n'a été touché, assura Nielström qui représentait le gouvernement de Peaceland. La pièce est telle que je l'ai découverte hier, après que les gardiens de la paix ont eu forcé la porte.

– Car la porte était fermée de l'intérieur, dit Gibbey en s'agenouillant près du corps.

– Oui, et la fenêtre aussi. Elle n'est d'ailleurs pas conçue pour s'ouvrir. L'immeuble du Centre de Moralisation des Lettres bénéficie de l'air conditionné. Et il n'y a pas de cheminée : tout Peaceland est chauffé par la géothermie. »

La figure du cadavre portait quelques fortes égratignures, et la gorge était stigmatisée par des meurtrissures noires et de profondes traces d'ongles, comme si la mort avait eu lieu par strangulation.

En se relevant, Gibbey déclara : « Vous m'avez bien dit que le défunt travaillait dans ce Centre à la moralisation des romans policiers ?

– Oui, c'est une section particulièrement importante, plus encore que celles où officient les rewriters de romans d'épouvante ou de littérature sadomasochiste. Ce que vous venez de lire était le fruit de son travail sur l'œuvre d'Edgar Poe, *Double crime dans la rue Morgue*. Nos équipes sont chargées d'édulcorer en priorité les chefs-d'œuvre si populaires de la littérature policière, car le Gouvernement tient à les rendre accessibles aux Peacelandais. Nous n'avons jamais été des iconoclastes ni des faiseurs d'autodafés. Notre but est de déraciner les instincts humains les plus violents que flattent bassement la plupart de ces ouvrages. Prenons Edgar Poe ; pour quelques scènes violentes et néfastes, nous nous condamnerions à ne pas profiter de toutes les richesses intellectuelles que ses œuvres recèlent indubitablement. Qui mieux que lui peut développer les facultés d'analyse et de raisonnement du lecteur ?

– Peut-être Conan Doyle ? fit Gibbey.

– Son œuvre aussi est déparée par des scènes dont la violence est insupportable pour notre société pacifique avancée. Mais les équipes travaillant sur Sherlock Holmes ont été les premières à mourir dans des conditions étranges.

– Oui, vous m'avez dit qu'un rewriter avait été, lui aussi, trouvé mort dans son bureau fermé, alors qu'il travaillait sur *Le Chien des Baskerville*. Je parierais que c'est son cœur qui avait lâché.

– Oui, alors qu'il était déjà bien avancé dans *L'Agneau des Baskerville*.

– Vos rewriters périssent donc par là où ils ont réécrit.

– Vous avez raison. La première fois, je n'avais pas compris. À la mort du rewriter de *La Bande mouchetée*, j'ai cru à une coïncidence. Une morsure mortelle de serpent, cela arrive quelquefois en Peaceland. Mais nous avons vraiment été troublés lorsque nous n'avons retrouvé que les vêtements en lambeaux du rewriter de *D'autres chats à fouetter*. Son corps avait complètement disparu d'un bureau tout aussi hermétiquement clos que celui-ci. J'ai fini par comprendre qu'il avait subi le même sort que le personnage du livre, atrocement dévoré par des chats. Mais comment expliquer ces correspondances mortelles ? Et pourquoi ? Et qui ?

– Vous ne soupçonnez personne ? fit Gibbey.

– Non, mon cher monsieur, puisque depuis bientôt deux générations, nous vivons en Peaceland dans un monde purgé de toute violence. Ni vols, ni crimes, ni agressions ne viennent plus troubler la paix de nos concitoyens. Vous ne vous êtes pas encore rendu compte de ce qu'est la vie ici ?

– Je viens juste de débarquer du dirigeable qui fait la navette avec l'aéroport de Trondheim et j'ai bondi dans le premier taxi à voile...

– Vous devez avoir faim, dit Nielström. Nous allons continuer cette conversation au restaurant végétarien. »

Une serveuse vêtue d'une toge de lin s'approcha de leur table.

« Je vous conseille notre caviar fermier, il accompagne à merveille nos blinis maison. Ensuite vous avez le choix... »

Gibbey regarda la carte.

« Permettez-moi de vous conseiller à mon tour pour votre premier repas en Peaceland. Vous tombez bien : nous avons eu un arrivage de lemmings. Vous savez que ces petits animaux, lorsqu'ils sont en surnombre, régulent leur démographie en se suicidant. Nous recueillons le trop-plein, ce qui permet des apports de protéines autres que les œufs et le fromage.

– Je suis intrigué, fit Gibbey, par ce garenne en sauce bleue, parsemée d'icebergs.

– Vous savez, les cuisiniers sont un peu des poètes, fit Nielström. Les icebergs sont en purée et la sauce est à base d'airelles.

– Oui, insista Gibbey, mais le garenne ?

– Certes, à Peaceland, la chasse est prohibée, ainsi que l'abattage. Toutefois, comme pour les lemmings, nous ne laissons pas perdre les animaux qui se suicident.

– Mais je n'ai jamais entendu dire que les lapins attentaient à leurs jours !

– Détrompez-vous, affirma Nielström. Nous relevons d'assez nombreux cas de pendaison chez ces animaux. Ils utilisent, de leur plein gré, les collets que nous mettons à leur disposition. Je récapitule donc : caviar pour deux, un civet bleu pour monsieur et un lemming de printemps pour moi. (Je vous ferai goûter cette merveille.) Le lemming est garni de salsifis ? Parfait.

– Et comme boisson ?

– De la bière sans alcool. Elle est préparée avec l'eau de nos torrents, eau si pure que les brasseurs allemands nous l'envient. À moins que vous ne préfériez une eau minérale. »

La serveuse s'éloigna. L'opacité du lin n'en laissait pas moins transparaître une absence de sous-vêtements. Nielström avait remarqué le regard inquisiteur de Gibbey.

« C'est l'attraction de ce restaurant qui, en cette saison de soleil de minuit, fait aussi boîte de jour. Les serveuses qui vont et viennent entre les tables et que l'on déshabille du regard offrent l'un des strip-teases les plus raffinés de Peaceland. Vous êtes dans un lieu aussi célèbre que le Crazy Horse de Paris ! Dans un restaurant ordinaire, les serveuses ne sont pas nues sous leur toge. Mais revenons à nos moutons. Vous me demandiez sur qui les soupçons pouvaient se porter. Immanquablement, on pense aux Dissidents. »

Nielström but une gorgée de son lait au genièvre dans lequel flottaient quelques fraises des bois.

« Il y a cinquante ans, la révolution écolo-non-violente a triomphé en Peaceland. Sakmundsen, le Premier Grand Conducteur, a imposé le mode de vie que vous êtes en train de découvrir et qui, aujourd'hui, est pratiqué sans la moindre contrainte. La troisième génération a parfaitement intériorisé les règles fondamentales de la non-violence. L'éducation a fait son œuvre mais, pour atteindre ce résultat, il nous a fallu, dans les premières années, user d'interdits. C'est ainsi que le 24 septembre, nous célébrons encore la fête de la Grande Remise des Livres. Ce jour-là, tous les Peacelandais étaient venus déposer dans les mairies tous les livres qu'ils possédaient, et les bibliothèques municipales ou universitaires avaient été solennellement fermées. »

Gibbey étala nerveusement son caviar sur un blini. « N'étaient-ce pas des mesures quelque peu obscurantistes ?... »

Nielström sourit et se récria : « Nous ne sommes pas des nazis ! Le Grand Conducteur n'est pas Gengis Khan ! Le 24 juin est le jour de la Remise en Circulation des Livres autorisés. En effet, il a suffi de neuf mois pour que notre peuple retrouve les joies de la lecture et de la culture littéraire. Max du Veuzit, Delly, Bernardin de Saint-Pierre, l'abbé Delille, Fénelon, *Les Bucoliques*, *L'Imitation de Jésus-Christ*, *Les Rêveries d'un promeneur solitaire*, Jane Austen, *Toi et Moi*, voilà des auteurs et des œuvres qui ont été rendus rapidement au public. Mais aujourd'hui, dans sa grande sagesse, le Troisième Grand Conducteur a accepté que les œuvres de l'Index soient remises en circulation après avoir été expurgées, ou mieux, réécrites.

– Mais les Dissidents ?

– J'y arrive. Certains groupes fanatiques avaient refusé de livrer leurs Série Noire, leurs œuvres complètes de Sade, leur bibliothèque d'Angoisse, leurs comtesse de Ségur, leurs Club du Livre d'horreur, toutes ces publications qui alimentaient les instincts pervers de l'homme et entretenaient sa haine et sa violence.

– Et vous n'avez pas emprisonné et châtié ces Dissidents ? »

Nielström sourit avec bonté. « Le Premier Grand Conducteur s'est toujours refusé à poursuivre les individus, à attenter à leur intégrité physique ou morale. Il faut être sévère avec la faute mais indulgent envers le pécheur. La remise des livres avait recueilli un large assentiment dans notre population. Un peu comme aujourd'hui, par civisme, on récupère les verres non consignés. La population avait bien conscience que ces livres étaient dangereux et qu'il fallait s'en débarrasser proprement, comme des déchets qu'on ne garde pas chez soi. À moins qu'on ne soit un de ces psychopathes qu'on retrouve morts dans un appartement rempli d'ordures lorsque les voisins ne les ont pas dénoncés à temps... »

La patronne du Lys des Volcans s'approcha. Sous le lin transparent, on distinguait nettement son caleçon orné de dentelles et son boléro brodé. La déshabiller du regard eût été une entreprise épuisante.

« Notre maison est heureuse de vous offrir un magnum de champagne peacelandais. »

Le bouchon chuinta discrètement et la patronne versa expertement le liquide ambré et pétillant dans les flûtes de ses invités. Gibbey goûta le breuvage et crut retrouver le goût des clous qu'il suçait par jeu dans son enfance irlandaise.

« Il mérite bien son appellation “champagne”, fit Nielström. Nos experts jugent qu'il flatte le palais comme un Bollinger 82. »

Gibbey n'en croyait pas ses papilles.

« Il est vrai qu'il s'agit du meilleur cru de nos geysers : le plus rare, le pisse-aux-nues, situé à l'extrême nord de Peaceland. Les courants telluriques et électromagnétiques qui irradient du pôle donnent à ce nectar ce bouquet rare qui en fait tout le prix. »

Et Nielström se resservit une coupe de pisse-aux-nues. La boisson l'avait rendu plus chaleureux et enclin à la confidence.

« Je dois vous confesser que j'ai été moi-même l'un de ces Dissidents et qu'après la révolution écolo-non-violente, je suis passé par tous les stades qui ont marqué ces malheureux. J'avais vingt ans. Je croyais possible de faire partager ma passion pour James Hadley Chase aux tièdes qui avaient rendu leurs collections. J'ai donc entrepris avec des “fans” de mes amis de prêter les œuvres que nous avions refusé de livrer. Hélas ! très rapidement nous avons dû nous rendre à l'évidence. Ceux que nous croyions convaincre et sauver déposaient nos livres auprès des autorités qui les confisquaient sans même nous poursuivre ou nous persécuter...

« Nous avons alors reporté nos espoirs sur la jeune génération, celle de nos enfants qui, dès qu'elle serait en âge de lire ces œuvres géniales, nous reprendrait le flambeau des mains et s'éclairerait à la lumière des Chase, Chandler, Hammet et autres Cheyney. Nouvelle déception ! Ces enfants, façonnés par l'éducation écolo-non-violente, rejetaient avec dédain ce qui était notre raison de vivre. Au bout de vingt ans, nous nous retrouvions quinquagénaires, isolés, nostalgiques, désespérés, réduits à des séances de lectures collectives où les participants étaient de moins en moins nombreux. Et, de même que les épaules se voûtaient et que les tempes grisonnaient, les fascicules de *Fantômas*, le Prince du Crime, se dépenaillaient, les pages ronéotypées d'*Enigmatika* se décomposaient. Certains se sont obstinés et s'obstinent encore, comme une star vieillie vient toujours voir son visage de vingt ans dans le miroir au tain écaillé et terni.

« Quant à moi, j'ai renoncé et suis entré au gouvernement de Peaceland. Le Troisième Grand Conducteur avait souhaité que tous les Peacelandais se réconcilient et il avait lancé un appel aux Dissidents. C'est ainsi que je suis devenu secrétaire d'État à la Dissidence ralliée. Certains de mes ex-amis ne m'adressent plus la parole mais je puis me flatter d'avoir obtenu du Grand Conducteur qu'on remette en circulation les œuvres qui avaient passionné ma jeunesse. Il me semble légitime d'en ôter le venin. Est-ce que la beauté d'une abeille est dans son dard ou dans son miel ? Est-ce que la beauté de *Pas d'orchidées pour miss Blandish* est dans les trois lignes de violence et de sexe ou dans le portrait si vrai d'un débile mental amoureux d'une étoile ? C'est alors que j'ai recruté une équipe de rewriters et que le drame ou plutôt la série de drames s'est produite. »

Gibbey avait trouvé sans peine la villa Les Pulps. Nielström lui avait indiqué l'endroit où le groupe le plus radical se réunissait chaque semaine. La porte était peinte de deux bandes verticales. La plus étroite, à gauche, était noire, la plus large, jaune. Elle s'ouvrit sur un personnage auquel il était difficile de donner un âge. Gibbey présenta sa plaque de Scotland Yard.

Le visage de son interlocuteur s'épanouit. Le sourire effaçait les rides que trente ans de désespoir avaient creusées.

« Bienvenue dans cette maison ! Vous êtes doublement bienvenu : comme étranger d'abord et comme représentant de cette illustre institution ensuite. »

Gibbey suivit le Dissident jusqu'à la vaste bibliothèque qui servait de salle de réunion. Une dizaine de sexagénaires étaient assis dans des fauteuils un peu avachis ou sur des chaises de teck. Certains mâchonnaient une pipe vide. D'autres se servaient de larges rasades de Jack Daniel's.

Le visiteur fut présenté, fêté, abreuvé. Mais le bourbon n'avait que la couleur du bourbon. C'était une eau de geyser encore plus ferrugineuse que le pisse-aux-nues : couleur de rouille. Et lorsque Gibbey offrit ses Sweet Afton, les Dissidents qui les avaient acceptées partirent dans une quinte irrépressible. Les Pulps n'avaient vraiment rien d'un club de Pall Mall.

« Mon cher Monsieur, lui dit celui qui l'avait accueilli, nous conservons comme des reliques ces bouteilles de whisky depuis longtemps vides – prohibition oblige –, ces pipes veuves de tabac, ce calibre 38 sans munitions. Un de nos amis, absent aujourd'hui, a même dans son garage une Ford 1930 ! Mais tout cela relève d'un fétichisme qui doit vous sembler bien puéril. »

Gibbey se récria.

« Si ! Si ! Convenez-en ! En revanche notre bibliothèque devrait vous intéresser au plus haut point. C'est la plus complète et la mieux conservée de Peaceland. Tout au moins dans le domaine du roman noir. Mais nous détenons également de précieux romans d'énigme de l'entre-deux-guerres et des classiques du XIXe siècle.

Il se dirigea vers les rayonnages qui couvraient tous les murs de la pièce.

« Ces livres ne sont-ils pas interdits ?

– Ils l'ont été. Mais le gouvernement de Peaceland nous laisse en paix. »

Un rien d'amertume perçait dans sa voix.

« On ne nous persécute même plus. Le gouvernement attend

patiemment notre mort. C'est sans doute Nielström qui vous envoie ici. Lui a trahi ! Nous, nous avons renoncé à lutter mais refusons de collaborer à cette œuvre obscurantiste. Ici, il n'y a que des textes non expurgés ! Regardez-moi ça ! La perle de notre bibliothèque. »

Et il sortit d'une vitrine un exemplaire dépenaillé de *J'irai cracher sur vos tombes*.

« C'est la version originale du Scorpion à couverture blanche. »

Gibbey ne distingua guère qu'un exemplaire crasseux raccommodé avec du scotch et dont les fils de brochage pendaient comme des signets entre les pages.

« Et vous qui êtes à Scotland Yard, connaissez-vous cette revue rarissime ? Ingmar, sortez donc pour M. l'Inspecteur notre collection d'*Enigmatika* ! »

Et l'autre exhiba seize numéros dépareillés de cette revue ronéotypée.

« Nous les avons fait entrer en fraude à l'occasion d'un échange culturel du troisième âge auquel l'un des nôtres avait pu participer. Il les a rapportés sous une couverture de *La Hulotte écologique*. Et l'un de nos amis universitaires les a traduits. Ainsi nous avons pu nous tenir au courant de la littérature vivante. Mais quel bon vent vous amène, monsieur l'Inspecteur ? »

Gibbey avança son pion. « Votre ex-ami Nielström est dans un grand embarras... »

Tous les dissidents s'esclaffèrent. « Nous savons bien qu'il est impossible de collaborer avec ce gouvernement écolo-non-violent !

– Vous avez sans doute appris qu'il a entrepris d'édulcorer la littérature policière ?

– Quelle honte ! s'exclama véhémentement le Dissident qui avait semblé jusque-là le plus assoupi. Ce ne sera plus de la littérature policière mais de la littérature de ratures pour ratés !

– Ne raillez pas ! Nielström est plein de bonnes intentions.

– Il en est pavé, comme l'enfer !

– Il pense que c'est le seul moyen de sauver d'un oubli certain les œuvres qui lui restent chères comme à vous.

– Quel est donc son problème ? interrogea Igor avec une jubilation non dissimulée.

– Les tâcherons qu'il emploie sont tous morts en cours de rédaction. »

Ses interlocuteurs, tout à fait rajeunis, trépignaient presque de joie. « Notre littérature se venge ! Voilà des énigmes qui auraient intéressé Sherlock Holmes !

– Avez-vous une idée de l'origine de ces exécutions ? Y a-t-il des Dissidents qui seraient prêts à radicaliser leur action et à abattre ceux qui osent se livrer à ceux qui se prêtent à de tels sacrilèges ?

– Mais, monsieur l'Inspecteur, les Radicaux, c'est nous ! Et vous avez vu notre P 38 sans munitions. Même si nous en avions le désir, nous serions bien incapables de liquider tous ces collaborateurs du pouvoir peacelandais. Radicaliser notre action, non ; mais ridiculiser la leur, pourquoi pas ? »

Gibbey dut s'asseoir au bureau, à la place d'honneur, se laisser photographier avec sa plaque à la main et lire les premières pages du *Grand Sommeil* dans un exemplaire dédicacé par Raymond Chandler à Howard Hawks.

Après quelques heures consacrées à la bibliophilie et à l'érudition la plus exquise, il quitta Les Pulps, convaincu que ces doux maniaques étaient incapables d'avoir commis ou même tramé cette série de meurtres. Imagine-t-on Watson tendant un piège mortel à Moriarty ?

Mais alors qui ? Et comment ?

Qui ? Comment ? Gibbey n'avait cessé de rouler ces questions dans le flot de sa pensée alors que le dirigeable blanc et bleu des Peaceland Airlines le ramenait à Londres. Il avait pris soin de clarifier par écrit la situation énigmatique qu'il avait trouvée à Peaceville. Pour Jerlock, l'ordinateur géant, Terreur de la Pègre mondiale, il fallait que les données soient exposées de façon rigoureuse. Gibbey avait donc classé les victimes selon leur sexe, leur âge, la langue dont elles étaient spécialistes, les ouvrages sur lesquels elles travaillaient, la manière dont elles avaient succombé. Il avait ainsi précisé qu'il s'agissait toujours de Peacelandais vivant dans une société écolo-non-violente depuis plusieurs générations et qu'ils avaient été chargés d'expurger les romans policiers de leurs passages brutaux ou sanguinaires. Gibbey n'avait pas jugé utile de rappeler l'histoire et la sociologie de Peaceland car Jerlock actualisait constamment sa banque de données.

Un taxi conduisit Gibbey à Scotland Yard. En attendant d'être admis devant Jerlock, Gibbey s'était attablé dans la salle enfumée du Pinguin's où il avait ses habitudes. Il but tranquillement trois Guinness et se retrempa sans déplaisir dans cette ambiance chaleureuse des jeux de fléchettes et des discussions passionnées sur les courses de lévriers. Foin des strip-teaseuses qu'on déshabillait du regard ! Ici le patron, rubicond et moustachu, était vêtu d'une veste en vinyle et d'un pantalon fait à la machine. Il servait à tour de bras des bières fortement alcoolisées qui n'avaient de l'eau de geyser que la couleur ambrée. Dans un angle de la salle, le téléviseur diffusait un reportage sur la violence à Brixton. Des enfants de douze ans jetaient des cocktails Molotov sur des pompiers qu'ils avaient attirés dans un guet-apens. Le cameraman zoomait avec délice sur les visages hilares des adolescents haineux puis il s'attardait sur les corps horriblement brûlés des soldats du feu.

En sortant du Pinguin's, il constata que la douzième version de *Massacre à la tronçonneuse* attirait, comme les onze précédentes, une foule de ciné-maniaques assoiffée de sang et de sexe. La librairie qui faisait le coin de la rue exposait en vitrine une version « gore » de l'œuvre d'Agatha Christie. Gibbey reprenait tout naturellement les réflexes de l'habitant d'une mégalopole qui reste en vie grâce à l'acuité de ses perceptions et à la vitesse de ses réactions. Il laissa passer sans broncher une espèce de sauvage avec mocassins de buffle et couteau à la ceinture. Mais il vit que la foule qui déambulait sur le trottoir s'écartait devant un Jamaïcain couvert de cuir bardé de clous qui s'avançait, tel Madmax au milieu d'une procession de Salutistes. Gibbey ne dévia pas sa route. D'un maître coup de boule, il enfonça les sinus du métèque et continua son chemin en sifflotant le « Petit Père Harry » dont il égrena les dernières notes en saluant avec désinvolture le planton de service de Scotland Yard.

« Toujours ponctuel, monsieur l'Inspecteur ! Vous n'avez pas été arrêté par la manifestation ?

– Laquelle ?

– Celle qui partait de la cathédrale de Westminster pour se rendre à Trafalgar Square.

– Je n'ai rien vu ; Victoria Street était aussi calme que d'habitude.

– Vous n'avez pas vu le féroce Jamaïcain ? »

Gibbey sourit. « Pourquoi cette question ? Il est recherché ?

– Non, c'est notre nouveau porteur de plis. Il vient de sortir d'ici. Son air ravageur lui assure un passage facile même dans les foules les plus hostiles. Il faut dire qu'aller à Downing Street relève souvent de l'exploit. Tandis qu'ici, la voie est toujours libre pour les agratas. »

Pour rencontrer Jerlock, en effet, il n'y avait que la reine, le Premier ministre, le ministre de l'Intérieur et les plus hauts responsables de Scotland Yard. La reine était venue précisément la veille, mais elle-même avait dû se soumettre aux tests qui permettaient aux agratas d'accéder à cette intelligence incomparable qu'était Jerlock, la Terreur de la Pègre. Analyse rétinienne, détermination du code génétique de l'agrata à partir d'un cheveu, mesure de la tessiture. La routine.

Gibbey accéda devant l'écran constamment luminescent de Jerlock. Si la pensée pouvait être matérialisée, elle aurait cet aspect de plasma lactescent. Ce n'était pas un cerveau qui apparaissait dans un récipient transparent comme dans les films d'épouvante, mais la pensée même mise à nu et comme palpable. Gibbey posa son doigt sur l'écran et une chaleureuse formule d'accueil s'inscrivit : « Heureux de vous revoir, Jonathan !

– Beaucoup de sollicitations ces temps-ci, Jerlock ? La Pègre est-elle en éruption ? Voilà un mois que je suis dans un univers d'où le crime a été banni. Enfin presque !

– Rien de grave sur le front de la grande délinquance. Pour tout vous dire, la reine est la dernière à m'avoir consulté.

– Secret d'État ?

– Dans le domaine qui a été celui de la Royale Consultation, je ne suis pas tenu à l'obligation de réserve. Ce n'est pas comme si vous me demandiez l'identité de Jack l'Éventreur. Sa Majesté désirait seulement savoir si Christian Dior avait récemment vendu un chapeau à la Maison-Blanche où elle se rend en visite la semaine prochaine. Je lui ai répondu que, sauf son respect, je ne connaissais que les achats de chapeaux de la Pègre : stetson de Billy the Kid, borsalino de Pierrot le Fou. Je lui ai cependant fait respectueusement observer qu'à l'aspect des coiffures de la Présidente, Sa Majesté devrait plutôt poser sa question au chef de rayon de Mark & Spencer. »

Après cette entrée en matière, Gibbey aborda le sujet de sa visite et lui exposa l'affaire des meurtres de Peaceland.

Jerlock cliqueta, bourdonna puis émit comme un soupir et Gibbey put lire :

« Les rewriters avaient-ils subi un examen psychologique avant d'entreprendre leur tâche ?

– Certainement pas ! On ne leur demandait que d'être adhérents au Syndicat des narrateurs agréés. »

Jerlock augmenta l'intensité lumineuse de son écran. C'était le signe que cet infaillible cerveau venait de mettre le neurone sur la clé du mystère.

Nielström était venu accueillir Gibbey au Gandhi Airport. Ils se rendirent directement au ministère de la Culture où ils terminèrent, sous les lambris ambrés du palais Eriksen, l'entretien qu'ils avaient commencé dans la petite voiture électrique que le ministre conduisait lui-même.

Le ministère avait été installé dans la somptueuse demeure qu'avait fait construire au début du siècle le richissime patron d'une flotte de pêche qui s'en allait traquer la baleine sur tous les océans. La décoration originelle, d'une grande unité, avait été classée et soigneusement restaurée. Elle avait pour thème les activités de l'ancien propriétaire. Dans le hall d'entrée, Gibbey n'avait accordé qu'un coup d'œil distrait à la mosaïque préraphaélite qui représentait une famille de baleines, tous fanons dehors, traversant à toute vapeur un Arctique hérissé d'icebergs. Arrivés dans le bureau, ils prirent place dans de luxueux fauteuils de cuir de baleine poli par les ans.

« Selon Jerlock, il n'y aurait donc qu'une solution...

– Si l'on excepte celle qui consisterait à confier le travail d'adaptation à des ordinateurs...

– Puisque alors nos programmeurs somatiseraient à leur tour.

– Jerlock a en effet clairement établi que vos rewriters, issus d'une société d'où toute violence a été bannie, ressentaient avec une acuité insupportable les scènes de meurtres qu'ils étaient chargés de transformer. Elles les impressionnaient si fort qu'ils somatisaient et que les blessures qui meurtrissaient les victimes romanesques marquaient leur propre chair. Ce phénomène est tout à fait comparable à celui qu'on remarque chez les grands mystiques dont le corps porte les stigmates de la Passion : leurs pieds et leurs mains sont percés, leur flanc est troué, leur front piqueté de multiples égratignures. Sur le malheureux qui édulcorait *Double crime dans la rue Morgue*, on a retrouvé les mêmes terribles blessures que celles qui avaient causé la mort des deux héroïnes du conte.

– Mais nous pourrions peut-être utiliser des étrangers qui connaîtraient le peacelandais. Eux pratiqueraient sans danger cette édulcoration.

– Jerlock a prévu cette éventualité. Une chance sur six cent trente-deux millions. Le peacelandais est une langue de trop faible diffusion qui n'est apparentée ni à l'indo-européen, ni au basque, ni au swahili.

– Bon, bon, alors, il faut utiliser les Dissidents !

– Outre qu'ils sont fins connaisseurs des ouvrages en question, ce sont des intellectuels qui maîtrisent parfaitement le peacelandais. Et ils ont l'immense avantage d'être immunisés contre les accidents psychosomatiques qui ont frappé vos innocents rewriters.

– Mais, ils ne vont pas accepter de dénaturer les écrits qu'ils révèrent...

– À moins que vous ne leur offriez une substantielle contrepartie... »

Nielström se leva et alla s'asseoir à son bureau. Pensif, il se renversa sur son siège en fanons jaunis par les ans. Mains jointes devant les lèvres, il murmura : « Bien sûr, nous pourrions les pensionner grassement, leur offrir un visa permanent de sortie...

– Je crois qu'il y a mieux à faire. Proposez-leur de recevoir toutes les nouveautés dont ils sont privés et dont ils rêvent depuis toujours. Ils en sont encore à Gaston Leroux et à Nick Carter. Au mieux à Chandler et à Léo Malet. Mais ils ne connaissent ni Ed McBain, ni Libermann, ni M. B. Endrèbe, ou seulement par quelques rares critiques qu'ils ont pu faire entrer en fraude. Il y a là quelque chose à tenter. »

Nielström était convaincu, mais il objecta : « Ils vont se méfier de moi. Ils me haïssent. Pensez donc, j'ai été un des leurs. Accepteriez-vous de négocier leur collaboration sur les bases que vous indiquez ? Je vous donne carte blanche. »

Gibbey hésita un instant. Mais elle n'était pas pour lui déplaire la perspective de rester quelques jours de plus dans ce havre de paix où nul Jamaïcain menaçant n'arpentait les trottoirs, où nulle sirène d'ambulance ne troublait la quiétude des interminables crépuscules d'été, où de splendides strip-teaseuses arboraient des tuniques de lin probe et non d'amoraux et douteux sous-vêtements synthétiques. D'un discret signe d'assentiment, Gibbey fit comprendre à Nielström qu'il pouvait compter sur lui pour harponner les Dissidents.

L'inspecteur Jonathan Gibbey portait un épais chandail de laine blanche à grosses côtes et un lourd pantalon de velours bronze. Il avait chaussé les élégantes pantoufles en peau de lemming qu'il avait rapportées de Peaceland. Dans la cheminée, la bonne tourbe se consumait en émettant de temps à autre des petits pets de gaz qui flambaient bleu, comme des feux follets. La grande baie vitrée donnait sur la mer, dont les vagues écumeuses prodiguaient des nuages d'embruns. Gibbey venait de terminer une part de la tarte à la rhubarbe que lui avait préparée sa gouvernante. Satisfait du succès de sa mission en Peaceland, il goûtait quelques jours de repos dans sa maison familiale. Par désœuvrement, il ouvrit la télévision, tomba au milieu d'un dessin animé japonais dans lequel un adolescent armé de deux pistolets laser faisait éclater les crânes des passants. Il changea de chaîne. Le policier venait d'entrer dans le drugstore où se déroulait une attaque à main armée qui avait déjà fait deux morts. La caissière hurlait de terreur. Une voiture d'enfant avançait inexorablement vers les premières marches de l'escalier qui conduisait au sous-sol... Le film fut brutalement interrompu par une séquence publicitaire invitant à se prémunir contre les agressions : le fusil à pompe gangstéricide exterminait la vermine grâce à des projectiles à têtes multiples. Gibbey patientait, désireux de connaître le sort du bébé en route vers la gueule béante de l'escalier ; mais le film ne reprit pas. Un flash d'information de l'Irish Independent Broadcasting interrompit les programmes. Une speakerine rousse et catholique, les yeux fixés sur le téléprompteur, annonça que le Grand Conducteur de Peaceland venait d'être dessaisi du pouvoir par un groupe d'opposants.

Gibbey tressaillit et, oublieux du sort du nouveau-né, éteignit son récepteur. Il appela immédiatement Nielström au palais de la Baleine, comme on appelait plus communément le palais Eriksen de Peaceland. Il obtint la communication sans difficulté. Peaceland n'était donc pas coupé du monde.

« Allô, Nielström ? Ici, Jonathan Gibbey ! »

Mais à l'autre bout du fil, ce n'était pas Nielström. « Ah ! Inspecteur ! Heureux de vous entendre. »

Gibbey ne reconnut pas la voix cauteleuse de Nielström. Le timbre de son interlocuteur chevrotait davantage mais sonnait plus juste.

« Qui est à l'appareil ?

– Le ministre de la Culture par intérim de Peaceland libéré. »

Gibbey reconnut subitement la voix du Dissident qui l'avait reçu les deux fois qu'il s'était rendu aux Pulps. Ainsi, ces inoffensifs maniaques avaient réussi à jeter à bas ce pouvoir qui devait durer des siècles !

« Que s'est-il passé ? La télévision annonce la chute du Grand Conducteur. Et Nielström ?

– Ne vous inquiétez pas ! Il est condamné aux archives pour quelques mois. Il réfléchira en classant le fonds Simenon. Nous les avons bien eus. Et cela, grâce à vous ! »

Gibbey ne broncha pas à cette remarque.

« Vous allez comprendre. Vous vous souvenez que nous avons accepté sans hésiter l'offre de cette crapule de Nielström. Ce n'était pas, bien sûr, que nous succombions à des offres que le gouvernement devait juger mirifiques. Accepter, c'était nous donner la possibilité d'accéder au cœur même de la machine oppressive. Nous nous sommes donc mis rapidement au travail. Notre zèle était tel qu'en moins d'une semaine nos équipes pouvaient proposer les versions douces des œuvres choisies de William Irish. Nielström, très satisfait, avait alors organisé un cocktail que le Grand Conducteur et son gouvernement devaient honorer de leur présence. En même temps que la parution des premiers romans policiers édulcorés, c'était fêter notre ralliement et l'unité retrouvée de la nation peacelandaise. Mais sitôt les discours protocolaires achevés et avant que l'assistance se dirige vers le buffet où les attendait un pisse-aux-nues d'honneur, nous avons répondu à notre façon aux speechs officiels. Le plus ancien d'entre nous devait lire deux ou trois bonnes feuilles de *La mariée était en blanc*. Au lieu de cela, j'ai lu la véritable et très noire version. Ce fut net, clair et sans bavure. Ils se sont tous effondrés comme le marié sur le seuil de l'église. Seul Nielström a échappé au carnage, mais il s'est vite rendu compte qu'il était inutile de résister. »

Gibbey était stupéfait et inquiet en même temps. « Vous n'allez tout de même pas distribuer dans les librairies et les bibliothèques les romans policiers en version intégrale ?

– Bien sûr que non.

– Mais alors à quoi bon ?

– Patience, monsieur l'Inspecteur, nous n'allons pas tarder à faire connaître notre programme au monde libre civilisé. »

Trois jours plus tard, les chefs d'État des différents pays convoquaient leurs opinions nationales devant leurs téléviseurs pour les informer du message que venaient de leur adresser les nouveaux dirigeants de Pireland.

La reine d'Angleterre prit la lettre que lui apportait cérémonieusement le Premier hallebardier du royaume.

« C'est là, dit-elle, la lettre que je viens de recevoir du Grand Parrain de Pireland. Nous passons sur les courtoisies d'usage. C'est ainsi qu'il m'écrit : Ma chère Grande Souveraine, votre Trône est le plus rutilant de tout l'Univers, etc., depuis des lustres, nous vénérons votre Sublime Couronne et votre Royaume qui vit naître Sherlock Holmes, etc. Ah ! voici le passage essentiel et qui, mes chers sujets, vous intéresse tous. Pireland n'est l'ennemi d'aucun pays. Elle désire au contraire se joindre au concert des nations civilisées et développées. Par une transition douce et avec l'aide d'experts internationaux, la littérature policière sera réintroduite dans notre pays enfin libéré. Nous devons éviter avant tout le choc d'une ouverture trop brutale qui amènerait le chaos et la destruction. Nous devons préparer notre peuple à passer de la littérature à l'eau de rose à la littérature à l'eau-forte. De même la fréquence des crimes et des délits ne rejoindra que progressivement la moyenne internationale. La courbe de la criminalité ne saurait atteindre d'un seul coup celle des vieux pays civilisés ! Nous serons patients ! La capitale de Pireland ne rivalisera pas avant plusieurs décennies avec Chicago, Marseille ou Naples. Tels sont les engagements que prend le Grand Parrain. Mais le processus est engagé que rien n'arrêtera. »

Et la reine, avec des trémolos monarchiques dans la voix, assura que la patrie d'Agatha Christie et de Conan Doyle soutiendrait fermement la candidature de Pireland à la prochaine Convention internationale du roman policier.

Puis les caméras se détournèrent du royal visage et cadrèrent un maître d'hôtel en livrée. Il tendit à la reine un ouvrage relié en maroquin aux armes de la Couronne. La caméra cadra le titre en gros plan : *Le Noël d'Hercule Poirot* d'Agatha Christie.

« Mes chers sujets, nous voulons être la Première à participer à la grande opération lancée par l'UNESCOP : Un polar pour Pireland. Faites comme Nous ! Donnez généreusement vos romans policiers pour reconstituer les bibliothèques publiques et privées de ce grand petit pays sevré pendant des décennies obscurantistes de la lumière culturelle de notre temps. »

« Après trois ans seulement, c'est un taux d'expansion sans précédent. Cela frise la surchauffe, et vous comprendrez que le BIDE m'ait chargé d'une mission exploratoire dans votre pays. »

Gibbey montrait du doigt les graphiques des dernières parutions de l'OIC (Observatoire international du crime). Augmentation de 30 % des attaques à main armée, de 15 % des viols, de 50 % des escroqueries.

« Ne parlons pas de la petite délinquance, vol à la roulotte, vol à la tire, entôlage, carambouille, qui ont triplé. Certes, vous avez rejoint le concert des nations civilisées, mais vous déséquilibrez le système criminel international. Les conditions que vous offrez à la grande délinquance font de Pireland un véritable paradis de l'illégalité. Elles sont si favorables que les gangs désertent Chicago, que le Yakuza abandonne Tokyo, que la Mafia fuit Palerme, les Apaches, les Fortifs et les trafiquants de drogue, Medellín. Tous accourent ici ! »

Nielström avait l'air embarrassé. C'était la première fois qu'il rencontrait Gibbey depuis le triomphe des Dissidents. Et ils étaient à nouveau réunis devant le grand bureau du palais de la Baleine, rebaptisé palais Achab. L'ex-ministre de Peaceland avait tiré son épingle du jeu en faisant amende honorable. On avait retenu à sa décharge que c'était grâce à lui que le processus de libération des romans policiers avait été enclenché. Il avait été appelé dans le nouveau gouvernement comme sous-directeur de l'Office national de Comptabilisation des Délits.

« J'ai bien conscience que nous ne maîtrisons pas la croissance de notre criminalité. J'ai attiré l'attention du Grand Parrain sur les fâcheuses implications internationales de cette progression incontrôlée. Je lui ai suggéré de reconsidérer le problème de la police. Elle est la cause principale de cet emballement de la conjoncture criminelle. En effet, après la Révolution, alors que le crime réapparaissait, il a fallu rétablir une police. Le Grand Parrain a choisi le modèle le plus prestigieux, celui des États-Unis. Il a fait organiser les nouveaux services de police sur le modèle de la Série Noire : protection, flics corrompus, concussions diverses se sont mis à fleurir comme dans *La Moisson rouge*. Du coup, la criminalité s'est envolée jusqu'à des pics jamais atteints, même durant la Prohibition. Ce qui m'a amené à conseiller l'organisation d'une police plus classique et plus répressive. De nombreux Dissidents partagent cette opinion, attachés qu'ils sont à une littérature policière où l'on ne confond pas gendarmes et voleurs. »

Gibbey réfléchit un moment. « Vous et vos amis êtes sur la bonne voie. Et j'ai précisément un projet de réforme émanant d'une commission d'experts. La rigueur s'impose. Il faut à Pireland une police honnête et efficace. Votre gouvernement aura le choix entre deux solutions... »

Un mois plus tard, débarquait à Pireland un homme corpulent, un peu lourd, tirant sur une bouffarde, et qui apportait avec quelques caisses de sancerre et une provision de tabac gris tout le savoir-faire légendaire de la Police judiciaire parisienne. Maigret huma l'air de Pireland. Ça sentait le brouillard, la baleine faisandée et surtout le crime. Il vida le fourneau de sa pipe et grommela : « Il va falloir assainir l'atmosphère. »

Le gastronome philanthrope

JAMES POWELL

Dans la Police montée royale du Canada, des têtes d'animaux naturalisées sont les signes distinctifs des différents grades. Le bureau du commissaire est surplombé par une tête de bison ; pour les commissaires adjoints il s'agit d'un orignal, pour les superintendants d'un wapiti et pour les inspecteurs d'une antilope. Il y a deux inconvénients à cette tradition. En premier lieu, lorsqu'un commissaire adjoint, enquêtant incognito, entre dans une pièce où un mur est orné d'un orignal, instinctivement il va s'asseoir dessous. Ce que ne manquent pas de remarquer les malfaiteurs un peu futés. Ensuite, depuis que l'antilope a été mise sur la liste des espèces protégées, la Police a dû se contenter d'imitations de cornes en métal fixées sur un écusson de chêne.

Peter LaPierre, supérieur immédiat du sergent intérimaire Maynard Bullock, avait été parmi les premiers de ces « inspecteurs porte-chapeau », comme on les appelait. Bullock était persuadé que ce simple fait était à l'origine de son humeur exécrable. C'est pourquoi il n'aimait guère, en règle générale, être convoqué par LaPierre, car il savait qu'il serait obligé d'entendre un langage qu'aucun Mountie n'aurait dû employer pour s'adresser à un collègue. Mais aujourd'hui, en apprenant que son chef le demandait, il fut comblé d'aise ; il donna un dernier coup de peau de chamois sur ses bottes pour en faire tomber le pollen de tulipe, ferma soigneusement la porte de son casier et s'en alla d'un pas léger.

Bullock médita sur la rapidité de certains renversements de situation. La semaine passée, pris d'un terrible coup de cafard, il était parti faire une longue promenade sous la pluie, tentant vainement de trouver comment obtenir de l'avancement. Il n'avait jamais eu le courage de le dire à cette bonne vieille Mavis qui croyait encore avoir épousé un véritable héros, mais surveiller les parterres fleuris de Parliament Hill ne lui permettrait pas de sortir de l'impasse. Bullock marchait donc, les mains enfoncées dans les poches de son imperméable, le fourneau de sa pipe tourné vers le bas pour le protéger de la pluie.

Au bout d'une heure, Bullock s'était retrouvé dans un quartier d'Ottawa qu'il ne connaissait pas. Sous l'avancée du toit d'une station-service désaffectée, il avait vu une vieille roulotte poussiéreuse avec une enseigne qui disait : *Gladys l'Extralucide lit votre avenir dans les lignes de la main.* Assise près de la porte ouverte, une femme à la face grise et molle, ses épaules étroites serrées dans un châle rouge pour se donner une allure bohémienne, étudiait un journal de courses. Bon sang, c'était le sort qui avait voulu qu'il tombe sur Gladys l'Extralucide juste à ce moment-là. Secouant la cendre de sa pipe, il s'était approché. Il avait été très heureux d'apprendre que, oui, un rabais lui serait accordé sur présentation de sa plaque de Mountie.

Bullock avait suivi la femme dans l'obscurité de la roulotte pour s'asseoir en face d'elle à une petite table. Gladys avait allumé la lampe à l'intérieur de sa boule de cristal, s'en servant comme d'une torche pour éclairer sa paume grande ouverte. Bullock avait eu secrètement honte de ses mains que son travail de gardiennage avait rendues molles et potelées. Mais la voyante, impressionnée, avait tâté du bout du doigt sa paume rebondie et le gras du pouce en marmonnant des épithètes louangeuses. Sortant d'un tiroir un compas à calibrer, elle avait pris toutes sortes de mesures à divers endroits et noté une série de chiffres dans la marge de son journal de turf. Paraissant satisfaite du résultat, elle avait éteint sa boule de cristal en braillant : « On ferme. Je viens de me rappeler que j'ai un coup de fil à donner.

– Hé, et mon avenir ? avait protesté Bullock, rejeté sur le pavé mouillé.

– Vous serez bientôt l'attraction principale à un grand dîner, ça vous va ? » avait déclaré Gladys l'Extralucide en lui claquant la porte au nez.

L'instant d'après, la roulotte s'était ébranlée.

Bullock lui avait jeté un regard furieux. Qu'est-ce que ça voulait dire ? Qu'avait-elle vu dans son futur ? Puis, d'un coup, il avait compris !

Tout sourire, il avait descendu la rue à grandes enjambées. Naturellement, la prédiction ne pouvait avoir qu'une signification. En effet, annuellement, chaque Mountie votait en secret pour le M.P.M.A., le Mountie le Plus Méritant de l'Année, celui qui avait incarné le mieux l'esprit de la Police au cours des douze mois précédents. Bullock avait toujours rêvé d'être ainsi honoré par ses pairs. Une fois, il lui était même arrivé, par désespoir, de voter pour lui-même. Les mois qui suivirent, il avait vécu dans la crainte d'être vraiment élu, car il aurait été forcé de se lever au cours du banquet pour avouer ce qu'il avait fait. Maintenant, il avait obtenu la distinction de M.P.M.A. en agissant loyalement.

Se réjouissant à l'avance, il avait dépassé la caravane qui s'était arrêtée à côté d'une cabine téléphonique. Gladys l'Extralucide parlait avec animation dans le combiné. À une consœur, Bullock n'en doutait pas. Sa paume allait entrer dans *Le Livre des records*. Il voyait déjà la grosse manchette à la une de la *Gazette des diseurs de bonne aventure* :

LA PAUME DU VAINQUEUR
LUI VAUT ÉGALEMENT LA CÉLÉBRITÉ

Toujours souriant, il avait marché du même pas léger qui, maintenant, le menait au bureau de l'inspecteur LaPierre.

Mais la convocation ne concernait pas la distinction de M.P.M.A. Bullock se rendit immédiatement compte que la mauvaise humeur de LaPierre était due en partie à l'homme à barbe rousse assis derrière le bureau de l'inspecteur. L'étranger avait posé un solide bout de corde sur le buvard et faisait un nœud de jambe de chien. Il portait un anneau à l'auriculaire, un épais pull gris à col roulé et un blazer bleu marine avec des boutons ornés d'une ancre.

Puis Bullock aperçut la casquette de yachtman pendue à l'une des cornes d'antilope en métal de LaPierre. Il en eut le souffle coupé. Il vit à temps le regard sans pitié de LaPierre ; à la moindre esquisse de sourire, c'en serait fini de sa carrière de Mountie : il se retrouverait à nettoyer les écuries de la fanfare à cheval.

« Bullock », dit l'inspecteur LaPierre, aussi calmement qu'il est possible en serrant les dents, « voici le commandant Nelson Drake de la Naval Intelligence. Vous êtes détaché auprès de lui.

– Allez nous chercher du café, LaPierre », ordonna Drake sans lever les yeux.

Quand la porte fut refermée, Drake exécuta un nœud d'écoute et fixa Bullock de deux yeux bleus d'une nuance qu'aucun visiteur du lac Louise ne pourrait oublier.

« Déjà entendu parler d'un archipel du Pacifique Sud nommé les Macaroons ?

– Vous me prenez au dépourvu, commandant, dut admettre Bullock.

– Eh bien voilà, reprit Drake. Dans quelques jours, le roi Theodore des Macaroons arrive dans notre ville. Mes hommes s'occupent de la sécurité à l'extérieur de l'ambassade. Leur ambassadeur a suggéré que l'un d'entre vous vienne ajouter une touche de couleur. En fait, il a mentionné votre nom. Vous auriez une idée à ce propos ?

– Sur Parliament Hill, répondit Bullock en haussant les épaules, je suis toujours prêt à donner des renseignements sur les fleurs aux visiteurs, qu'il s'agisse d'un ambassadeur ou d'un simple touriste. »

Pendant ce temps-là, Drake se démenait pour réaliser un nœud de chaise. Se souvenant de son passé de boy-scout, Bullock put immédiatement lui expliquer : « Le lapin sort de son trou, commandant. Il tourne autour de l'arbre. Il voit alors le renard, fait volte-face et bondit dans son trou. Maintenant, vous saisissez le sommet de l'arbre et la queue du lapin et vous tirez. »

Répétant les indications de Bullock, Drake fit un nouvel essai et réussit. Les eaux du lac Louise regardèrent Bullock avec nettement plus de respect. L'homme se pencha en avant et son ton se fit confidentiel. « Matelot, les Macaroons sont un endroit idéal pour l'établissement d'une base navale canadienne.

– Ah, laissa tomber Bullock.

– Oh, reprit Drake, vous pouvez être sûr que d'autres pays y ont pensé également. C'est pourquoi le Canada veut en mettre plein la vue au roi Theodore. Ce qui signifie que vous allez entrer là-bas et être des plus aimables avec tous ces gens-là. Compris ? »

Embarrassé, Bullock se racla la gorge. « Je vous demande pardon, commandant, mais je voudrais savoir pourquoi le Canada aurait besoin d'une base navale dans le Pacifique Sud. Nous n'avons aucune possession par là-bas.

– Justement ! sourit Drake. Il aurait été vraiment téméraire d'en avoir sans base navale pour les protéger. Croyez-vous que c'était du vent quand sir Wilfrid Laurier déclarait que le XXe siècle appartiendrait au Canada ?

– Grands dieux, non ! » s'exclama Bullock.

Chaque écolier et chaque Mountie de ce pays croyait en ces termes prophétiques prononcés par le Premier ministre du Canada au tournant du siècle.

« Donc, expliqua Drake, il ne nous reste plus que quatorze ans pour prendre possession de ce qui nous revient en toute légitimité. La base navale des Macaroons sera l'étape n° 1. »

L'ambassade des îles Macaroons était située dans une résidence agréable derrière de hautes grilles au bout d'une grande allée. Avec force courbettes, un majordome fluet à la peau brune prit le sac de voyage du Mountie pour le déposer devant la porte de l'ascenseur dans le vestibule. Puis il se pencha en avant et posa ses mains sur le sol ; Bullock crut qu'il s'agissait encore d'une forme de salutation. Mais l'homme dressa ses jambes en l'air et se mit à marcher sur les mains avec beaucoup de dignité, en disant : « Comme ceci, s'il vous plaît. »

Bullock préféra faire celui qui n'avait pas compris et avancer sur ses deux pieds.

Le majordome le conduisit à une porte, se maintint sur une seule main pour frapper, puis l'introduisit dans le bureau de l'ambassadeur. Un homme petit et décharné, la peau noire, les dents étincelantes, la moustache coupée court, l'œil vif, surgit de derrière une énorme table de travail. Sa tenue convenait à sa position : jaquette et pantalon rayé.

Il accueillit Bullock d'un sourire. « C'est sacrément gentil à vous d'être venu aussi vite, sergent. »

Bullock débita en retour le petit speech qu'il avait composé à l'occasion, magnifiant l'amitié entre le Canada et les Macaroons et l'importance qu'accordait sa nation à la sécurité du roi Theodore.

L'ambassadeur l'écouta religieusement jusqu'au bout puis répondit : « Avec vous dans nos murs, sergent, nous pourrons dormir sur nos deux oreilles ; nous ne craindrons ni assassin ni anarchiste porteur de bombe, aucun d'entre eux ne pourra entrer ici pour attendre l'arrivée du roi. Mais si vous n'y voyez pas d'inconvénient, je voudrais profiter de ces quelques jours avant le séjour du roi pour vous parler de mon peuple et de nos coutumes ; en effet, c'est un sujet encore ignoré, hélas, par la civilisation occidentale.

– Je suis tout ouïe, monsieur l'Ambassadeur, assura Bullock en se redressant.

– Parfait, sourit l'ambassadeur. Tout d'abord, il faut que vous sachiez que mon peuple considère l'hospitalité comme la vertu première. Alors je vous prierai de vous asseoir et de me laisser vous offrir un verre avant le dîner. » Il se dirigea vers un petit bar. « Je présume que vous êtes un buveur de bière. »

Bullock admit que oui ; l'ambassadeur lui tendit une bouteille et un verre givré tiré du réfrigérateur du bar. Lui-même se servit un sherry et leva son verre. « Du jus de raisin et une infusion de malt et de houblon. Des produits tout ce qu'il y a de plus végétarien ! »

Mon Dieu, se dit Bullock, serais-je tombé chez des végétariens ? Le dîner se limiterait-il à de la purée de légumes ? Il ne put s'empêcher de remarquer : « Je fais partie de la vieille école : viande et pommes de terre, monsieur l'Ambassadeur.

– Dans mon pays, seul le roi et ses proches sont carnivores. Dans les Anciens Temps, comme nous disons, nos pratiques frugales nous conduisaient à regarder ceux qui tombaient au combat comme les fruits de la victoire destinés à la table des vainqueurs. Je suppose qu'en termes techniques, nous étions cannibales ; cela ne représentait pourtant qu'une infime partie d'une civilisation beaucoup plus riche. Puis, il y a un millier d'années à peu près, une espèce de frénésie s'empara de notre peuple, lui faisant abandonner les travaux des champs et la pêche en mer pour la chasse au gibier humain.

« C'est alors que, pour éviter notre propre destruction, les sages de toutes les îles se réunirent et décrétèrent qu'il n'était plus possible de manger de la chair humaine. Pour faire respecter la loi, ils choisirent le plus brave des chefs guerriers comme roi de toutes les îles. Mais, en souvenir des Anciens Temps restés chers à nos cœurs, il fut décidé que le roi et ses proches seraient autorisés à manger de la chair humaine. »

En écoutant cela, Bullock remarqua une face sombre au gros nez qui le fixait de l'autre côté de la porte-fenêtre derrière le bureau de l'ambassadeur. Bullock se souvint avoir déjà vu une expression calculatrice de ce genre : pendant sa lune de miel avec Mavis, à l'Exposition nationale canadienne à Toronto. C'était le regard de l'Homme-capable-de-deviner-votre-poids.

Bullock cligna des yeux et le visage disparut ; seul demeura un léger frémissement dans les buissons.

« Nos premiers rois, continua l'ambassadeur, étaient pour la modération. Ils essayèrent de se contenter de matelots naufragés. Mais les gens de mer les rendaient irritables. Ils se rabattirent alors sur les condamnés à mort et, occasionnellement, quand un sujet devenait plus gras et plus prospère que les autres, le roi décidait de le manger et de faire distribuer ses biens à tout le peuple.

– Serions-nous en train de parler d'une sorte de communisme, monsieur l'Ambassadeur ? demanda Bullock en hésitant.

– Pas vraiment, gloussa son hôte. Mais cette pratique a eu un heureux résultat : jamais il n'y a eu de fortune assez importante pour créer une industrie, pour construire un réseau ferroviaire, pour électrifier les campagnes. C'est ainsi que nos îles sont restées un paradis des mers du Sud. »

Un maître d'hôtel, debout sur ses mains, apparut sur le pas de la porte et annonça :

« Kaï-kaï, bigboss.

– Le dîner est prêt ! » s'écria l'ambassadeur en bondissant.

Marchant sur les mains, il accompagna Bullock dans le couloir, tout en continuant à parler avec urbanité des beautés de son pays, de la vallée des Soixante-Trois Arcs-en-Ciel et du Crystal Lagoon où, disait-on, l'homme au cœur pur pouvait marcher sur les eaux.

Le dîner de Bullock était plus que prestigieux en comparaison des carottes crues et du tofou de l'ambassadeur. Potage de tortue, côte de trois doigts d'épaisseur, purée de pommes de terres et haricots. Comme dessert, une grosse tranche de tarte aux pommes et une portion de cheddar tout aussi énorme. Chaque fois qu'il se tournait vers son verre pour faire descendre une bouchée, il le trouvait rempli à ras bord de bière. Chaque fois qu'il voulait s'arrêter de manger, son hôte agitait sa carotte en signe de blâme : laisser quelque chose dans son assiette était le comble de l'impolitesse pour un Macaroonien.

Tout au long du repas, l'ambassadeur poursuivit son exposé sur l'histoire de son peuple, racontant la dégénérescence des rois devenus peu à peu des tyrans ; leur goût immodéré pour la chair fraîche condamnait à mort tout individu qui avait attiré leur attention par son embonpoint ou par son bétail. Il ne restait qu'une solution au peuple : opter pour le végétarisme et un régime draconien. Hélas, même ce choix ne réussissait pas toujours à les sauver. Il arrivait qu'un roi fasse rôtir d'un seul coup une vingtaine de ses sujets décharnés, simplement pour manger la paume de leurs mains et le gras de leurs pouces. On enveloppait les mains d'une peau de salamandre pour éviter que ces mets de choix pour un cannibale ne soient trop cuits.

Baissant les yeux vers son tofou, l'ambassadeur ajouta : « Et les richesses des îles furent dilapidées par les projets royaux développant les sujets à grosses mains.

– Comment obteniez-vous de grosses mains ? » demanda Bullock.

Son hôte leva les yeux. « Pardon, vous disiez ?

– Comment faisiez-vous pour avoir de grosses mains ? répéta le Mountie.

– L'entraînement ! » triompha l'ambassadeur en riant.

Comme Bullock prenait un air perplexe, il se mit en devoir de lui expliquer : « C'est une plaisanterie courante chez nous. C'est comme votre histoire à propos du type qui demande à quelqu'un comment on arrive à Carnegie Hall et à qui on répond : “En s'entraînant ! ” »

Il s'arrêta, attendant que Bullock se mette à rire pour l'accompagner. Mais celui-ci n'eut aucune réaction et l'ambassadeur reprit sa narration : « C'est à peu près à ce moment-là que tous ceux qui ne faisaient pas partie de l'entourage du roi commencèrent à marcher sur les mains pour les endurcir et les rendre non comestibles. » Exhibant ses mains calleuses, il ajouta : « Votre Shakespeare en avait certainement entendu parler lorsqu'il écrivit :

Les cannibales qui se mangent les uns les autres, les anthropophages, et les hommes dont la tête pousse au-dessous de leurs épaules.

– Vos rois ne mangent plus personne, n'est-ce pas ? interrogea Bullock de sa plus belle voix de policier.

– Mon Dieu, fit semblant de s'indigner l'ambassadeur, nous n'aurions jamais pu entrer dans la grande famille des nations s'il en était ainsi. Toutefois, nous continuons à marcher sur les mains quand nous sommes entre nous. C'est de là que nous vient notre grand intérêt pour les fleurs sauvages, les herbages, les insectes ; sans parler de notre mépris pour la cupidité, l'aboule-aboule, comme nous disons. Vous comprenez, quand vous vous promenez sur les mains, vos pièces de monnaie tombent automatiquement de vos poches. »

Après le dîner ils prirent l'ascenseur de l'entrée et l'ambassadeur escorta Bullock à sa chambre au deuxième étage. L'homme au gros nez aperçu derrière la porte-fenêtre les attendait, les bras croisés.

« Voici le cuisinier royal, expliqua l'ambassadeur. Il est venu à l'avance pour tout préparer avant la venue du roi. Voyez-vous, notre roi est une sorte de play-boy très fier de sa table et de sa cave. Mais le cuisinier est également le masseur royal ; je vous laisse donc entre ses mains. C'est une coutume d'offrir à nos hôtes un massage après le repas. Il permet d'éviter la cellulite en disséminant les graisses. »

L'ambassadeur s'arrêta sur le seuil de la porte et poursuivit : « Si vous voulez mon avis, lorsqu'on voit la multitude de vices spirituels comme la vanité, l'arrogance et l'ambition démesurée, qui sont l'apanage des rois, nous pouvons certainement nous estimer heureux que les nôtres aient préféré les péchés de la bonne chère. »

Bullock récapitula : le règlement de la Police montée interdisait explicitement pédicures, mises en plis, semelles compensées ; il soumettait à une demande préalable les liftings et les implants de cheveux. Le massage n'était pas visé par la réglementation. Pourtant, il hésitait.

« Tictac-tictac », lui dit le cuisinier en désignant avec impatience sa montre-bracelet.

Ne voulant pas porter ombrage à la bonne impression qu'il savait avoir donnée, Bullock se retrouva nu, étendu sur le lit, et se laissa marteler et malaxer. Après, ce n'était pas mal du tout : lorsque le cuisinier se retira, il se trouvait dans un tel état de relaxation qu'il fit un petit somme d'une heure. Puis il se rhabilla et fit une tournée de contrôle des portes et des fenêtres de l'ambassade. Dieu soit loué, les hommes du commandant Drake étaient au-dehors, parce que les serrures étaient des plus médiocres. De la vraie gnognote pensa Bullock, ravi d'arriver si vite à employer leur langue.

Quand il revint à sa chambre, il trouva un grand plateau avec des sandwiches au poulet froid et deux bouteilles de bière glacée ouvertes. Il mangea un sandwich, se mit en pyjama et, une bière à la main, il commença à feuilleter *Vagabondage à travers les Macaroons*, un magnifique album illustré posé sur sa table de nuit. Le chapitre consacré aux ordres et aux décorations de la petite nation l'intéressa au plus haut point ; il espérait que, lors d'une parade en grande tenue, il pourrait apparaître avec une croix pendue à son cou par un ruban ou une étoile épinglée sur sa tunique.

Puis apparut l'ambassadeur venu lui souhaiter une bonne nuit.

« Je voudrais vous soumettre une idée, Maynard, si je puis me permettre de vous appeler ainsi. Voyez-vous, le dernier jour de sa visite, nous offrons au roi un banquet ; c'est une compétition entre toutes les ambassades, chacune essayant de servir le repas le plus exceptionnel. Dieu merci, dans le passé, je me suis bien tiré d'affaire. Si le roi n'est pas satisfait, on peut se retrouver aux Macaroons à plonger à la recherche du poisson-lune mortel dont nous teignons les piquants pour en faire des souvenirs pour les touristes. Cette année, je compte jouer la carte de la cuisine locale : tout sera canadien. Soupe aux pois canadienne française, collet d'agneau des Provinces maritimes, poisson du lac Winnipeg et, comme dessert, une mousse au sucre d'érable. Qu'en pensez-vous ?

– Vous avez oublié l'entrée », répondit Bullock.

L'ambassadeur détourna le regard. « Disons que je m'en suis tenu à ce qui vient immédiatement à l'esprit quand les gens pensent au Canada. »

Bullock fit remarquer qu'il ne faudrait pas oublier le castor. Il estimait que le ragoût de queue de castor était un mets des plus délicats, même s'il n'avait jamais eu l'occasion d'en manger personnellement. « Je suppose que ce banquet est réservé au personnel de l'ambassade et à la suite royale, s'pas ? hasarda-t-il en se voulant désinvolte.

– Bien sûr, Maynard, vous êtes également invité ! » répondit l'ambassadeur en le regardant avec tendresse.

Il continua à bavarder, à sourire, tout en encourageant Bullock jusqu'à ce qu'il ait terminé les sandwiches et vidé la deuxième bouteille de bière. En se retirant, il ajouta : « Au fait, le roi a abordé l'anglais assez tardivement. Ainsi, par exemple, quand il dit "délicieux", il veut dire "charmant". »

Le programme de ses prochaines journées était parfaitement réglé. Bullock se réveillait pour voir arriver le plateau du petit déjeuner. À peine avait-il réglé son compte à la montagne de crêpes, de frites, d'œufs, de bacon à la farine de pois et de toasts, qu'arrivait l'heure du massage. Après une nouvelle vérification des serrures, Bullock reprenait sa faction dans le grand vestibule pour accueillir chaque visiteur d'un large sourire ou d'un œil inquisiteur, selon le cas. À onze heures on lui servait un chocolat fumant accompagné de petits pains aux raisins. À une heure, il déjeunait copieusement pendant que l'ambassadeur chipotait. Puis il retournait se livrer au masseur. Suivaient ensuite le thé, avec du gâteau au chocolat, à quatre heures, puis le dîner à sept heures, précédant le troisième massage de la journée. Au moment du coucher, il avait droit à un en-cas des plus substantiels.

Le matin de l'arrivée du roi, Bullock dut s'efforcer de rentrer son estomac, devenu énorme, pour réussir à enfiler son pantalon d'uniforme.

En prenant sa place habituelle dans le grand vestibule pour attendre le retour du cortège parti accueillir le roi à l'aéroport, Bullock écrivit mentalement quelques pages de l'autobiographie qu'il espérait faire paraître un jour. « Chapitre VII : Les années Macaroon. Quoi qu'il soit maintenant courant de voir un Mountie occuper de hautes fonctions officielles, sur le sol national ou à l'extérieur, ma nomination comme ambassadeur aux îles

Macaroons – j'étais un précurseur – surprit alors tout le monde. Mais ceux qui me connaissaient n'ignoraient pas l'amitié qui me liait au roi Theodore, amitié due en partie à ma parfaite connaissance du peuple macaroonien et de ses coutumes. »

Le flot de pensées de Bullock fut interrompu par le maître d'hôtel allant à la porte d'entrée pour tirer le levier déclenchant l'ouverture de la grille. Précédées de motards de la police, deux limousines arborant le pavillon rouge et blanc des îles Macaroons tournèrent pour s'engager dans l'allée.

Le porte-broche royal ouvrait le cortège, portant la pique d'acier ciselé, longue de deux mètres, symbole du droit de vie et de mort du souverain sur ses sujets. L'homme, un géant à l'allure menaçante, vêtu d'un pagne, était tatoué de la tête aux pieds de démons, dragons, serpents et autres sujets destinés à provoquer la terreur. Pourtant, Bullock remarqua une touche humaine à son passage : parmi les tatouages de l'avant-bras gauche du colosse, il lut le mot « Lola » inscrit dans un cœur percé d'une flèche.

Le porte-broche était suivi de ses aides, deux géants presque aussi impressionnants, qui avançaient les bras croisés. Venaient ensuite l'ambassadeur, le cuisinier, puis huit des épouses royales. Le roi Theodore fermait la marche ; son visage rond et ridé comme une vieille pomme indiquait son âge. Il portait un costume italien de soie blanche et un panama. Son expression bienveillante se modifia lorsqu'il vit Bullock ; il lui sourit. Ses dents étaient limées en pointe.

Bullock salua en rectifiant la position. Le roi et ses femmes s'arrêtèrent pour l'examiner sur toutes les coutures alors que le cuisinier baragouinait en désignant différentes parties de son uniforme. Le roi et ses femmes claquaient des lèvres ; Bullock savait par l'ambassadeur que son peuple exprimait ainsi sa satisfaction. Puis la plus dodue des épouses s'approcha timidement et lui donna une bourrade dans les côtes ; il sursauta et réprima un gloussement. (Les Mounties sont supposés être insensibles aux chatouilles. Bullock avait réussi le test parce que le vieux médecin qui lui avait administré le coup réglementaire dans les côtes n'avait pas remarqué qu'il se mordait les joues.) D'autres femmes vinrent tenter leur chance. Toujours au garde-à-vous, Bullock, le visage congestionné, reniflait pour ne pas éclater de rire.

Le roi intervint sur un ton de réprimande. « Mesdames, mesdames, en anglais, on n'agit pas ainsi. En anglais, il faut faire "guili-guili-guili". »

Joignant le geste à la parole, il plongea dix doigts gigotants dans le torse de Bullock.

Avec un ensemble parfait, ses épouses se joignirent à lui en hurlant : « Guili-guili-guili. » Que pouvait faire l'infortuné Bullock, sinon rejeter la tête en arrière et rire à gorge déployée sans pouvoir s'arrêter ? Elles le chatouillèrent tant et si bien qu'il avait mal dans le côté et aux mâchoires. Sur un ordre du roi, elles s'arrêtèrent. Il tapota le bras de Bullock et marmonna : « Délicieux, délicieux... »

Puis lui et sa suite s'en allèrent.

Pendant les deux jours qui suivirent, Bullock apprit à éviter les épouses du roi en se précipitant aux toilettes dès qu'elles approchaient. Toutefois, le second soir, un dîner officiel en l'honneur du roi était prévu à Rideau Hall ; le Canada comptait poser la question de la base navale à l'issue du repas. Bullock devrait donc être là, au garde-à-vous, pour saluer le souverain et sa suite à leur départ et à leur retour : il serait livré sans défense à l'assaut des mains royales. Il fallait qu'il trouve une solution.

Dans la soirée, lorsque Theodore et ses épouses sortirent pour aller à leur dîner, Bullock les gratifia du plus beau salut de sa carrière, de l'intérieur de l'ascenseur du vestibule. Lorsqu'il vit le doigt tendu de la grande dodue s'approcher de la grille, il enfonça un bouton et monta lentement, tout en continuant à saluer. Il espérait bien renouveler son exploit, mais au retour l'humeur du roi Theodore paraissait chagrine. Personne ne parut remarquer Bullock venu saluer derrière la grille de l'ascenseur.

Plus tard, au cours de sa dernière ronde, Bullock vérifiait la porte-fenêtre du bureau de l'ambassadeur quand il vit surgir le commandant Drake des buissons. Se désignant de l'index, Drake, derrière la vitre, forma les mots « c'est moi » avec les lèvres. Bullock le laissa entrer.

« Z'avons des problèmes, matelot ! nasilla l'officier de marine. La Turquie a fait une meilleure offre au roi Theodore.

– Zut ! murmura Bullock. Comment le Canada peut-il l'emporter sur la Turquie dans le domaine des péchés de la chair !

– Il y a pire, reprit Drake. Apparemment, Kemal Atatürk aurait dit que le XXe siècle appartiendrait à la Turquie.

– Holà, s'étrangla Bullock, devenu tout rouge. Sir Wilfrid Laurier l'a devancé ! Le XXe siècle appartient au Canada !

– Bien d'accord avec vous, matelot, fit Drake en lissant sa barbe. Mais nous avons perdu cette manche. Ce soir, des paroles assez vives ont été échangées. Les nôtres le regrettent et aimeraient redresser la situation en offrant un cadeau au roi pour son départ, du style "sans rancune, revenez nous voir".

– Bonne idée, commandant. »

Après avoir regardé à droite et à gauche, Drake tira de sous sa veste un paquet carré enveloppé de papier brun qui paraissait assez lourd.

« Toutefois, nous voudrions éviter de le lui remettre en grand tralala. Nous aimerions que vous glissiez ce présent dans les bagages du roi, de sorte qu'il ne le trouve qu'en les déballant, de retour chez lui.

– Demain, répondit Bullock en prenant l'objet, après le dîner de gala, les bagages seront descendus dans le vestibule. J'agirai à ce moment-là. »

Drake franchit la porte-fenêtre, puis fit volte-face et sourit à Bullock.

« Vaudrait mieux le faire ce soir, matelot », chuchota Drake avant de disparaître dans les ténèbres.

Bullock soupira, il lui faudrait employer des ruses de Sioux pour éloigner l'homme montant la garde devant la porte du roi. Il se hâta vers les appartements royaux pour examiner la situation. Au coin du couloir, il risqua un œil. Il vit que c'était le porte-broche lui-même qui était de faction, roulant des yeux mauvais, histoire de passer le temps.

Une idée fulgurante traversa soudain l'esprit de Bullock. Tournant le coin, il s'adressa au géant en tenant son poing près de l'oreille comme un téléphone.

« Dring-dring-dring, fissa-fissa. Lola, allô-allô. »

Immédiatement, toute cruauté disparut du visage de la brute qui se précipita dans le corridor. Mais il s'arrêta brusquement et revint sur ses pas. D'un doigt impérieux, il indiqua à Bullock où il devait se tenir et lui tendit la pique royale. Avec force grimaces et mimiques, genou levé, poings serrés, il montra comment il briserait les reins de Bullock s'il s'avisait de quitter son poste.

Posant la barre de métal contre le mur, Bullock entra vivement dans les appartements royaux. De l'entrée plongée dans l'obscurité, il pouvait voir le petit salon où le roi faisait la lecture en anglais à ses femmes assises autour de lui sur le tapis. C'était l'histoire du « Petit garçon en pain d'épice ». Le roi articulait avec méticulosité, levant le doigt de temps à autre pour souligner la beauté d'une phrase. Bullock serait bien resté là : ce conte était un des meilleurs souvenirs du temps de la maternelle. Il poursuivit cependant son chemin dans le noir en tâtonnant. Fort heureusement, la première porte ouverte qu'il rencontra était celle de la chambre du roi. Bullock plaça hâtivement son paquet sous une pile de chemises de soie dans une des nombreuses valises restée ouverte et se retira comme il était venu.

Lorsqu'il arriva dans sa chambre, l'ambassadeur l'y attendait. Son hôte le conduisit dans la salle de bains et lui désigna la baignoire emplie aux trois quarts d'un liquide huileux où flottaient des demi-citrons pressés.

« Le cuisinier vous a préparé une mixture pour votre problème de dessèchement de la peau, Maynard. »

L'œil empli de doute, Bullock contemplait le contenu de la baignoire.

« Il s'agit avant tout d'huile d'olive chaude, expliqua l'ambassadeur. On y a ajouté du jus de citron, de l'ail écrasé, du thym et du laurier, du sel et du poivre fraîchement moulu. Le cuisinier pense qu'une petite heure de marinade là-dedans sera amplement suffisante. »

Tous ces ingrédients lui semblaient sans danger. Il accrocha son chapeau derrière la porte et commença à déboutonner sa tunique.

« Vos mains sont assez douces, je vous ai donc apporté quelque chose pour empêcher qu'elles trempent dans la préparation. »

L'ambassadeur retourna dans la chambre pendant que Bullock continuait à se déshabiller. Lorsqu'il lui dit de conserver sa chemise, Bullock l'avait déjà retirée mais il décida de garder son maillot réglementaire de la Police montée, rouge à rayures bleu marine. Il recouvrait tout le corps et portait sur le cœur l'inscription R.C.M.P. en lettres d'or. Il entra avec précaution dans la baignoire et s'assit en prenant garde de ne pas mouiller ses avant-bras. Après tout, ce n'était pas si désagréable que ça.

L'ambassadeur revint, portant un plateau avec deux petits verres contenant un liquide laiteux. Sous son bras il serrait quelque chose qui ressemblait à des gants de boxe argentés qu'on aurait cousus ensemble. Il déposa le plateau par terre, s'assit sur le bord de la baignoire et mit les gants à Bullock.

En nouant les lacets des poignets, il reprit : « Maynard, vous avais-je dit que le roi Theodore était sans descendance mâle ? Il y a plusieurs années, il nous a réunis, moi et les autres princes parmi lesquels il devra choisir son successeur, et nous a nommés à la tête de nos ambassades à travers le monde. Or il s'avère que demain c'est le cinquantième anniversaire de son accession au trône ; selon la coutume, il devra rendre publique sa décision. Il nous a dit que son choix se ferait en fonction de la qualité de notre hospitalité. J'ai de sérieuses raisons de croire que, si tout va bien au dîner de demain, je serai nommé prince héritier. Une distinction dont je vous serai en grande partie redevable.

Alors que Bullock, modeste, émettait des petits bruits de protestation, l'ambassadeur ajouta : « Demain, ce sera un peu l'affolement général. C'est pourquoi je suis fort aise que le roi m'ait chargé de vous remettre un peu à l'avance un souvenir de sa visite. »

Ouvrant un petit écrin de velours, il dévoila un médaillon en émail bleu et or représentant des fourchettes et des couteaux croisés, fixé à un ruban rouge et blanc.

« L'ordre du roi Theodore de troisième classe ! » s'exclama Bullock, se souvenant des illustrations du livre sur les Macaroons. Il bomba le torse, se voyant déjà avec la décoration autour du cou.

« Ça mérite un toast ! s'écria l'ambassadeur en coinçant un verre entre les pouces entravés de Bullock et en prenant le second pour lui. C'est du mikki-mikki, notre boisson alcoolisée nationale, préparée à partir de lait de coco fermenté et d'extraits de diverses racines. »

Avec un sourire de satisfaction, Bullock engloutit son mikki-mikki. Puis trois choses se produisirent. Premièrement, il lui revint en mémoire que le livre précisait que l'ordre du roi Theodore n'était décerné qu'à titre posthume. Deuxièmement, il remarqua que l'ambassadeur n'avait rien bu de son verre. Enfin, il se sentait de plus en plus fatigué.

Alors que le jour pointait à peine à travers les vitres dépolies de la fenêtre de la salle de bains, Bullock se réveilla. Il se sentait frais et dispos, quoiqu'un peu confus de s'être endormi dans la baignoire. Il venait tout juste de poser les pieds sur le tapis de bain que l'ambassadeur entrait en trombe.

« Vite, vite, Maynard ! Le roi Theodore vous convie à une petite surprise-partie à la cuisine. La règle du jeu demande que chacun vienne exactement dans sa tenue du moment.

– Mais je suis couvert d'huile. Je sens l'ail...

– Vous ne pouvez pas refuser. Le roi pourrait trouver que ce n'est pas chic de votre part.

– Je peux tout de même retirer les gants ?

– Ce serait tricher ! observa l'ambassadeur. Je ne puis supposer qu'un Mountie se permette la moindre tricherie. »

Que pouvait répondre Bullock à cela ? Il suivit son hôte dans le hall où les attendaient les aides du porte-broche, les bras croisés.

« Ces messieurs vont vous escorter, expliqua l'ambassadeur. Je vous rejoindrai plus tard, j'ai encore des ordres à donner pour le repas. »

Bullock vit son hôte entrer dans l'ascenseur et disparaître en lui jetant un regard mélancolique. Il n'eut même pas le temps de lui demander des explications à propos de la décoration à titre posthume.

En arrivant à la cuisine, Bullock fut fort surpris de n'y trouver que le cuisinier, jonglant avec une pomme bien rouge, et le porte-broche, aiguisant son instrument avec une queue-de-rat. Le cuisinier aboya un ordre qui se terminait par « guili-guili-guili ». Immédiatement les vingt doigts des assistants du porte-pique s'enfoncèrent entre les côtes de Bullock. Il essaya bien de se défendre, mais que faire quand on a les mains emprisonnées dans des gants de boxe ? Il ne put que rejeter la tête en arrière et rire à gorge déployée. Lorsque sa bouche fut ouverte au maximum, le cuisinier y enfonça prestement la pomme.

Il hurla un deuxième ordre et les deux aides saisirent Bullock aux jambes et sous les bras pour le présenter, parallèlement au sol, au porte-broche. L'homme avança cérémonieusement pour tracer une croix sur le sternum de Bullock avec la pointe de la pique. Il recula ensuite pour prendre son élan et se précipiter sur sa cible ; il chargea en poussant un féroce cri de guerre. Jusque-là, Bullock avait cru qu'il devait s'agir d'un rite d'initiation.

Maintenant, il bandait chacun de ses muscles pour se libérer. Comme un cochon enduit de graisse, Bullock échappa aux mains de ses ravisseurs et tomba sur le sol. La broche continua sa course pour s'enfoncer dans le mur. Elle aurait pu transpercer les deux acolytes, mais ils étaient tombés dans les bras l'un de l'autre avant de s'écrouler par terre. Le porte-broche, emporté par son élan, butta contre la tête de Bullock et s'étala de tout son long à côté des autres.

S'accrochant d'un bras à la pique toujours en train de vibrer, Bullock, décontenancé, se remit sur pied et se dirigea vers la porte donnant sur la cour. Le cuisinier tenta de l'arrêter en bondissant sur lui par-derrière ; ses mains glissèrent sur les épaules couvertes d'huile de Bullock et il retomba sur le sol, face en avant.

Bullock sortit en trombe, traversa le patio et longea la fosse du barbecue emplie de charbons ardents. Alors qu'il tournait le coin de l'ambassade, toute l'horreur de la situation le frappa comme la foudre. Les repas copieux, les massages répétés, la marinade de la nuit passée... tout signifiait qu'il devait être cuit pour être mangé par le roi Theodore ! Il allait avertir le chœur des nations de cette infamie ! Bullock redoubla de vitesse pour traverser le gazon et atteindre l'allée menant aux grilles. Hélas, elles faisaient cinq mètres de haut : même un Mountie était incapable de les escalader sans utiliser ses mains. Alors que faire ?

Pendant que les idées se heurtaient sous son crâne, Bullock entendit un féroce aboiement qui le fit se retourner. La vue du porte-broche, le géant noir aux tatouages, le maître aux mille grimaces, fonçant sur lui armé de sa terrible pique, agit sur lui comme un stimulant. Ce fut comme si ses coudes possédaient soudain dix doigts, comme si ses pieds devenaient ceux d'un quadrumane, et comme si son menton se transformait en pouce : il se hissa vers le haut des barreaux en toute hâte. Il y parvint au moment où le porte-pique arrivait au pied de la grille.

Bullock fit un mouvement vers la gauche ; l'homme envoya son arme dans cette direction et la coinça entre les barreaux. Il sauta de l'autre côté et le contact avec le sol fit enfoncer ses dents dans la pomme qui se cassa en deux et tomba par terre. Une voiture était arrêtée de l'autre côté de la rue ; un homme, assis au volant, mangeait un sandwich dépassant d'un sac en papier brun. Il leva les yeux quand Bullock martela la vitre de ses poings. C'était Drake ! En faisant le tour pour aller du côté passager, il vit le porte-broche courir à l'intérieur du bâtiment pour aller actionner le levier de commande d'ouverture de la grille.

« Bon sang, vous ne pouviez pas mieux tomber, commandant ! soupira Bullock en s'installant et en claquant la portière. Filons d'ici prompto ! »

Il exposa le plus rapidement possible le plan diabolique des Macarooniens. Son discours terminé, la voiture n'avait toujours pas démarré ; il reprit avec impatience : « Filons avant qu'ils ne nous tombent dessus ! »

Son sandwich terminé, Drake fit tomber les miettes de pain de sa barbe et déclara : « Je vous envie, matelot, d'avoir cette chance et cet honneur d'offrir votre vie pour que le XXe siècle appartienne au Canada. »

Bullock le fixa bouche bée.

« J'explique ! reprit Drake avec impatience. En deux mots, si le roi apprécie le dîner, il prendra l'ambassadeur comme successeur et l'ambassadeur est pour la base navale canadienne. Voilà pourquoi je vous ai fait poser une bombe dans les bagages du roi. L'avion royal va disparaître au-dessus du Pacifique. Eh oui, quand il a engagé des pourparlers avec les Turcs, ce vieux Theodore a signé son arrêt de mort. Considérez-vous comme le dernier repas d'un condamné avant son exécution.

– Le nouveau Premier ministre est-il au courant ? demanda Bullock en pâlissant.

– S'il fallait attendre l'avis des politiciens, gloussa Drake, le Canada ne progresserait jamais. Vous pouvez remercier le ciel : nous sommes quelques-uns, haut placés dans l'armée, le gouvernement et l'industrie, à refuser de nous tourner les pouces en regardant les droits de notre nation bafoués les uns après les autres. »

De l'autre côté de la rue, la grille commençait lentement à s'ouvrir. Le porte-pique et ses deux aides couraient déjà dans l'allée qui y menait.

Le dernier espoir de Bullock était dans la fuite. Mais, tandis que ses pouces prisonniers des gants essayaient vainement de saisir la poignée de la portière, il entendit un cruel « guili-guili-

guili » dans son dos. Alors que le Mountie ouvrait toute grande sa bouche en un hurlement de rire impossible à réfréner, Drake y enfourna une belle pomme rouge extirpée prestement de son sac en papier. Puis, continuant ses chatouillis d'une main et conduisant de l'autre, il fonça vers la grille ouverte de l'ambassade.

Drake retourna avec les autres à la cuisine : il comptait remplir sa thermos de café. Le premier assistant immobilisait Bullock par un double nelson, alors que le second serrait ses genoux dans ses bras. Bullock, les yeux plus grands que des soucoupes, émettait des sons de protestation étouffés par la pomme ; le porte-pique mimait avec délectation la façon dont il allait enfoncer sa broche dans le sternum pour la faire ressortir sous le coccyx.

L'arrivée de l'ambassadeur interrompit la démonstration. Comme il insistait pour avoir un court entretien avec Bullock, le cuisinier protesta avec de multiples « tictac-tictac », appuyés par des gestes désignant la pendule et le charbon du barbecue en train de perdre de son éclat. Il finit cependant par céder et, désignant deux seaux à l'assistant numéro deux, il l'envoya les remplir.

L'ambassadeur s'approcha de Bullock, la tête toujours bloquée par un double nelson.

« Maynard, dit-il, ces derniers jours j'ai essayé de me convaincre que vous aviez compris quel genre de sacrifice vous était demandé. Mais, bien entendu, vous ne le pouviez pas, n'est-ce pas ? Vous me voyez vraiment navré. Je voudrais toutefois que vous sachiez que votre mort va sonner le glas d'une maison royale construite sur des monceaux d'ossements. Un jour, quand notre terre cannibale aura englouti le roi Theodore, je monterai sur le trône et serai le premier d'une lignée de monarques végétariens qui bannira la terreur des îles Macaroon. Les générations futures de mon peuple béniront votre nom, Maynard, ainsi que celui de votre charmante épouse, la veuve Bullock. Vous comprenez ce que je veux dire ? »

Bullock poussa un grognement derrière sa pomme ; l'ambassadeur fit un signe au premier assistant et prit congé. « Tous mes vœux vous accompagnent, Maynard. Il faut que je vous quitte.

– Moi aussi ! lança Drake en revissant le couvercle de sa thermos. Il est difficile à un Canadien d'assister à ce qui va suivre.

– Alors venez, commandant, dit l'ambassadeur. Je vais vous ouvrir la grille. »

Après leur départ, le cuisinier alla prendre lui-même Bullock par les pieds pour continuer le travail. C'est à ce moment-là que le poste téléphonique de la cuisine sonna. L'air renfrogné, le cuisinier décrocha ; puis, amer, tendit le combiné au porte-pique : « Chérie-chérie Lola nana. »

Radieux, le géant tatoué saisit l'appareil et se lança dans une longue conversation amoureuse. Le cuisinier voulut lui prendre la broche pour achever le travail, mais le malabar ne voulut rien entendre. Comme le maître queux insistait, un grand coup de la grosse patte du colosse l'envoya voler à travers la pièce. Il entra en collision avec le deuxième acolyte qui revenait avec les seaux de marinade que le cuisinier l'avait envoyé chercher. Les deux hommes tombèrent et le mélange huileux se renversa sur le carrelage. Voyant le liquide couler vers lui, Bullock leva les pieds. En essayant de reprendre son équilibre sous le poids du Mountie, le premier assistant glissa et culbuta en arrière.

Au milieu de l'inondation, la poitrine de l'homme faisait comme une île. Bullock, qui s'y était réfugié, bondit sur l'évier, puis sur le fourneau et, évitant le porte-broche amoureux, il réussit, pour la deuxième fois, à sortir dans la cour.

Quand il arriva devant l'ambassade, il vit la voiture de Drake descendant l'allée vers la grille en train de s'ouvrir. Plié en deux, Maynard se mit à courir en espérant suivre le véhicule pour retrouver la liberté. Mais l'ambassadeur avait dû voir ce qui se passait par l'une des fenêtres de la façade : les grilles commençaient à se refermer. Bullock coupa à travers la pelouse pour gagner du temps.

Drake regarda autour de lui, se demandant ce qui se passait. En voyant Bullock galoper dans l'herbe, il arrêta sa voiture et en sortit précipitamment. En quelques enjambées, il arriva près de la grille, sortit calmement son revolver et visa le passage étroit que devrait franchir Bullock pour ne pas finir embroché, rôti et dévoré. Bullock savait qu'à cette distance l'homme ne pourrait pas le manquer. Il continua cependant à courir : c'était sa seule chance.

Drake fit feu à trois reprises. Bullock sentit deux balles lui raser la jambe et la troisième frôler son maillot. Il réussit à franchir à la dernière minute la grille qui se refermait et à se retrouver sur la route pour sauver sa peau. (Par la suite, il prétendit dur comme fer qu'il en avait réchappé parce que Drake avait voulu fignoler en le touchant à la cuisse ou au mollet pour provoquer des blessures facilement camouflées par une tranche d'ananas ou une grosse cerise.)

En tournant le coin de la rue à perdre haleine, Bullock jeta un dernier regard en arrière. Il vit Drake accroché aux barreaux de la grille alors que, derrière lui, surgissaient le porte-broche, ses assistants et le cuisinier, excités au plus haut point, scandant des « tictac-tictac » impatients.

Bullock essaya de rejoindre le quartier général de la Police montée en s'intégrant à un groupe de joggers, mais la pomme lui fit perdre du terrain. Ensuite, il fut arrêté et inculpé d'attentat à la pudeur. Au commissariat, il tenta inconsidérément de mimer ce qui lui était arrivé dans la matinée ; le psychiatre de la police vint lui administrer un sédatif.

Quand il se réveilla quelques heures plus tard dans une cellule, la pomme avait disparu et il avait l'impression qu'on avait utilisé un levier pour dégager sa mâchoire. Il eut toutes les peines du monde à expliquer au policier de service que les lettres R.C.M.P. sur son maillot n'étaient pas son monogramme mais prouvaient qu'il appartenait à la Police montée royale du

Canada. L'inspecteur LaPierre vint heureusement pour l'identifier.

À l'ambassade, ils ne trouvèrent rien ni personne. Ils arrivèrent à l'aéroport deux heures après le départ de l'avion royal. D'après plusieurs témoins, le roi Theodore avait paru particulièrement furieux et contrarié ; quant à l'ambassadeur, il avait été conduit à bord contre son gré par trois costauds tatoués. Il était trop tard pour que les Strait Arrows, la section aérienne de la Police montée, puissent forcer l'avion royal à rebrousser chemin.

Le lendemain, le monde entier apprit que l'avion du roi Theodore avait disparu à une centaine de miles de l'île de Vancouver. Sur les lieux du naufrage on découvrit une valise diplomatique descellée portant les armes des îles Macaroons. À l'intérieur, il y avait une bouteille de ketchup et, enveloppée dans une serviette en papier, une main humaine cuite et mangée à moitié, dont l'auriculaire était encore orné d'une bague.

Traduit par J.P. Schweighaeuser

Titre original :
The Cannibal Gourmet
Initialement paru dans *Ellery Queen's Mystery Magazine*, déc. 1986.

Les dernières heures de M. Gervier

RENÉ REOUVEN

SÉQUENCE I

(Une auto qui roule...)

PAUL

Quelle heure est-il ?

LÉA

Neuf heures.

PAUL

Nous allons arriver en retard. Cette voiture...

LÉA

Eh bien, mon oncle attendra !

(Bruits de circulation.)

LÉA *(railleuse)*

Tu as peur qu'il te fasse des reproches ?

PAUL

Je suis son employé, mais après six heures du soir, je suis censé disposer de mon temps.

LÉA

Donc, en cas d'observations, tu l'enverras promener ?

PAUL

Tu serais la première, ensuite, à me le reprocher... C'est qu'à tes yeux c'est quelqu'un, ton oncle ! L'oncle à héritage, tu parles, il nous enterrera tous !

(Silence. Bruits de circulation.)

PAUL

Quelle heure ?

LÉA

Pas beaucoup plus de neuf heures, ne t'énerve pas... tu lui expliqueras que, comme d'habitude, la voiture ne marchait pas bien. Il te croira sûrement, il doit en être à compter ce qui marche bien, dans ce qui te touche ou dans ce qui t'approche.

PAUL *(rageur)*

S'il dit un mot de trop, je plaque tout, je l'envoie au diable !... Il a beau dire, la boîte aurait du mal à se passer de moi, je suis un des plus anciens, je connais tout par cœur.

LÉA

À ce que je crois comprendre, il n'a pas plus d'égards pour ça...

PAUL

C'est à cause de toi qu'il se croit tout permis !

LÉA *(glacée)*

Mais bien sûr.

PAUL

Il sait que j'éviterai toujours de couper les ponts pour ne pas te brouiller avec lui.

LÉA

Et pourquoi ne veux-tu pas me brouiller avec lui ?

PAUL

Je ne veux pas te priver...

LÉA

... de l'héritage, le fameux héritage dont tu aurais aussi la jouissance, puisque nous sommes mariés sous le régime de la communauté, n'est-ce pas ?

PAUL

Ton oncle va encore t'en parler. Veux-tu me faire plaisir ? Accepte ce qu'il suggère, faisons établir un contrat de séparation de biens.

LÉA

Ne sois pas stupide.

PAUL

Ça me permettrait d'être plus libre avec lui.

LÉA

En quoi ?

PAUL

Oh, tu ne comprendrais pas...

LÉA

Merci.

(Un silence.)

PAUL

L'heure ?

LÉA

Neuf heures dix. Je t'en prie, s'il en prend trop à son aise, sois un peu ferme, pour une fois ; d'autant que ce soir, il y aura le petit Larnois...

PAUL

Si tu crois qu'il se gêne, au bureau, où il n'y a pas que le petit Larnois...

LÉA

J'ai apprécié qu'il m'ait associée à la convocation, sous prétexte de nous offrir le café ; c'est un geste qui lui ressemble si peu.

PAUL

Ce vieux grigou, tu ne penses pas qu'il aurait pu nous inviter à dîner ? Gonflé d'argent à crever comme il est, il se mesure tout au centime près. Et son appartement, tu ne crois pas qu'il pourrait se payer mieux ?

LÉA

Qu'est-ce qu'il a, son appartement ?

PAUL

Un misérable deux-pièces !

LÉA

Et alors ? C'est très confortable, il y a une grande cuisine, une salle de bains, l'immeuble est de standing, dans une banlieue résidentielle, que pourrait-il désirer de plus ? Après tout, il vit seul !

PAUL

Seul... et comment ! Je ne sais pas, moi, il aurait pu acheter quelque chose de plus coquet, à Paris... Quelle heure est-il ?

LÉA

Neuf heures et quart.

(Silence.)

PAUL

Tout ça va nous mener tard.

LÉA

Qu'est-ce que vous allez faire exactement ?

PAUL

Nous travaillons au bilan. Il faut qu'il soit achevé pour lundi. Autant te dire que si nous ne terminons pas ce soir, je suis bon pour retourner là-bas demain matin, et au besoin demain après-midi. Naturellement, ton oncle ne s'est pas posé la question de nos éventuels projets pour le week-end ; ça, il s'en contrefout. Efficacité et célérité sont les deux mamelles de notre agence. Tu sais qu'il se prend pour Napoléon ?

LÉA

Allons donc !

PAUL

Je l'ai entendu raconter qu'il avait un cerveau à tiroirs, grands tiroirs, petits tiroirs, selon les circonstances. Dès qu'une affaire est classée, il ferme le tiroir et n'y pense plus. Lui, il présente cette réflexion comme personnelle, mais l'inventeur de la formule, c'est Napoléon.

LÉA

De là à...

PAUL

Non, je t'assure, il nourrit un culte secret pour le personnage, il parle sec, affecte la précision, prône l'économie des gestes et de la parole ! Sa formule favorite, c'est : « Pour ne pas avoir à y revenir »... « Non, mon vieux, pas d'augmentation, pas d'augmentation jusqu'à ce que je le décide tout seul, comme un grand, au prorata des mérites que je vous reconnais. Je vous le précise une fois pour toutes, et qu'il n'y ait pas à y revenir ! » Quel tyran !

(Bruits de circulation, puis coup de frein discret.)

PAUL

Nous y voilà. Quelle heure ?

LÉA

Neuf heures trente, ses fenêtres sont allumées, il doit nous attendre...

PAUL

... en compagnie du jeune Larnois, présent depuis une demi-heure, le petit doigt sur la couture du pantalon et l'œil fixé sur la ligne rouge des états de dépenses ?... Un employé modèle, le jeune Larnois, ponctuel, travailleur, dépourvu de toute imagination, le sous-fifre idéal, à maintenir le plus longtemps possible dans son grade ; et pour résumer, tout à fait le genre de paillasson sur lequel ton oncle aime à s'essuyer les pieds. Je le claquerais !

LÉA

Commence donc par claquer mon oncle.

PAUL

Peut-être le ferai-je un jour. Et peut-être même irai-je plus loin.

LÉA

Jusqu'à le tuer, par exemple ?

PAUL

Sais-tu quel est son jeu favori ?

(Bruits de portières qui claquent, du gravier qui crisse sous les semelles, puis des pas sur les marches.)

PAUL

Tous les matins, il me demande si aujourd'hui sera le jour de son assassinat. Il s'est mis dans la tête que j'ai tous les moyens, tous les motifs, toutes les occasions de le tuer, et il m'appelle son assassin de poche.

LÉA

« Poche » c'est gentil !

PAUL *(sombrement)*

Il ne rate aucune occasion de m'humilier. Lui, ça lui donne l'impression de vivre dangereusement, tu comprends ; il s'imagine vivre côte à côte avec son assassin, tous les jours, et c'est exaltant.

LÉA

Exaltant à peu de risques ; il joue avec toi à la façon dont on joue avec un jeune chien qui aboie, mais dont on est sûr qu'il ne mordra pas.

PAUL

Un jour, je mordrai.

LÉA *(ironique)*

Pourquoi pas ce soir ?

PAUL

Vous finirez par me pousser à bout, tous les deux... alors, il sera trop tard.

LÉA

Tais-toi, nous voici au quatrième.

(Elle sonne, la porte s'ouvre.)

GERVIER

Ah, vous voilà enfin !... Je parie que la voiture ne marchait pas.

PAUL *(d'une voix tout à coup étrangement monocorde)*

Elle a eu du mal à démarrer...

GERVIER

Comme d'habitude ! Larnois est là, lui, il a déjà commencé à déblayer, on vous attendait pour prendre le café. Je le fais très fort, il ne s'agit pas de s'endormir, nous avons à faire. Tiens, Léa, assieds-toi...

(Il chuchote, bas, à Paul.)

Alors, Paul, ce crime parfait que tu mijotes depuis si longtemps : c'est pour ce soir ?

PAUL

Le crime, s'il veut être parfait, ne doit pas s'annoncer ; on ne doit même pas savoir qu'il s'agit d'un crime. Vous qui lisez tant de romans policiers, vous devriez bien connaître ça...

(Bruit de pas.)

PAUL

Bonjour, Larnois.

LARNOIS

Bonsoir, monsieur Marchand. Je vous présente mes respects, madame Marchand.

(Des chaises qu'on déplace, dans un brouhaha confus de conversation. De la cuisine parvient la voix de Gervier, franchement ironique.)

GERVIER

Raconte-moi, Paul, qu'est-ce qu'elle avait, la voiture ? La batterie ?

PAUL

La batterie, la pompe à essence... ou autre chose.

GERVIER

Ta voiture est pour moi une source de joies quotidiennes. D'elle, je m'attends à n'importe quelle fantaisie. Tu devrais la changer, mais c'est encore une décision à prendre, et tu es trop paresseux pour prendre une décision. C'est pourtant la clé du succès, on décide quelque chose, on le met à exécution, c'est classé... Il n'y a plus à y revenir.

(Silence embarrassé.)

GERVIER *(de la cuisine)*

Mon petit Larnois, venez donc m'aider une seconde.

(Bruit de pas.)

PAUL *(bas, à Léa)*

Tu ne crois pas qu'il pourrait se payer une bonne ? Toujours tout seul, il se fait des œufs, des steaks hachés à la sauvette, des sandwiches... trop pingre pour s'offrir même un snack !

LÉA *(sans grande conviction)*

Il tient peut-être à son indépendance. À son âge...

PAUL

Il se méfie, oui ! Il aurait trop peur qu'on lui emporte l'argenterie. Et nous, même nous, quand par hasard nous lui rendons visite, il ne nous laisse pas entrer dans sa chambre à coucher. *(Pensif.)* Au fond, il a raison, vois-tu, il représente le type de la victime bonne à tuer ! Il ne laisserait de regrets à personne, la morale n'y perdrait rien, la société encore moins, la justice...

GERVIER *(de la cuisine)*

Au fait, Paul, pour mon assassinat, tu as arrêté une date ?

PAUL

J'y pense.

(Silence.)

GERVIER

Larnois, portez le plateau, voulez-vous ? Moi, je ferme les robinets d'eau et de gaz, pour n'avoir pas à y revenir...

(Des pas. Des bruits de porcelaine.)

GERVIER

Personne n'a plus besoin d'aller à la cuisine, je pense ? Alors, j'éteins la lumière, pour n'avoir... euh, quelle heure est-il ?

PAUL

Dix heures moins le quart à votre pendule. Chaque minute qui passe vous rapproche de l'échéance.

(Encore des pas, des chaises qu'on déplace, le tintement des cuillères dans les tasses.)

GERVIER

Oui, au fait, Paul, tu ne m'as pas répondu. Tes plans sont prêts ?

PAUL

Ils sont déjà en cours d'exécution, monsieur Gervier. C'est que j'y mets beaucoup de soin, j'élimine tous les risques, car je ne crois pas que vous valiez la peine qu'on fasse de la prison à cause de vous.

LÉA

Paul !

GERVIER *(l'air ravi)*

Laisse, laisse, j'aime bien qu'on me tienne tête. Car je le connais, ton petit Paul, ce n'est pas un garçon bien énergique, mais il sait rêver. Et je n'ignore pas ce qu'il pense de moi : ce que Raskolnikov pensait de son usurière. Seulement, voilà : lui, il n'est pas Raskolnikov, il n'oserait pas. C'est dommage, d'ailleurs, ma petite Léa, car tu hériterais. Au fait, toujours unis sous le régime de la communauté ?

LÉA

Oui.

GERVIER

Tu as tort, vois-tu, tu exposes Paul à des tentations dangereuses. Il y a cet héritage qui miroite devant lui, et la perspective de diriger un jour l'agence. Il finira par n'y plus tenir, par m'occire proprement ; on a vu des garçons plus timorés que lui se décider à secouer leur inertie... moi je te dis qu'il cache son jeu, qu'il nous sortira de sa manche un atout... ou un couteau.

PAUL *(ricanant)*

Mais non, je ne suis qu'un assassin de poche, pas dangereux pour un sou, c'est connu.

LÉA

Voyons, Paul, cesse ce jeu, je t'assure qu'il n'amuse que toi !

PAUL

Moi... et ton oncle. D'ailleurs, qu'est-ce que ça fait ? Je me contente de rêver. C'est très utile, le rêve, et moins dangereux, aussi bien pour l'assassin que pour la victime.

GERVIER

Raconte-moi, Paul. Quel est mon rôle, dans tes rêves, quelle est ma fin ?

PAUL

Eh bien, je m'imagine, par exemple, que vous allez mourir d'une syncope... à votre âge, la chose est fréquente ! Et pour moi, pas de risques.

LÉA *(crispée)*

Paul !

PAUL

Mais non, laisse-moi rêver, laisse-moi jouer. Vous êtes d'accord, non, monsieur Gervier ? Vous aimez bien qu'on joue, surtout si ça reste idéal ?

GERVIER *(jovial)*

Va donc, va donc, je suis curieux... Quoi d'autre ?

PAUL

... ou alors, je vois tout ce qu'il y a de noir en vous vous remonter à la gorge, vous asphyxier, vous étrangler.

GERVIER

Pas moins !

PAUL

Variation sur le même thème : ce soir, lorsque nous vous aurons quitté, vous vous regarderez dans une glace, vous vous verrez tel que vous êtes et, ne pouvant supporter votre vue, vous sentant en trop mauvaise compagnie dans votre solitude, vous déciderez d'en finir.

LÉA

Paul !

PAUL *(d'une voix brûlante)*

Si bien que demain matin, quand Larnois et moi nous présenterons ici, nous vous trouverons mort, la gorge ouverte.

LÉA

Paul, mais tu es fou !

PAUL

Mais non, je joue ; ma parole, Léa, mais on dirait que tu t'affoles. Croirais-tu à la magie toute-puissante du verbe ? On ne tue pas avec des mots !

GERVIER *(jovial)*

Bien sûr, on joue, et d'ailleurs, si je vous ai convoqués ce soir, c'est bien pour établir un bilan. Ton mari sait combien j'aime l'ordre. Aussi, avant qu'il me fasse disparaître, vais-je m'employer à tout régler, à classer ce qui doit l'être.

PAUL

... de façon qu'il n'y ait pas à y revenir, selon une formule bien connue.

GERVIER

Exact, exact... mais dites donc, les enfants, il est près de dix heures. Si je ne dois pas voir le prochain lever du jour, il faudrait que nous nous dépêchions... Allons, Paul, comment vas-tu me tuer ?

PAUL *(d'une voix étrange)*

Mais, monsieur Gervier, je suis en train. Tranquillement, tout en bavardant, sous vos yeux à tous trois – parce que vous en êtes, Larnois. J'accomplis mon crime ; sans me presser, en petit employé organisé ; après tout, nous avons jusqu'au petit matin, qui est l'instant des exécutions capitales... Si nous buvions ensemble le dernier verre de rhum ? Vous, vous n'en aurez plus besoin.

LÉA *(excédée)*

Paul, je t'avertis, encore un mot sur ce sujet et je m'en vais !

GERVIER

Mais, non, ma petite Léa, n'aie pas peur, il s'agit seulement d'une acrobatie intellectuelle. Tu le connais, ton Paul, il ne ferait pas de mal à une coccinelle ! D'ailleurs, le jeu est terminé, nous allons nous mettre au travail... Larnois, passez-moi vos papiers. Toi, Paul, tu as bien les états de recettes ?

(Un silence, puis :)

PAUL

Zut, je les ai oubliés !

GERVIER

Quoi, tu vas me dire à présent que tu as oublié les documents chez toi ?

PAUL

Non, rassurez-vous, monsieur Gervier, pas chez moi, seulement dans la voiture.

GERVIER *(dont le ton de la voix est devenu très sec)*

Eh bien, va les chercher, et ne lambine pas ! À présent assez plaisanté, nous avons déjà perdu trop de temps.

(Bruit de chaise ; la porte s'ouvre, se referme.)

GERVIER

Il vient ici pour relever les états et il trouve le moyen de les oublier dans sa voiture ! Décidément, je te plains, ma pauvre Léa.

LÉA *(froide)*

Je n'ai que faire de votre compassion, mon oncle, et de toute façon, lorsque vous aurez à exprimer ce genre de réflexion, je préférerais de beaucoup que vous attendiez que nous soyons seuls.

GERVIER

Quoi, Larnois ? Mais Larnois ne compte pas, c'est un tombeau, pas vrai, Larnois ?... Au fait, soyez gentil, prenez le plateau avec les tasses et allez le porter sur le bloc-évier, je laverai tout ça demain matin.

(Bruit de chaise déplacée, les pas de Larnois. Un silence, puis :)

GERVIER

Alors, et ce contrat de séparation, tu m'avais promis d'y réfléchir.

LÉA

Oui, pour... pour clore la discussion, je vous en prie, n'y revenons pas !

GERVIER

Il faut y revenir. Ne crois surtout pas que j'aie Paul dans le nez, Léa. Simplement, je le juge pour ce qu'il est, un bon garçon travailleur, mais... pas très intelligent, mais... pas très capable d'initiative, mais... c'est l'homme des « mais », et quand je dis l'homme... ! D'autre part, il a raison, je suis à la merci d'un accident de santé, j'ai le système nerveux détraqué, au point de devoir prendre des tranquillisants tous les soirs, si je veux pouvoir dormir.

LÉA

Voyons, mon oncle...

GERVIER

Épargne-moi les politesses superflues, elles sont inutiles entre nous... Oui, j'ai aussi le cœur qui ne va pas fort, et toutes considérations sentimentales mises à part, je n'aimerais pas qu'après moi, une affaire que j'ai montée de toutes pièces, avec tant de soin, tant...

LÉA *(une imperceptible pointe de raillerie)*

Avec tant d'amour...

GERVIER

Mais oui, pourquoi pas ? Je n'aimerais pas la voir péricliter... alors, je voudrais que ce soit toi, toi toute seule, qui tiennes les cordons de la bourse... Je t'ai observée, tu as toutes les qualités qu'il faut, même si tu n'as pas eu l'occasion de les mettre en valeur. Tandis que lui, il est si... inconsistant par certains côtés, et il a des réactions puériles, des vengeances de gosse. L'autre jour... éteignez donc la lumière en revenant, Larnois... et tant que vous y êtes, rapportez-moi un verre d'eau, que je puisse prendre mon remède.

LÉA

Encore une fois, mon oncle, je ne tiens pas du tout à poursuivre cet entretien ici.

LARNOIS *(qu'on devine se levant et repoussant sa chaise)*

Voulez-vous que je sorte, madame Marchand ? Je comprends parfaitement ce que ma présence peut avoir...

GERVIER

Non, restez, Larnois. D'ailleurs, vous connaissez l'histoire... L'autre jour, donc, Paul a reçu des observations de Danglour, mon chef du personnel. Un peu plus tard, entre midi et deux heures, sais-tu ce qu'il a fait ? Il s'est introduit dans son bureau et il a fermé tous ses tiroirs à clé, en dissimulant les clés je ne sais où... Au jour d'aujourd'hui, on ne les a pas retrouvées !

LÉA *(d'une voix troublée)*

Comment pouvez-vous affirmer cela ? Êtes-vous sûr ?

GERVIER *(agacé)*

Allons, ce ne peut être que lui, c'est bien dans son caractère !

LÉA *(agressive)*

Vous lui en avez parlé, on l'a vu, il a admis sa... ?

GERVIER

Mais non, je t'accorde qu'on ne peut rien prouver. Pourtant, à l'agence, on le connaît si bien que l'identité du coupable ne fait de doute pour personne, pas vrai, Larnois ? Et laisse-moi te dire que si je n'avais pas été là pour arrondir les angles, Danglour...

(On sonne.)

GERVIER

Allez ouvrir, Larnois, vous voulez ?

(Bruit de pas.)

PAUL

Voici les dossiers... au fait, mon stylo a coulé, j'ai les doigts tout maculés... si vous le permettez, monsieur Gervier, je vais me laver les mains.

GERVIER

Oui, mais pas par là, mon garçon, inutile d'aller à la salle de bains, va donc à la cuisine... et ne te sers pas du chauffe-eau, il est éteint...

(On entend l'eau couler dans la cuisine, le bruit d'un torchon qu'on froisse.)

GERVIER

Ça y est, oui ? Prends ton temps surtout, nous avons la nuit devant nous ! Ah, éteins donc la lumière, avant de sortir, que je n'aie...

PAUL

... à y revenir, c'est fait. Et que ça saute !

GERVIER

Au travail, maintenant ! Toi, Léa, si tu veux tricoter ou prendre un livre dans la bibliothèque... Larnois, asseyez-vous près de moi, nous allons pointer les frais généraux. Pendant ce temps, Paul, relève les autres postes sur tes états. Quelle heure est-il ?

PAUL

Dix heures trente.

(Juste à ce moment, la pendule sonne. Pendant quelque temps on va entendre énoncer des chiffres dans le silence et le froissement des feuilles de papier. Le temps passe.)

SÉQUENCE II

(La pendule sonne.)

GERVIER

Minuit. Nous allons finir ce tas de factures, et vous rentrerez, puisque de toute façon il vous faudra revenir demain matin pour que nous puissions nous en sortir... ça ne vous gêne pas, Larnois ?

LARNOIS

Non, ça ne fait rien, monsieur Gervier.

GERVIER

Vous avez un moyen pour rentrer ?

LARNOIS

Il y a des autobus, mais seulement jusqu'à une heure du matin.

PAUL

Pas la peine, Larnois, je vous ramène, ça ne me fera qu'un petit détour.

LARNOIS *(visiblement surpris)*

Merci bien, monsieur Marchand, mais malgré tout, je n'habite pas si près, et je ne voudrais pas vous imposer...

PAUL

Du tout, du tout, j'insiste, et après tous ces chiffres, une course un peu plus longue en voiture n'est pas pour me déplaire.

GERVIER

Laissez, Larnois, pour une fois qu'il est en veine d'amabilité, vous auriez tort de ne pas en profiter... Où vas-tu, Paul ?

PAUL

Seulement dire quelques mots à Léa, si vous n'y voyez pas d'inconvénient.

(Pendant que Gervier et Larnois se dictent des chiffres, on entend la voix de Paul, chuchotée, puis un peu plus fort, comme si la colère, longtemps refoulée, le portait à la provocation.)

PAUL

Tu as vu. Il ne m'a pas demandé, à moi, si ça me gênait ; il trouve tout à fait normal de disposer de moi, de m'exploiter !

LÉA

Eh bien, proteste !

PAUL

Patience, le temps n'est plus loin où tout – je dis tout ! – va se payer.

LÉA

Mais comment donc... et en attendant... au fait qu'est-ce qui t'a pris, avec Larnois ? Cette grâce-là n'est pas dans tes habitudes.

PAUL

Disons que je me mets à sa place... qu'il me fait un peu pitié.

LÉA

Tu es mal placé pour manifester de la pitié à qui que ce soit... enfin, si ça te fait plaisir, et si ça te donne une sensation de supériorité...

PAUL

Tu as remarqué, tout à l'heure ? Il a eu peur que je salisse son lavabo et ses serviettes... il m'a envoyé à la cuisine.

GERVIER

Allons, allons, Paul, assez de parlotes, finissons-en.

(À nouveau, le silence, le bruit des papiers froissés. On entend sonner tous les quarts à la pendule.)

GERVIER

Bon, assez pour ce soir, les enfants. Demain, rendez-vous à huit heures trente, Paul. Larnois, vous aussi, dans la mesure du possible.

LARNOIS

C'est qu'il n'y a pas tellement d'autobus, le dimanche, monsieur Gervier...

GERVIER

Eh bien, levez-vous plus tôt. En tout cas, pas plus tard que huit heures trente, si vous voulez disposer de votre après-midi.

(Grand bruit de chaises remuées, des murmures de conversation qui s'éloignent.)

PAUL

Ton manteau...

(Silence dans la salle de séjour, puis un glouglou discret, le bruit d'un verre qu'on repose.)

GERVIER

Brouh... quel goût amer, ce somnifère ! Si je n'avais pas besoin de dormir... *(À voix plus haute.)* Je vous accompagne, et... tenez, Larnois, soyez gentil, allez remettre ce verre sur l'évier, et éteignez la lumière en ressortant de la cuisine, que je n'aie plus à retourner par là.

LARNOIS

Voilà, c'est fait. Au revoir, monsieur Gervier, à demain...

(Porte qu'on ouvre.)

LÉA

Au revoir, mon oncle...

GERVIER

À demain, hein, Paul ? Huit heures trente, huit heures si possible !

PAUL

Si possible. À demain... si possible.

GERVIER

Au fait, Paul, ce n'était donc pas pour aujourd'hui ? Dois-je te l'avouer ? Je n'ai jamais eu l'impression que je vivais mon dernier soir ! *(Il rit désagréablement.)*

(La porte se referme. Bruit prolongé de clés dans la serrure, de verrous qu'on tire, tandis qu'à travers le vantail de bois, le rire continue.)

PAUL *(à voix basse)*

Écoute-le, s'il se barricade soigneusement, s'il met la chaîne ! Il craint que quelque cambrioleur n'en veuille à sa vieille peau !

LÉA *(très lasse)*

Je t'en prie, assez.

(Leurs pas dans l'escalier, puis la porte d'entrée de la maison.)

LARNOIS

Je vous en prie, madame Marchand...

LÉA

Il fait frais.

LARNOIS

Je tiens à vous remercier, monsieur Marchand, parce que trouver un autobus à cette heure-ci, autant dire que je rentrais à pied...

PAUL *(affichant une bienveillance surprenante)*

Mais c'est tout naturel, mon petit Larnois, un jour, c'est vous qui me rendrez service...

(Bruit de portières qu'on ouvre.)

PAUL

Montez donc, Larnois...

LARNOIS *(dont l'obséquiosité se teinte d'une surprise presque inquiète)*

Merci, merci bien...

(Les portières claquent.)

PAUL *(joyeusement)*

En route !

(Bruit de démarreur, qui se prolonge.)

PAUL

Elle est froide... il faut dire qu'il ne fait pas très chaud...

(Encore le bruit du démarreur. Trois fois, quatre fois, avec des résonances vides.)

PAUL

Zut !

LÉA

... ne t'énerve pas, essaie encore, avec le temps qu'il fait, c'est normal...

(Paul essaie, rageusement, désespérément, mais sans résultat immédiat.)

LÉA

Allons bon, qu'est-ce qu'il y a encore ? La batterie, comme d'habitude ?

LARNOIS

Voulez-vous que je pousse, monsieur Marchand ?

PAUL

Non, attendez, Larnois, je vais essayer la manivelle. On avisera ensuite...

(La portière claque, on entend grincer le capot, puis le choc métallique de l'acier. Un coup de manivelle, suivi du halètement négatif du moteur. Un autre...)

PAUL

Non, rien à faire.

(Au-dessus, des volets s'ouvrent, et la voix lointaine, étouffée, de Gervier.)

GERVIER

Qu'est-ce qu'il y a, Paul, ta voiture ne part pas ? Encore la batterie ?

PAUL

Eh oui !

GERVIER

En ce cas, bonne chance, tous mes vœux vous accompagnent... Eh, Larnois, si vous m'en croyez, ne vous attardez pas, mettez-vous tout de suite en quête d'un autobus dont la batterie soit en état de marche !

(On l'entend rire, tandis qu'il ferme ses volets. La portière de la voiture claque.)

LÉA *(qui est descendue, très bas)*

Eh bien, on peut dire que tu choisis ton moment pour inviter les gens, toi ! De quoi avons-nous l'air, maintenant ?

PAUL *(férocement)*

Ne le dis pas. Quelle heure ?

LÉA

Une heure.

PAUL

Je ne suis pas sûr que ce soit la batterie. C'est peut-être bien la pompe à essence, je viens d'essayer avec la manivelle, l'essence n'arrive pas. Tiens, va prendre la torche dans la boîte à gants et éclaire-moi, je vais essayer de la démonter.

LÉA

À cette heure-ci !

PAUL

Eh, que puis-je faire ? Si tu veux rentrer à pied, je ne te retiens pas.

LARNOIS *(de l'intérieur de la voiture)*

Un coup de main, monsieur Marchand ?

PAUL

Non, merci, Larnois, ça va aller d'ici dix minutes ; de toute façon, on ne peut pas se mettre à deux, restez dedans en attendant.

(Bruits de portière, de pas, et puis, au bout d'un moment, la voix de Léa.)

LÉA

Mon oncle vient d'éteindre ses lumières, il doit dormir. J'aurais dû lui emprunter de ses somnifères. Énervée comme je suis, je suis sûre de ne pas trouver le sommeil avant Dieu sait combien de temps.

PAUL

Attends, tu n'es pas encore rentrée... parce que, du train où ça va...

LÉA *(inquiète)*

Tu ne trouves pas ?

PAUL

Si, j'ai trouvé, mais ça risque d'être un peu plus long que prévu.

(On l'entend bricoler. Quelque part dans la nuit, une horloge sonne.)

PAUL

Quoi, une heure et quart, déjà ?

LÉA

Eh, le temps passe...

PAUL

Ça va bientôt aller.

(Bruits métalliques, jurons.)

LÉA

Ça fait maintenant vingt minutes que tu es là-dessus, je commence à avoir les doigts transis, on ferait peut-être mieux de chercher un taxi.

PAUL

Non, j'ai presque fini, je crois que cette fois, ça va marcher. Pousse-toi, je vais donner un coup de manivelle pour voir si l'essence arrive...

(Coup de manivelle, sans autre écho que métallique.)

LÉA

Ça ne va pas ?

PAUL

Mais si, ça va, il n'y avait pas le contact, c'était pour un essai... *(Très bas.)* Il est charmant, ton oncle... tu l'as entendu rire, tout à l'heure ? Le sagouin... on peut dire qu'il ne m'épargne rien. Oh, mais il rira beaucoup moins demain matin, crois-moi, je le vois d'ici !

(Tout le reste du dialogue va se dérouler à voix très basse, sur le mode chuchoté.)

LÉA *(visiblement inquiète)*

Quoi, demain, pourquoi demain ? Veux-tu dire que tu ne comptes pas te rendre à sa convocation ? En ce cas...

PAUL

Non, écoute... *(Et sourdement.)* Tu le connais, tu connais ses habitudes, il aime bien toujours trouver tout prêt, tout disponible *(ricanant)* pour ne pas avoir à y revenir... Eh bien, demain matin, quand il voudra se faire chauffer du café, tintin, pas de gaz !

LÉA

Comment, pas de gaz ?

PAUL *(joyeusement)*

Pas de gaz ! Tu as vu ces petits placards numérotés, au rez-de-chaussée ? Ce sont les compteurs d'arrivée. Ils sont à l'extérieur des appartements pour permettre aux gens de l'E.G.F. de procéder à leurs relevés en l'absence des locataires. Éventuellement, ils peuvent aussi couper la fourniture aux payeurs récalcitrants en plombant les manettes. C'est le principe, pour tous les immeubles modernes, et ton oncle, j'ai le plaisir et l'avantage de te le rappeler, habite un immeuble moderne.

LÉA *(agacée)*

Oui, bon, et alors ?

PAUL *(qui a pris un ton de professeur triomphant)*

Ces placards s'ouvrent facilement, avec une poignée à orifice carré. J'en avais une dans mon coffre... Allons, réfléchis un peu, tu ne vois pas ?

LÉA *(sèchement)*

Non.

PAUL

Tout à l'heure, quand je suis descendu chercher les dossiers, j'ai pris ma poignée métallique, j'ai ouvert son placard et, très simplement, je lui ai coupé le gaz.

(Un silence.)

LÉA *(d'une voix sourde)*

Mais tu es fou, fou à lier, en voilà une idée ! Même un gosse n'aurait pas pensé à ça ! Et tu crois qu'il ne saura pas...

PAUL

Il s'en doutera, bien sûr, mais quant à le prouver... En attendant, il faudra bien qu'il descende, puis qu'il remonte les quatre étages, s'il veut prendre son café. À jeun, ça lui fera les pieds !

LÉA *(exaspérée)*

Et tout le monde dira, une fois de plus, que tu n'es qu'un

pauvre type, un raté, un minable, comme on ne se prive pas de le dire, déjà, à propos de cette affaire Danglour ?

PAUL *(violemment)*

Quoi, l'affaire Danglour ? Qui t'a parlé de ça ?

LÉA

Mon oncle... personne ne se fait d'illusion, mon pauvre ami ! Tout le monde te prend pour un petit sournois, un velléitaire... D'ailleurs, c'est trop stupide, tiens, donne-moi cette poignée, je vais arranger ça, et nul n'en saura rien, ça vaudra mieux pour toi !

PAUL

Non, jamais de la vie !

LÉA *(saisie de rage froide)*

Oh que si ! Je ne te laisserai pas te dégrader un peu plus. Dis-lui des injures, flanque-lui une paire de gifles, montre-toi un homme, enfin, mais pas ça, non, c'est trop mesquin, c'est trop petit, c'est trop bas ! Allons, donne-moi la poignée, ou je te jure que je regrimpe l'escalier, que je sonne jusqu'à ce qu'il ouvre et que je lui dévoile tout !

PAUL *(d'une voix qui faiblit)*

Il dort, maintenant, il y a vingt minutes que ses lumières se sont éteintes, et puis, les somnifères...

LÉA *(prête à crier)*

Je le réveillerai, je tambourinerai à la porte, je ferai un bruit terrible, quitte à faire sortir les voisins !

PAUL *(violemment)*

Tiens, la voilà !
(Choc métallique. On devine qu'il a jeté la poignée à terre.)

LÉA *(très calme)*

Bon, maintenant, dis-moi ce qu'il faut faire pour rétablir le gaz.

PAUL *(maussade)*

C'est simple. Tu verras le placard marqué 4/A, c'est celui de son appartement. Tu ouvres avec la poignée. Sous le compteur, il y a une manette, que tu trouveras en position horizontale. Mets-la en position verticale. N'oublie pas, ensuite, de refermer le placard... Je te jure, tu n'es pas marrante, tu es bien la nièce de ton oncle... Tu es sûre que Larnois n'a rien entendu ?

LÉA *(méprisante)*

Mais non, rassure-toi, il est resté tout le temps dans la voiture. S'il nous a entendus discuter, il aura été bien incapable de comprendre les paroles, toutes les glaces sont fermées...

(On entend son pas marteler le gravier. Une portière s'ouvre.)

PAUL

Je crois que ça va aller, Larnois.

LARNOIS

Madame Marchand n'est pas là ?

PAUL

L'attente l'énervait, elle est allée faire quelques pas. Vous savez, mon vieux, les femmes...

LARNOIS *(servilement)*

Oh, oui...

(Un coup de manivelle, un second, puis le moteur se met à ronfler.)

LÉA *(à voix basse)*

Ça y est, tout est rentré dans l'ordre, tiens, range ta poignée... La voiture marche enfin, tu avoueras que ce n'est pas trop tôt !

(Les portières claquent. La voiture démarre.)

SÉQUENCE III

(Un réveil sonne. Bâillements.)

LÉA *(d'une voix ensommeillée)*

Déjà le jour, ce que je suis fatiguée... Quelle heure est-il ?

PAUL

Sept heures. L'heure à laquelle nous avons réglé la sonnerie du réveil.

LÉA

Tu as l'air parfaitement réveillé, toi, il y a longtemps que tu ne dors plus ?

PAUL

Longtemps ? La formule est heureuse. Disons que je n'ai pas dormi de la nuit.

LÉA

Mon oncle ? Décidément, c'est devenu ton obsession favorite. Le jour où il viendra à mourir, je me demande à quoi tu penseras.

PAUL *(d'une voix étrange)*

Oui, au fait, voilà une question qu'il faut que je commence à étudier.

LÉA

Tu...

(Mais il ne répond pas. On entend son pas s'éloigner, une porte qui s'ouvre, le bruit des robinets dans la salle de bains. Il chantonne.)

LÉA *(criant pour se faire entendre)*

Qu'est-ce qu'il t'arrive, ce matin ? Tu parais dans une forme insolite... insolente est même le mot.

PAUL *(de la salle de bains)*

Insolente n'est pas le mot. N'est plus le mot. Disons assurée. *(On l'entend qui revient.)*

LÉA

Et pourtant, tu n'as pas dormi...

PAUL *(joyeusement)*

Exact, je n'ai pas dormi. J'ai examiné un certain nombre de problèmes... à tête reposée, comme disait le condamné à mort, juste avant de gravir les marches de la guillotine.

LÉA *(sèchement)*

Ton humour est détestable, et je ne suis pas, ce matin, en état de l'apprécier... d'autant que moi, j'ai mal dormi.

PAUL

Tu faisais tes bilans ?

LÉA

Oui, en un sens.

PAUL

Positif, négatif ?

LÉA

Négatif.

PAUL

Ah ? Verdict, en ce qui me concerne ?

LÉA

Décidément, tu es étrange ce matin... j'ai fait justement à ton sujet un rêve déroutant.

PAUL *(avec bonne humeur)*

Raconte.

LÉA

Oh, pas grand-chose ! Tu me disais simplement : À cette heure-ci, ce doit être fait.

PAUL

Ah, c'est ça ? Mais il ne s'agit pas d'un rêve, chère amie, j'ai effectivement prononcé ces paroles... Je croyais que tu étais éveillée, mais il paraît que tu somnolais déjà. Ce devait être aux environs de deux ou trois heures du matin, non ?

LÉA

Comment veux-tu que je le sache ? Je pensais que c'était un rêve... Et que signifie cette phrase ?

PAUL

Je vais te l'expliquer.

LÉA

Dépêche-toi, en ce cas, si tu veux être à l'heure, tu as juste le temps.

PAUL

Oh, non, sois tranquille... Le temps, aujourd'hui, ne m'est pas mesuré.

LÉA

Mon oncle t'attend, non ?

PAUL

Non.

LÉA *(agacée)*

Mais enfin, Paul, ne fais pas l'idiot. Vous aviez rendez-vous à huit heures trente, ce matin, tu ne vas pas dire que tu as oublié ?

PAUL

Oh, que non... Huit heures trente, et huit heures si possible... Souviens-toi bien de cette dernière pingrerie, elle signe le portrait.

LÉA

À plus forte raison. Il va encore te faire des reproches, et Dieu sait si, dans l'état d'esprit où tu es, tu n'as pas besoin de...

PAUL

Non.

LÉA

Quoi, non ?

PAUL

Il ne me fera pas de reproches.

LÉA

Il aurait bien changé.

PAUL

Exact. Il a subi, cette nuit, un changement que je qualifierais de radical.

(Silence.)

LÉA

Tu es vraiment bizarre... à la fois de bonne humeur et l'air méchant.

PAUL

Méchant ? Pourquoi méchant ? Il n'y a pas de raison, je t'assure que tu te trompes.

LÉA

Tu me fais presque peur.

PAUL

Ce serait bien la première fois, n'est-ce pas ?

LÉA

Allons, parle... Toi, tu me caches quelque chose, tu as un projet ! Tu as toujours eu l'habitude de faire des mystères mais c'est la première fois que je te vois cette assurance, cette désinvolture.

PAUL

Oui, j'ai un projet. En fait, j'ai des tas de projets, je déborde de projets !

LÉA

J'aimerais comprendre.

PAUL

Tu vas comprendre, je ne vais rien te cacher, tu as le droit de tout savoir... parce que, dans cette affaire, qui c'était le *deux ex machina* ? Qui a donné le coup de pouce ? La petite Léa !

LÉA

Je t'en prie...

PAUL

Tu te souviens de cette farce que je voulais faire hier à ton oncle ?

LÉA

Pardi, et je t'en ai empêché, heureusement. Quel air aurais-tu eu, aujourd'hui, en te présentant devant lui ? As-tu pensé à ça ?

(Elle s'interrompt. Paul est parti d'un rire sonore, inextinguible. Après ce rire, silence.)

LÉA

Paul... tu es sûr que tu te sens bien ? Je commence à avoir peur...

PAUL

Je ne me suis jamais senti mieux, rassure-toi. Te rappelles-tu notre petit jeu, hier soir, tandis que nous buvions le café ?

LÉA *(sèchement)*

Je crois que je m'en souviendrai longtemps. C'était d'un goût déplorable.

PAUL

Tu admettras que ton oncle ne m'a guère épargné les sarcasmes. Ni les affronts. Il s'est conduit là en vrai pousse-au-crime, ce n'est pas vrai ?

LÉA *(lasse)*

Si tu veux.

PAUL

J'ai alors émis l'hypothèse que, pris de remords, il se trancherait la gorge.

LÉA

C'était stupide.

PAUL

Je le reconnais. D'autant plus stupide que le remords était une notion totalement étrangère à ton oncle, il ne fallait pas compter là-dessus. Quant à se trancher la gorge, il aimait bien trop sa petite peau pour envisager de se faire aussi mal.

(Silence.)

LÉA *(d'une voix oppressée)*

Mais qu'est-ce qui te prend ? Pourquoi te mets-tu maintenant à parler de mon oncle au passé ?

PAUL *(surpris)*

Tiens, c'est vrai !

LÉA *(exaspérée)*

D'ailleurs, je ne comprends rien à toutes ces histoires... Vas-tu, une fois pour toutes, t'expliquer clairement, et sortir ce que tu as sur le cœur ?

PAUL

C'est bien ce que je compte faire.

(Encore un silence.)

PAUL

D'abord quelque chose à mettre au point : l'héritage de ton oncle est considérable, mais je te jure que ce n'est pas ce qui m'a poussé... *(Après un silence.)* Ni même la perspective de devenir le patron de Danglour et de lui faire payer ce qu'il m'a fait passer, non. Je n'ai pas agi par haine, non plus. Je crois qu'au fond je méprisais trop ton oncle pour bien le haïr... *(Il s'arrête.)*

LÉA *(crispée)*

Eh bien, poursuis !

PAUL

Nous dirons plutôt que je voulais reconquérir ma propre estime. Si l'on doit qualifier ce crime, il faut l'appeler : un crime de dignité.

LÉA *(suffoquée)*

Mais, ma parole, tu deviens fou ! À quoi riment de telles âneries ?

PAUL *(joyeusement)*

C'est ça, prends-le comme ça, tu atténueras le choc.

LÉA

Mais...

PAUL

Patience, et pour une fois, patience à court terme. Tu as joué ton rôle, tu as donc droit à la vérité ; la vérité, rien que la vérité !

LÉA

Ce mélange de plaisanterie et de...

PAUL

Oui, on appelle ça du cynisme. Je deviens cynique, j'en ai

enfin les moyens ! À propos de plaisanterie, sais-tu que c'est hier soir, alors même que je me livrais avec ton oncle à des acrobaties morales du goût le plus douteux, que le plan s'est élaboré dans ma tête ?

LÉA

Quel plan ?

PAUL *(imperturbable)*

À la fin du jeu, il était terminé. Après le café, je l'ai mis en application.

LÉA *(au bord de la crise de nerfs)*

Mais quel plan, quoi, qu'est-ce que tu as donc fait ?

PAUL

Alors, tu n'as pas encore compris ? J'ai mis fin aux jours de ton oncle. Note-le, j'évite le terme « tuer » qui pourrait te paraître trivial, et de nature à effaroucher ta brave nature de bourgeoise.

LÉA

Ce n'est pas possible, tu es fou !

PAUL

Fou ? Sûrement pas. Je considère au contraire que mon acte est un modèle de sagesse, un monument d'astuce. Tu devrais te rappeler mes paroles, hier, en réponse au défi de ton oncle. Ce crime, je l'ai mené à bien entre dix heures du soir et une heure du matin, avec ta complicité – inconsciente, rassure-toi –, avec celle de Larnois et, dans une certaine mesure, avec celle de ton oncle lui-même... Je l'ai élaboré, mis au point, mis en marche, sous vos yeux à tous trois, pendant que nous nous perdions en affligeantes banalités. Je vais te dire, Léa : lorsque ton oncle, hier soir, ou plutôt ce matin, a fermé ses serrures derrière nous, lorsqu'il a tendu sa chaîne pour empêcher les cambrioleurs de rentrer, la mort, elle, était déjà à l'intérieur !

LÉA *(d'une voix fragile)*

Le poison ! Tu as mis du poison dans son verre, juste avant qu'il prenne son somnifère...

PAUL

Mais non, pas du tout, quelle banalité ! Sans compter qu'il y a l'autopsie, ce pourrait être dangereux pour moi, et je ne voudrais pas avoir d'ennuis à cause de ton oncle, moi ! Il m'en faisait assez de son vivant, alors maintenant, qu'il me laisse en paix !

LÉA

Comment peux-tu...

PAUL

Oh, je n'ai aucune crainte ! J'ai monté une telle horlogerie que pas l'ombre du quart de la moitié d'un soupçon ne viendrait à l'esprit du flic le plus sagace. Et l'autopsie, au lieu de me confondre, établira mon innocence. On va trouver ton oncle mort, derrière une porte qu'il aura fermée en présence de trois témoins. L'autopsie fixera l'heure de la mort à un moment où nous serons tous trois rentrés chez nous. Nous disposons donc d'un alibi parfait, puisque, depuis notre départ, nous avons roulé en voiture sans nous quitter d'une semelle...

LÉA

Mais alors, le petit Larnois...

PAUL

Oui, justement, le petit Larnois, un garçon, tu en conviendras, dont la candeur et l'honnêteté ne sauraient être mises en doute par quiconque.

LÉA *(farouchement)*

Non, je ne te crois pas, tu veux me faire peur, pour te venger de je ne sais quoi, ou bien c'est encore un de tes rêves !

PAUL

Ce n'est pas un rêve. Je vais te reconstituer les faits dans leur chronologie, et la vérité t'apparaîtra alors tout simplement. Dix heures et quart : ton oncle nous sert le café. Il a auparavant fermé ses robinets d'eau et de gaz dans la cuisine, afin de ne pas avoir à y revenir.

LÉA *(criant)*

Ah non, je t'en prie, épargne-moi ce genre de rappel !

PAUL *(surpris)*

Oh, mais je n'y mettais pas d'ironie, je t'assure ! D'autant que ça a son importance. Dix heures vingt : nous allons nous mettre au travail. Je me souviens à ce moment-là que j'ai oublié les dossiers dans la voiture... ce détail entrait dans mon plan, mais par hasard ; à l'origine, l'oubli était tout à fait involontaire. Je descends donc les chercher. Ce faisant, je débranche le tuyau d'arrivée d'essence, dans le moteur de la voiture.

LÉA

Quoi, alors, la panne...

PAUL

Préparée d'avance, comme dans la chanson, tu sauras bientôt pourquoi... Bon. Me voilà revenu ici. Je parle de mon stylo qui a coulé, je fais mine d'aller me laver les mains dans la salle de bains. Bien entendu, ton oncle proteste, craignant pour la propreté de son lavabo et de ses serviettes. Comme prévu, il m'envoie à la cuisine. Je m'y lave les mains. Je me les essuie avec un torchon, dont je me sers ensuite pour ouvrir tous les robinets du gaz... Il ne fallait pas laisser d'empreintes, tu comprends.

LÉA

Ce n'est pas possible !

PAUL *(tranquillement)*

Mais si, mais si. J'insiste au passage sur le fait que ton oncle avait lui-même fermé tous ces robinets après le café. Tu le connais : il ne sera pas retourné dans la cuisine pour vérifier... Ce n'était pas un inquiet, ton oncle, il était très sûr de lui. Le tiroir était fermé, le cercle clos, et... excuse-moi encore une fois, il n'y avait plus à y revenir.

(Silence prolongé.)

LÉA *(soudain)*

Mais c'est absurde, ce que tu racontes, c'est grotesque ! Enfin, réfléchis un peu, tu as fait ça à dix heures, dix heures et demie...

PAUL

Vingt-cinq.

LÉA *(répétant machinalement)*

Vingt-cinq. Et nous sommes partis à une heure du matin. Nous aurions eu cent fois le temps de nous asphyxier tous, mon pauvre ami ! Et d'ailleurs, nous aurions senti...

PAUL

Rien du tout. Tu oublies un point, ma douce : facétieux comme je suis, en allant chercher les dossiers, j'avais fermé la manette d'arrivée du gaz, dans le petit placard du rez-de-chaussée. Le gaz n'arrivait pas.

LÉA

À plus forte raison. S'il n'y avait pas de gaz, mon oncle n'a donc pas pu...

(Un long silence.)

LÉA *(d'une voix blanche)*

Oh, mon Dieu !

PAUL

Oui. Voilà comment, de tes mains fines, tu as proprement trucidé ton oncle.

LÉA

Non !

PAUL

C'est la raison pour laquelle je te disais que tu avais le droit de savoir. Le gaz, c'est toi qui l'as rétabli, la meurtrière, c'est toi.

LÉA *(d'une voix à peine perceptible)*

Non, ce n'est pas possible, ce n'est pas possible...

PAUL *(très détendu)*

Bien. À présent, revenons à ton oncle. Que fait-il ? Il a pris un somnifère juste avant notre départ. Je sais, pour l'avoir entendu le dire, qu'il faut au remède un bon quart d'heure avant de produire son effet. Ce quart d'heure, moi, il faut que je le gagne, d'où l'utilité de la panne. De sa fenêtre, il assiste à mes tentatives pour faire partir la voiture, il me dédie ses ricanements. Après quoi, il ferme ses volets et va se coucher.

LÉA

Mais la panne, pourquoi ?

PAUL

Eh, il faut bien lui laisser le temps de s'endormir avant de rétablir le gaz !... Souviens-toi que je t'ai parlé de ma farce *après* avoir fini de réparer. Quand j'ai eu terminé de démonter puis de remonter la pompe à essence, j'étais tranquille : ton oncle dormait.

LÉA

Je ne peux pas te croire...

PAUL

Ça viendra. Donc, tu rétablis le gaz alors que ton oncle, endormi, ne peut être alerté par l'odeur. Quant à nous, rien à craindre, je te le répète. La porte était fermée de l'intérieur. Larnois a laissé ton oncle en parfaite santé, il a pris congé en même temps que nous, et il ne nous a plus quittés jusqu'à son domicile.

LÉA *(sur un ton de désespoir obstiné)*

Non, non, ce n'est pas vrai, tu es en train de te moquer de moi, tu t'es dit que je méritais ça pour n'avoir pas mis les choses au point avec mon oncle, et en même temps...

PAUL

Une preuve alors, une preuve psychologique, mais irréfutable. Tu me connais, tu sais comme je suis peu porté à rendre service, surtout aux gens que je n'aime pas. Je n'aime pas le petit Larnois... Comment expliques-tu ma surprenante amabilité à son égard ?

LÉA *(faiblement)*

Je ne sais pas.

PAUL *(sur un ton de patience agacée)*

J'en avais besoin. Ceci démontre cela.

LÉA *(farouchement)*

Je crois que tu divagues, tu as toujours eu tendance à prendre tes rêves pour des réalités. Si mon oncle avait le téléphone...

PAUL

Il ne l'a pas, il ne l'a pas voulu, il tenait trop à sa tranquillité, et puis ça revient cher... d'ailleurs à quoi ça servirait ?

LÉA

Je t'avertis, Paul, si c'est vrai, si tu as fait ça, je te dénonce, je dis tout !

PAUL *(glacial)*

Et nous y voici, je me demandais quand tu allais y venir. Donc, tu me dénonces ?

LÉA

Oui, je n'hésiterai pas.

PAUL

Nous allons voir. Je te rappelle d'abord que tu portes mon nom, le nom d'un assassin. Ensuite, dis-toi que, compte tenu des circonstances, tu n'aurais pas droit à l'héritage de ton oncle, ce serait trop commode. Tu te retrouverais donc seule, à la rue, sans un sou... *(Emphatique :)* déshonorée !

LÉA

Je m'en fous.

PAUL

Bien sûr. Mais il y a autre chose. Peut-être, moi, parlerais-je aussi ?

LÉA

Quoi, tu vas parler, qu'est-ce que tu veux dire ? Moi, je n'ai rien...

PAUL

Je t'explique : supposons que je donne une version des faits qui ne soit pas tout à fait la tienne...

LÉA

Tu vas nier ?

PAUL

Non ; perdu pour perdu, au contraire, j'avouerai. J'avouerai tout ; notre crime, mis au point ensemble, perpétré en collaboration.

LÉA *(suffoquée)*

Mais c'est faux, tu ne vas pas faire ça, tu sais que c'est faux !

PAUL *(doucement)*

Voilà ce qu'il te faudra faire croire aux flics, ma petite Léa, et ce sera dur, je le crains. Ils sont sceptiques, ces gens-là, ils ont l'habitude d'en entendre de toutes les couleurs...

LÉA

Mais je leur dirai...

PAUL

Oui, moi aussi. Ce sera ta parole contre la mienne. Moi, je reconnaîtrai avoir ouvert les robinets du gaz. Toi, tu nieras avoir été au courant... mais les empreintes qu'on trouvera sur la porte du petit placard, sur la manette des gaz, ce seront les tiennes...

LÉA *(sourdement)*

Oh !

PAUL *(sur un ton d'ironique pitié)*

Bien sûr, tu pourras toujours rapporter notre dialogue près de l'auto, ce dialogue dont Larnois, quoique présent, n'aura rien entendu, tu pourras parler de la farce que je voulais faire à ton oncle... mais entre nous, tu n'as pas l'impression que c'est exactement le genre de fable hâtive et faiblarde qu'on invente après coup pour se tirer d'un mauvais pas ?

LÉA *(désespérément)*

Mais c'est vrai !

PAUL

Ils ne te croiront pas.

(Les ressorts du lit grincent. On entend pleurer Léa, tandis que Paul garde le silence.)

PAUL *(rudement)*

Allons, remets-toi, veux-tu boire un alcool ? Ça te fera du bien ?

LÉA

Non.

PAUL

... ou alors fumer une cigarette ? Ça te calmera les nerfs, tu vas te rendre malade.

LÉA

Je crois que je rêve, que tout ça n'est pas vrai... Je vais me réveiller...

PAUL *(durement)*

Réveille-toi tout de suite. La chose est faite. Il faut en voir les côtés positifs. Réfléchis donc, tu hérites de ton oncle, l'agence est à nous, nous allons la moderniser, lui donner de l'expansion...

LÉA

Non !

PAUL

Si... et puis pense aussi à ce qu'il était, à son mépris pour nous. Oui, pour nous, pas seulement pour moi ! Depuis ton mariage avec moi, il te tenait pour une vulgaire femelle, incapable de maîtriser ses sens ou ses sentiments...

LÉA *(d'une voix brûlante)*

Et toi, as-tu pensé à ce que serait notre vie, à tous deux, avec ce... cette chose entre nous ? Mais ce n'est pas vrai, tu es inconscient, tu ne te rends pas compte !

PAUL

Je t'assure que si.

LÉA

Me vois-tu, moi, vivant côte à côte avec un assassin, dormant près de lui, échangeant avec lui toutes les banalités quotidiennes ?

PAUL

Tu vivais avec un raté, et tu avais fini par t'y habituer. Oh, ce n'était pas sans mal, j'en ai entendu, des brocards, j'en ai avalé, des couleuvres ! Maintenant, il faudra t'accoutumer à un assassin. Personnellement, je préfère ça... Où vas-tu ?

LÉA *(fiévreusement)*

Je m'habille, j'y vais.

PAUL *(très froid)*

Pour quoi faire ?

LÉA

Il y a peut-être une chance. On ranime les gens, aujourd'hui, il y a des moyens, du matériel, de nouvelles méthodes, est-ce que je sais ? Habille-toi vite, tu vas m'accompagner.

PAUL

Mais comment donc !

LÉA *(menaçante)*

Tu ne veux pas ?

PAUL

Mais si. Et même, je vais téléphoner à la préfecture pour nous faire avoir deux motards d'escorte.

(Un silence.)

LÉA

Le téléphone, bien sûr ! En téléphonant aux pompiers, ils auront une chance d'y arriver avant nous, laisse-moi passer...

PAUL *(d'une voix dangereuse)*

N'approche pas du téléphone.

LÉA

Tu oserais m'empêcher d'appeler ?

PAUL

Qu'est-ce que tu vas leur dire, aux pompiers ? Mon oncle s'est asphyxié hier soir, et je vous appelle ce matin ? Tu penses qu'ils vont trouver ça normal ?

LÉA

Ah...

PAUL

Il va falloir te surveiller, ma petite Léa. Et bien te pénétrer de cette idée : nous sommes des assassins, tous les deux. Pendant un bout de temps, pèse tes paroles, freine tes impulsions. Ensuite, tout se tassera... Pourquoi me regardes-tu comme ça ?

LÉA

Ce que tu es devenu, subitement !

PAUL

Un homme libre. Libéré de ton oncle. Libéré de toi. Libéré de lui-même.

LÉA

Et si tout ton plan était déjoué ? Si mon oncle, au dernier moment, était retourné dans sa cuisine, avait vu... ses robinets de gaz ouverts...

PAUL

Tu plaisantes ? Mis à part tout ce qu'on sait de son caractère, crois-tu qu'il n'aurait rien dit ? La dernière chose qu'on lui ait vu faire, c'est fermer ses volets. À ce moment-là, il était déjà dans sa chambre, en pyjama, prêt à se coucher.

LÉA *(amèrement)*

Tu as bien tout prévu, n'est-ce pas, tu es content de toi ?

PAUL

Toi non ?

LÉA

Moi, je te hais, je te méprise !

PAUL

Ça, ma petite, ce n'est pas nouveau. Ce qui change, aujourd'hui, c'est que moi, je ne me méprise plus, et excuse-moi... c'est devenu l'essentiel.

LÉA

Tout compte fait, j'y vais, je vais voir, faire quelque chose, je ne sais pas ! Ici, j'étouffe, je ne puis plus rester...

PAUL

Non.

LÉA

Quoi, tu prétendrais me cloîtrer ?

PAUL

Juste ce matin, le temps que le petit Larnois découvre le drame... Hier, dans la voiture, il m'a confié qu'il ne viendrait pas avant neuf heures en prétextant n'avoir pas eu d'autobus... Tu vois ce que c'est, d'être aimable avec les gens, ils n'hésitent pas à te faire leurs confidences...

(Pendant qu'il parle, on entend ses pas, puis le bruit d'une clé dans la serrure.)

PAUL

Voici. Dans une demi-heure, je te laisse sortir, tu vois que je ne suis pas si méchant.

LÉA

Et Larnois, y as-tu pensé ? Crois-tu qu'il ne trouvera pas ton absence suspecte ?

PAUL

Tiens, c'est vrai !

LÉA *(triomphante)*

Voici un point auquel tu n'avais pas songé, n'est-ce pas ?

PAUL

Un détail.

LÉA

Alors, que vas-tu faire ?

PAUL

Je réfléchis.

(Un silence, puis :)

PAUL

Écoute, tu veux y aller ?

LÉA

Et toi ?

PAUL

Tu dirais au petit Larnois que je suis malade, que j'ai la migraine... et même, tout compte fait, peut-être vaudrait-il mieux que tu arrives la première. Mais attention, hein ? Joue la comédie, n'arrive pas là-bas en criant au gaz ! Grimpe tranquillement l'escalier, les gens sont chez eux, le dimanche matin, il ne faut pas les affoler... et que les voisins t'entendent sonner assez longtemps à la porte avant que tu te décides à alerter les autorités !

LÉA

Toi, tu te dégonfles, tu ne viens pas, tu préfères me laisser la corvée !

PAUL

Ne sois pas vulgaire. Quant à la question corvée, c'est justement parce que, pour moi, ce n'en serait pas une que je préfère rester ici. J'aurais trop peur de ne pas montrer assez d'émotion, tu comprends.

(On entend un bruit de pas, de meubles remués.)

LÉA

La clé...

PAUL

Voici.

(Bruit de la clé dans la serrure.)

PAUL *(avec un soupçon d'angoisse dans la voix)*

Léa !

LÉA

Quoi ?

PAUL

Rien...

(La porte se referme.)

SÉQUENCE IV

LÉA

Mon Dieu, Paul avait raison, les volets sont restés fermés. S'il était vivant, il y a longtemps qu'il aurait ouvert sa fenêtre. Que vais-je faire ? *(On l'entend marcher, puis s'arrêter.)* Non, je ne peux pas, je ne peux pas monter là-haut, voir ça... Et Larnois... Qu'est-ce qu'il attend, celui-là ? Quelle heure est-il ? *(Silence.)* Neuf heures moins cinq, il ne devrait plus tarder, maintenant, si ce que dit Paul est vrai... mais qu'est-ce qui lui a pris, qu'est-ce qui lui a pris ? Penser à faire ça, le souhaiter, d'accord, mais le faire ! Lui !... Il y a là quelque chose qui m'échappe. Il est si pusillanime, si timoré, comment a-t-il pu... ? Je vais attendre Larnois au café, les gens vont finir par se demander ce que je fais, plantée là, à regarder en l'air... D'ailleurs, Paul m'a bien recommandé la prudence... *(Silence. Puis, sourdement :)* Voilà que je lui obéis, à présent... il triompherait, s'il était là. Mais ce serait affreux, si tout se découvrait... affreux ! C'est qu'il n'hésiterait pas à tout me mettre sur le dos. Ce matin, il avait l'air prêt à tout, je ne comprends rien à ce qui lui arrive. *(La porte qui grince, les bruits d'une salle de café, avec le garçon qu'on appelle, et le tintement des verres.)* Un... un crème, s'il vous plaît. *(Bruit de chaise poussée.)* D'ici, je peux surveiller les arrivées d'autobus, je verrai Larnois avant qu'il entre... *(Silence.)* Pourquoi Paul, finalement, m'a-t-il laissée partir ? Est-ce vraiment parce qu'il ne se sentait pas capable de jouer la comédie de la consternation, à la découverte du drame ? En tout cas, il faut qu'il se sente bien sûr de moi pour prendre le risque ! Il le sait bien, au fond, que je ne le trahirai pas... et puis, moi-même, comment pourrais-je prouver mon innocence, avec toutes ces précautions qu'il a prises ?... *(Silence, puis un soupir explosif.)* L'autobus ! *(Chaise repoussée, tintement de pièces sur la table, bruit de la porte et de ses talons frappant le trottoir.)* Larnois, Larnois ! *(Le pas de Larnois qui s'approche.)*

LARNOIS

Madame Marchand, vous, mais que faites-vous là ?

LÉA *(d'une voix fragile)*

C'est à cause de Paul... je voulais avertir mon oncle... il est malade.

LARNOIS *(consterné)*

Non ! Qu'est-ce qu'il a ?

LÉA

Je ne sais pas... des migraines, de violentes migraines, et il a vomi. Il a... il a de la fièvre aussi... c'est peut-être l'appendicite.

LARNOIS *(plein de sollicitude)*

Est-ce qu'il a des nausées, et mal au côté droit ?

LÉA

Je ne sais pas. Il est malade. Nous allons faire venir le médecin... mon oncle...

LARNOIS

Mais vous-même, madame Marchand, si je puis me permettre, vous n'êtes pas bien brillante ! Toute pâle, et aussi l'air malade... Vous ne voulez pas venir prendre un café, ou quelque chose de fort ?

LÉA

Je viens... non, je préfère monter tout de suite, mon oncle doit s'impatienter, et il faut que je reparte... Allons-y, Larnois, allons-y vite, je vous en prie !

LARNOIS *(très surpris)*

Mais oui, madame Marchand.

(Silence, puis la voix sourde, de Léa.)

LÉA

Regardez, Larnois, ses volets...

LARNOIS

Oui ?

LÉA

Ils sont fermés.

LARNOIS

Tiens, c'est vrai, ça. C'est bizarre. Et tous, même ceux de la cuisine !

LÉA

Peut-être dort-il encore ?

LARNOIS *(sans hésiter)*

Pas possible, madame Marchand, il dit toujours que ceux qui dorment après sept heures ne sont que des bons à rien. Il se lève avec les poules.

LÉA

Allons.

(On les entend pousser la porte, grimper les marches. Et puis leurs pas ralentissent.)

LARNOIS

Mais décidément, ça ne va pas, madame Marchand, vous allez défaillir, je vous assure que vous êtes pâle à faire peur ! Tenez, attendez-moi ici, je vais monter sonner, votre oncle vous donnera bien quelque chose pour vous réconforter... Là, asseyez-vous sur ces marches.

LÉA *(dans un véritable cri)*

Non, Larnois, non, ne me laissez pas, ou je vais tomber ! C'est l'émotion, je veux dire la fatigue... j'ai dû courir.

(On l'entend respirer difficilement.)

LARNOIS *(d'une voix contrainte)*

Dites, madame Marchand, je me fais peut-être des idées, mais vous ne sentez pas ? Une drôle d'odeur... on dirait du gaz.

LÉA

Oh, mon Dieu, Larnois, c'est le gaz !

LARNOIS *(bégayant)*

Et ça vient de la porte !

LÉA

Voilà pourquoi les volets sont fermés, vite, sonnez, Larnois, mon oncle a dû s'endormir en laissant ouverts ses robinets de gaz !

LARNOIS

Mais non, madame Marchand, souvenez-vous, il les a lui-même fermés hier soir, devant nous ! Ce serait plutôt une fuite, ou alors il aura voulu se suicider, mais ça, ça m'étonnerait. Il n'avait aucune raison... NON ! *(Il a crié.)*

LÉA

Mais qu'est-ce qui vous prend, Larnois, vous êtes fou ? Lâchez-moi !

LARNOIS

Non, madame Marchand, jamais ! Il ne faut jamais faire ça dans un cas pareil, jamais sonner ! Vous ne lisez donc pas les journaux ?

LÉA *(hébétée)*

Quoi, les journaux ?

LARNOIS

Quand on sonne, il se produit une étincelle électrique, et s'il y a suffisamment de gaz, tout explose, la porte est projetée sur le visiteur ! Beaucoup de gens sont morts de cette façon. Asseyez-vous, je vais frapper.

(Il tambourine contre la porte, appelle.)

LARNOIS

Monsieur Gervier, monsieur Gervier !

(Tandis que Léa se répète, à mi-voix :)

Non, ce n'est pas vrai, Paul n'a pas pu vouloir ça ! Mon oncle, à la rigueur, mais pas moi ! Moi, il n'a pas pu vouloir me tuer...

LARNOIS

Monsieur Gervier, ouvrez !

LÉA

Pourtant, la tactique est la même qu'hier soir, avec cette fausse farce. Finalement, c'est bien lui qui, sans en avoir l'air, m'a poussée à venir !... Et qu'est-ce qu'il m'a dit, avant que je parte ?

(On entend la voix de Paul.)

Et n'arrive pas là-bas en criant au gaz ! Il faut que les voisins t'entendent sonner longtemps...

(Larnois tambourine toujours.)

LARNOIS

Ça ne répond pas, madame Marchand, ce n'est pas normal, et puis il n'y a pas à dire, ça sent vraiment le gaz... Qu'est-ce qu'on fait ?

LÉA *(d'une voix étouffée, pour elle-même)*

J'ai eu droit à la vérité, rien que la vérité, mais pas toute la vérité, n'est-ce pas, Paul ? Tu en gardais une partie pour toi... Il a échoué aujourd'hui, il recommencera demain, ou dans un mois. Je suis en danger. Mon oncle mort, j'hérite, mais moi morte, tout lui revient ; le voilà propriétaire de l'agence... Mais pourquoi, pourquoi moi ? Je ne l'ai jamais laissé tomber. Pourquoi veut-il aussi se débarrasser de moi ? Il n'a pas de raison, à moins que...

LARNOIS

Il faut appeler les pompiers, madame Marchand, et vite ! Descendons.

(Leurs pas précipités dans l'escalier.)

LÉA

Oui, c'est ça, il a une maîtresse ! Tout s'explique, et aussi cette énergie surprenante, cette détermination qui ne lui ressemble pas. C'est elle, sans doute, qui aura tout combiné, qui l'aura poussé... Tout seul, ce pauvre nigaud n'aurait jamais osé.

LARNOIS

Là, dans ce café, madame Marchand, il y a un téléphone, nous allons appeler les pompiers...

LÉA *(d'une voix absente)*

Non, Larnois, le commissariat, le commissariat, d'abord.

LARNOIS

Mais...

LÉA

Je vous en prie... et ensuite, vous pourrez partir, je vous donne congé, aujourd'hui, n'oubliez pas que je suis la patronne, maintenant. Moi, de mon côté, je n'oublierai pas que vous m'avez sauvé la vie...

(La porte du café, le brouhaha, la voix de Léa.)

LÉA

Un jeton de téléphone, s'il vous plaît.

LARNOIS *(timidement)*

Deux, madame, les pompiers...

LÉA

Deux... attendez-moi dehors, Larnois, voulez-vous ?

(On entend tourner le cadran.)

LÉA

Le commissariat ?... Je voudrais parler au commissaire... oui, le secrétaire, s'il est là... *(Silence.)* Allô ?... Oui, j'aurais certaines révélations à vous faire, mais il faut que vous veniez tout de suite, pour le constat... je me trouve...

SÉQUENCE V

(Coup de frein violent, une portière qui claque.)

PAUL *(à bout de souffle)*

Dieu merci, te voilà, j'avais une frousse terrible de ne pas arriver à temps ! Heureusement, c'est dimanche, la circulation est facile...

LÉA *(très froide)*

Vraiment, tu avais peur ? Et de quoi ? Explique-toi, je ne comprends pas.

PAUL

C'est arrivé après... après que tu es partie, mais dis-moi, tu n'es pas montée ? Qu'est-ce qui s'est passé, là-haut ?

LÉA

Rien, tu vois, je ne suis pas montée.

PAUL

Et tu ne sais pas...

LÉA

Non, je ne sais pas.

PAUL *(exaspéré)*

Mais enfin, quoi, est-ce que ça sent le gaz ? Et Larnois, il n'est pas venu ?

LÉA

Il est venu. Et ça sent le gaz. D'ailleurs, nous avons appelé les pompiers. Larnois les attend au bout de l'allée... tiens, tu peux le voir d'ici.

PAUL

Alors, quoi, vous êtes montés ? Enfin, explique-toi, bon Dieu !

LÉA

Non, explique-toi, toi, d'abord. Qu'est-ce qui s'est passé quand je suis partie ?

(Silence. Paul reprend sa respiration, qui est haletante.)

PAUL *(enfin)*

J'ai flâné un peu au lit, et puis j'ai ouvert la porte pour prendre le journal... comme ça, bien sûr, par habitude, je ne m'attendais pas à trouver déjà la nouvelle. En buvant le café, je l'ai parcouru... et j'ai eu un choc. Il y avait un article intitulé « Un drame du gaz à Bobigny ». J'ai lu, par curiosité...

LÉA

Oui ?

PAUL

C'était une coïncidence, un type qui s'était asphyxié au gaz, dans la nuit d'avant-hier. Et hier matin, un voisin a sonné. Tout a explosé. Le voisin a été frappé par la porte... il est mort.

LÉA

Tiens, comme c'est curieux !

PAUL

J'ai aussitôt pensé à ce que je t'avais dit, de sonner plusieurs fois. Je suis descendu comme un fou, j'ai sauté dans l'auto...

LÉA

Et elle marchait ?

PAUL

Quoi, elle marchait ? Bien sûr, qu'elle marchait ! Mais qu'est-ce que tu as, enfin ? On dirait que ce que je te raconte te laisse indifférente !

LÉA

Au contraire, ça m'intéresse beaucoup.

PAUL

Tu te moques de moi ? Ton oncle...

LÉA

Ne parlons pas de mon oncle, veux-tu ? Parlons de moi.

PAUL

Quoi, de toi, mais qu'est-ce que tu veux dire ?

LÉA

Ceci.

(Un silence, puis d'une voix ardente :)

Allons, avoue ! Avoue-le donc, que tu es terriblement déçu de me trouver là, devant toi, bien vivante ! De voir que ton piège n'a pas fonctionné, alors que tu arrivais bien décidé à jouir de ton triomphe !

PAUL

Quoi ?

LÉA

Tu as bien entendu.

PAUL *(criant)*

Tu es folle, non ? Qu'est-ce que... *(Il s'interrompt.)*

LÉA

Achève donc ta phrase : qu'est-ce que tu vas imaginer ? C'est ça ? Oh, mais c'est très simple, ce que j'imagine, je vais te le dire : tu as décidé de tout garder pour toi. Alors, mon oncle d'abord, et ensuite moi ! Seulement voilà, ça n'a pas marché... Oh, pas grâce à mes facultés de jugement, pauvre idiote ! Pas une seconde je n'ai pensé que tu pourrais t'attaquer à moi. Tu vois comme je suis naïve ! Mais il y a eu un hasard : Larnois. Larnois était là, Larnois m'a empêchée de sonner, ce pauvre type de Larnois, à cause de qui l'autre pauvre type que tu es voit tous ses plans fichus en l'air !

PAUL *(violemment)*

Léa, je te jure !

LÉA

Ne jure pas. Mon oncle, c'était déjà... ça m'avait bouleversée, mais moi ! Et toi ! Toi, vouloir que je meure, toi tenter de me tuer !

PAUL

Léa, je t'en supplie, crois-moi... oh, comment te convaincre, comment te prouver...

LÉA

Allons donc, tout était préparé, combiné avec ta maîtresse, n'est-ce pas ?

PAUL

Ma maîtresse ? Quelle maîtresse ?

LÉA

Tu nies, bien entendu. Mais ça n'a pas d'importance, ça n'a

plus d'importance, ma conviction est faite... *(Un silence.)* Je viens d'avertir la police.

PAUL *(sourdement)*

Quoi !

LÉA *(très froide)*

Il y a cinq minutes. Ils vont arriver, mais ils savent déjà l'essentiel. Mes empreintes sont sur le compteur d'arrêt, d'accord, mais Larnois témoignera que je ne suis pas allée dans la cuisine de toute la soirée, que toi, par contre, tu t'y es rendu après avoir eu la possibilité de fermer le compteur, en bas. Il ne manquera pas de préciser, non plus, que j'allais sonner, et qu'il m'en a empêchée. Mis à part ses qualités naturelles de franchise et d'honnêteté, il n'a plus rien à me refuser, Larnois, je suis la patronne...

(Un silence prolongé, pendant lequel on entend Paul respirer lourdement, et puis c'est la sirène de la police.)

LÉA

Les voici, ils ont été plus rapides que les pompiers... le commissariat est tout proche.

PAUL *(d'une voix basse et comme désespérée)*

Léa...

(Elle ne répond pas. Bruit de pas.)

LÉA *(aux policiers)*

Je suis Mme Marchand, c'est moi qui vous ai appelés.

PAUL *(d'une voix étrange)*

Puis-je dire un mot, messieurs ? Il s'agit de ma part d'une plaisanterie stupide. J'avais voulu faire peur à ma femme, je lui ai raconté une histoire...

LÉA

Ne te fatigue pas...

UN POLICIER

Il faudrait tout de même s'entendre... Qu'est-ce que vous nous avez dit, madame, au téléphone ? De toute façon, nous allons voir. Où habite ce M. Gervier ?

PAUL *(hâtivement)*

Allons, messieurs, il ne me reste plus qu'à vous démontrer que tout ceci n'est pas vrai. La meilleure preuve, c'est que j'y monte de ce pas.

LE POLICIER

Attendez une minute, c'est maintenant notre affaire. De toute façon, vrai ou pas vrai, vous n'y coupez pas d'une inculpation, et l'outrage à magistrat, ça peut aller chercher loin... Eh ! *(Il a crié.)*

LÉA *(soudain affolée)*

Paul, Paul, où vas-tu ? Paul, reviens !

LARNOIS

Monsieur Marchand, monsieur Marchand !

UN POLICIER

Arrêtez-le, mais qu'est-ce qu'il veut faire, il est fou !

LÉA *(d'une voix faible)*

Arrêtez-le, messieurs, je vous en supplie, il est capable de tout !

(Galopade. Cris.)

VOIX

Arrêtez ! arrêtez !

LARNOIS

Ne sonnez pas, monsieur Marchand !

(Forte explosion, suivie de bris de vitres et d'un silence qui se prolonge.)

LARNOIS *(bégayant)*

Il a sonné, madame Marchand, mais pourquoi, pourquoi a-t-il fait ça ?...

LÉA *(d'une voix blanche)*

Qu'est-ce que c'est que ce journal qui dépasse de votre poche, Larnois ? On dirait que c'est le même que le nôtre... passez-le-moi.

LARNOIS

Mais, madame Marchand, monsieur Marchand...

LÉA

C'est celui de ce matin, non ?

LARNOIS *(effaré)*

Oui, je l'avais acheté avant de venir, pour lire dans l'autobus...

(Bruit d'un papier qu'on déplie.)

LÉA

Les faits divers, c'est bien en deuxième page ? Ah, voici...

(Un silence.)

LÉA

Mon Dieu ! « Terrible accident dû au gaz, à Bobigny »... Oh, mon Dieu !

LARNOIS *(d'une voix tremblante)*

Oui, j'ai lu ça... c'est même un peu ce qui m'a mis en garde.

(On entend au loin arriver une voiture de pompiers.)

LÉA *(très bas)*

Il était peut-être sincère...

VOIX D'HOMME

Madame Marchand, je crains qu'il ne vous faille beaucoup de courage. M. Marchand a été grièvement atteint... très grièvement atteint...

LÉA *(comme pour elle-même)*

Était-il sincère ? Me mentait-il ?

L'HOMME

Nous allons mettre à votre disposition une auxiliaire de la police... Peut-on prévenir quelqu'un de votre famille ?

LÉA *(hébétée)*

Était-il sincère ?

(L'avertisseur de la voiture de pompiers qui se rapproche finit par couvrir sa voix.)

FIN

Dictionnaire des auteurs

DOUG ALLYN

Doug Allyn a fait sa première apparition au sommaire d'*Alfred Hitchcock's Mystery Magazine* en décembre 1985 avec une nouvelle intitulée « Final rites ». Ce coup d'essai fut un coup de maître, puisqu'il reçut pour ce texte le Robert L. Fish Award 1985 destiné à primer un auteur débutant.

Au cours des années suivantes, il allait apparaître régulièrement au sommaire du même magazine avec des nouvelles comme « Firecomb », « Homecoming » (traduit dans *Hitchcock magazine* n° 1 sous le titre « Un trou dans la glace »), « Death of a poet », « The puddle driver », sélectionnée pour l'Edgar Poe Award 1987 de la meilleure nouvelle et retenue par Ed D. Hoch pour son anthologie *The Year's Best Mystery and Suspense Stories 1987*, « Déjà vu » – qui a fait partie de la sélection pour l'Edgar 1989, a obtenu le Macavity Award 1989 et a été traduit dans *Mystères 91* sous le titre « Une impression de déjà vu » –, « Lancaster's ghost », « Mojo man », etc.

Il est ensuite entré à *Ellery Queen's Mystery Magazine* en décembre 1988 avec « A death in heaven », une nouvelle arrivée en quatrième position au Ellery Queen's Mystery Magazine Readers Award 1988. L'année suivante, « Star pupil » se classait en deuxième position au même concours.

« Sleeper » a fait partie de la sélection pour l'Edgar Poe Award 1992 de la meilleure nouvelle, « Candles in the rain » a fait de même en 1993, « The ghost show » en 1994 et « The dancing bear » en 1995.

Doug Allyn est donc sans conteste l'un des meilleurs nouvellistes policiers actuels. Il n'en a pas moins été tenté par l'aventure du roman.

Il a en effet publié chez Saint Martin's Press *The Cheerio killings*, son premier roman, une histoire de serial killer. « Le dernier des Sultans » est paru dans *EQMM* en mars 1993. Doug Allyn connaît bien le milieu de la musique populaire : il a fait des tournées avec des groupes dans le Nord Michigan pendant plus de 25 ans !

J. BARINE

Sous ce pseudonyme se dissimulent deux professeurs de l'Éducation nationale : Pascal Dourcy et Paul Gayot qui, depuis des années, se retrouvent chaque semaine autour d'une table pour concocter des histoires criminelles dont les principes majeurs sont l'humour et l'intertextualité.

Ils ont déjà à leur actif deux recueils de nouvelles publiés dans la Bibliothèque énigmatique : « Le phare sans vérité » et « La mort aux dents » ; plusieurs nouvelles parues soit dans les anthologies *Mystères* du Livre de poche – « Un gentleman de Londres (*Mystères 86*), « Le mystère des frères siamois » (*Mystères 88*), « Arsène jette un froid » (*Anthologie du mystère*), « Monsieur Bovary » (*Mystères 90*) –, soit dans les revues du collège de pataphysique, ainsi qu'une longue nouvelle qui, en prenant systématiquement à contre-pied les règles de S.S. Van Dine, s'efforce d'être le plus mauvais roman policier du monde de façon parfaitement scientifique.

Paul Gayot est membre de l'OULIPOPO qu'il a fortement contribué à créer et à animer. Il est responsable, depuis de nombreuses années, des publications du « Cymbalum pataphysicum » dans lesquelles il a fait paraître à plusieurs reprises les travaux oulipopiens. Auteur d'un essai sur son écrivain de prédilection, Raymond Queneau, aux Éditions universitaires, d'une étude sur la pataphysique signée d'un pseudonyme, il a écrit les premières études d'holmesologie moderne publiées en France et a collaboré avec le signataire de ces lignes à la rédaction des anthologies *Sherlock Holmes memorial* (Clancier-Guénaud) et *Le Musée de l'Holmes* (NéO).

Il vient en outre de diriger la réédition des œuvres de Van Dine, à paraître dans la collection des Intégrales des éditions du Masque.

La nouvelle publiée dans ce volume a été inspirée aux J. Barine par la lecture de celle de Pierre Véry, « Cours d'instruction criminelle », publiée dans le recueil *Les Veillées de la tour pointue*. Mais aussi par les événements qui ont secoué ces dernières années les pays de l'Est...

ELIZABETH GEORGE

Auteur américain né en 1949 à Warren, dans l'Ohio, elle a fait des études d'anglais à l'université de Riverside, Californie, puis est devenue enseignante, professant l'anglais et le « creative writing ».

En 1988, elle publie son premier roman, *A Great Deliverance*, nominé au Edgar Poe Award 1989 du meilleur premier roman, et obtient le Anthony Award et le Agatha Award 1989 du meilleur premier roman. Le roman, publié en France aux Presses de la Cité sous le titre *Enquête dans le brouillard*, obtient le Grand Prix de littérature policière 1990.

Fascinée par l'Angleterre, elle avait situé l'intrigue de ce premier livre dans ce pays. Mais contrairement à sa consœur Martha Grimes, qui utilisait les formes du roman d'énigme de façon très classique, Elizabeth George se démarquait très nettement de ce courant par l'utilisation du suspense, la noirceur de l'intrigue, l'approfondissement psychologique des personnages.

A Great Deliverance mettait en scène un duo de policiers très dissemblables : l'inspecteur Thomas Lynley, d'origine aristocratique, et le sergent Barbara Havers, d'origine prolétarienne, que tout oppose : la situation sociale, le caractère, la conception du métier de policier. Mais après des débuts un peu houleux, ils finiront par former une équipe d'une grande efficacité et d'une grande complicité.

Tous les autres romans d'Elizabeth George se déroulent en Angleterre et explorent les hauts lieux typiques de la société britannique (les private schools, les universités, etc.). Ils mettent en scène le même tandem de policiers que l'on suit non seulement dans leurs enquêtes, mais aussi dans les diverses phases de leur vie privée. (L'évolution du sergent Havers est d'ailleurs l'un des éléments les plus intéressants du cycle.) Ils sont de plus en plus remarquables tant par la justesse de la peinture sociale, par la pénétration psychologique que par la qualité des intrigues et la rigueur de leur construction.

Après *A Great Deliverance* sont parus successivement *Payment in Blood* (1989) (*Le Lieu du crime*), *Well Schooled in Murder* (1990) (*Cérémonies barbares*), *A Suitable Vengeance* (1991) (*Une douce vengeance*), *For the Sake of Elena* (1992) (*Pour solde de tout compte*),

Missing Joseph (1993) (*Mal d'enfant*), *Playing for the Ashes* (1994) (*Un goût de cendres*), *In the Presence of the Enemy* (1996) (*Le Visage de l'ennemi*).

Elizabeth George est aujourd'hui l'une des reines du crime, un écrivain de toute première importance...

« Le voile des apparences » est à ce jour la seule nouvelle d'Elizabeth George.

WENDY HORNSBY

Wendy Hornsby est née en Californie du Sud. Après des études à l'U.C.L.A. et à la California State University de Long Beach, elle a obtenu des diplômes en histoire (notamment en histoire médiévale) et elle enseigne depuis cette discipline dans un lycée.

En 1987, elle a fait paraître son premier roman policier *No Harm*, suivi bientôt de *Half a Mind* (1990), qui mettent en scène les mêmes héros Kate et Roger. Dans *Telling lies* (1992), elle crée le personnage de Maggie MacGowen, la cinéaste, qu'on retrouvera ensuite dans *Midnight Baby* (1993), *Bad Intent* (1994) et *77th Street Requiem* (1995).

Elle a écrit également de nombreuses nouvelles dont plusieurs sont policières : « High heels in the headliner », paru dans l'anthologie *Malice Domestic 2* ; « Ghost caper », paru dans l'anthologie *Phantoms* ; « New moon and rattlesnakes », paru dans l'anthologie de Tony Hillerman, *The Mysterious West* (1994).

« Neuf fils » a obtenu en 1992 l'Edgar Allan Poe Award de la meilleure nouvelle.

RICHARD D. NOLANE

Le nom de Richard D. Nolane est plus connu des amateurs de S.-F. et de fantastique que des fans de roman policier. Il est vrai qu'il a été dans ces domaines d'une activité débordante.

Rédacteur en chef de la revue *Spirale*, il a signé une bonne trentaine de nouvelles de science-fiction, d'horreur ou de fantastique dont certaines sont parues dans *Fiction*. Il a dirigé la collection « Aventures fantastiques » aux éditions Garancière, où il a révélé notamment John Harrison. Il a composé de nombreuses anthologies aux éditions Opta (*Les Masques de la peur*, Fiction spécial n° 33), chez NéO, à la Librairie des Champs-Élysées (collection Le Masque fantastique). Il a dirigé un fanzine sur le fantastique, *Crépuscule*, et publié un utile *Who's Who in Fantasy and Horror* (1860-1923). Il a été chroniqueur dans les magazines *Fiction* (où il signait « Un brin de fantasy ») et *L'Écran fantastique*. Il a traduit pour les éditions Vaugirard la série d'E. C. Tubb, « L'aventurier des étoiles », et écrit sous pseudonyme des romans de S.-F. pour des séries populaires. Et il a donné dans la collection Gore du Fleuve noir un volume intitulé *Les Démons d'Abidjan*.

Plus récemment, il a fait paraître aux éditions Plein Sud une série d'ouvrages documentaires sur la cryptozoologie (*Monstres des lacs et des océans*, *Sur les traces du yéti et autres créatures clandestines*), les ovnis (*Extraterrestres : la vérité sur Roswell*), les serial killers (*Tueurs en séries*, en collaboration avec Elisabeth Campos). Il est également scénariste de B.D. pour deux séries des Éditions Soleil : la série « Harry Dickson », dessinée par Olivier Roman, et la série « Les tigres volants » dessinée par Felix Molinari.

Dans le domaine de la littérature policière, il a été corédacteur de la revue *Thriller* et a signé dans le défunt *Magazine du mystère* deux nouvelles sous le pseudonyme de D. Seabury. Il a aussi figuré au sommaire de *Mystères 88* avec « Livraison express ».

JAMES POWELL

James Powell appartient à cette catégorie d'auteurs américains qui se sont donné la nouvelle comme unique territoire. Né à Toronto le 12 juin 1932, il a fait des études à l'université de cette ville puis à l'université de Paris en 1955-56 avant d'enseigner à Marseille puis à Valence pendant trois années. De retour sur le nouveau continent, il devient journaliste à Manhattan.

Il a commencé à écrire très jeune, durant ses années de lycée, des pièces de radio qui n'ont jamais été diffusées. Lors de son séjour en France, il apprend que certaines villes possédant un casino emploient une police spéciale chargée de veiller à ce que les gros perdants ne se suicident pas sur les lieux de leur banqueroute... Il utilise cet élément dans une première nouvelle, « The friends of Hector Jouvet », qu'il soumet à plusieurs magazines. *Ellery Queen's Mystery Magazine* l'accepte et la publie dans son numéro d'avril 1966. Dès lors, il collabore de manière intensive à *EQMM*, avec quelques écarts cependant pour *Playboy* et *Caper*. Il se considère lui-même comme un auteur humoristique attiré par la nouvelle policière. Certains critiques l'ont d'ailleurs surnommé le « S. J. Perelman de la nouvelle policière » !

Il mène parallèlement plusieurs cycles de nouvelles. Le premier met en scène le sergent Maynard Bullock de la police montée canadienne. Le second rassemble les textes ayant pour décor la principauté de San Sebastiano, sur la Riviera, et pour héros Ambrose Ganelon, dont les activités s'étalent sur 125 années et quatre générations de détectives du même nom. Enfin, un autre cycle est constitué par des nouvelles conçues comme des mélanges de « fantasy » et de mystère, comme des contes de fées modernes. C'est le cas par exemple de « Lamento pour un clown défunt », publié dans *Mystères 91*.

Nombre de ses nouvelles ont été reprises ensuite dans des anthologies, notamment dans la série des *Best Detective Stories of the Year*. En 1991, un premier recueil de ses nouvelles, *A Murder Coming*, est sorti chez un éditeur de Toronto.

« Le gastronome philanthrope » a pour personnage principal le sergent Bullock, que James Powell présente comme un maladroit chronique...

RENÉ REOUVEN

Est-il besoin de présenter René Reouven aux lecteurs de la collection « Sueurs froides », qui savent bien quel écrivain de talent il est ?

René Reouven, de son vrai nom René Sussan, est né à Alger en 1925. Après des études secondaires et le service militaire, il entre au service des affaires économiques (il évoquera cette période de sa vie dans ses *Récits de la troisième brigade*), puis part en Israël tenter l'expérience du kibboutz.

De retour en France, il devient fonctionnaire de l'Éducation nationale et se lance dans l'aventure de l'écriture. Il signe de son nom quelques romans de littérature générale : *La Route des voleurs*, *Histoire de Farczi*, qui obtient le prix Cazes, *Dupont et le bonheur des hommes*, *L'Étoile des autres*, *La Ville sans fantômes*.

En 1967, il entre dans la collection Crime Club avec *Octave II*, suivi de *Les Humeurs fatales*, *Mort au jury* et *Monsieur Josué*. En 1971, c'est la consécration du Grand Prix de littérature policière accordé à *L'Assassin maladroit*. Il donnera encore l'excellent *Six personnages en quête de meurtre* avant de passer dans la collection « Sueurs froides » avec *Le Bouton du mandarin*, *Le Quidam et la mort* et le remarquable *Les Confessions d'un enfant du crime* qui amorce un renouvellement de sa manière.

Concrétisé en 1983 par un premier apocryphe holmesien, signé du pseudonyme d'Albert Davidson : *Élémentaire, mon cher Holmes*, qui obtient le prix Mystère de la critique. D'autres ouvrages de la même veine se succéderont au fil des ans – *L'Assassin du boulevard, Le Bestiaire de Sherlock Holmes, Les Passe-temps de Sherlock Holmes, Le Détective volé* – réunis plus tard en un seul volume sous le titre *Histoires secrètes de Sherlock Holmes*. Après Gérard de Nerval et Fantômas, Conan Doyle et Holmes, René Reouven revisitera Jules Verne (*Voyage au centre du mystère*) et Alexandre Dumas (*Souvenez-vous de Monte-Cristo*) avec beaucoup de talent. Parallèlement, il signera une suite de romans policiers d'un humour irrésistible : *La raison du plus fort est toujours la meilleure, Faites-les taire, Un tueur en Sorbonne*, etc.

René Reouven s'est illustré aussi dans la science-fiction avec un roman très curieux, *Les Confluents*, deux recueils de nouvelles – *L'Anneau de fumée*, qui contient une fort intéressante variation sur le thème de la bête du Gévaudan (« Le grand sacrilège »), et *Les Insolites*, où figure la nouvelle « Un fils de Prométhée », prix de la Science-Fiction française 1985 – et un ouvrage inclassable, *Les Nourritures extraterrestres*, écrit avec sa femme Dona, qui a obtenu le prix spécial du Grand Prix de l'imaginaire 1995.

René Reouven est également l'auteur d'un *Dictionnaire des assassins*, d'un roman d'horreur (*Les Grandes Profondeurs*), d'un roman historique (*Les Renégats de l'an mil*) et d'un roman fantastique (*Les Survenants*).

Il a obtenu en 1995 le prix Paul-Féval de la Société des gens de lettres pour l'ensemble de son œuvre.

Le texte que nous proposons ici est sa seule pièce radiophonique, diffusée dans l'émission de Germaine Beaumont, *L'heure du mystère*, sous le titre « Et que ça saute » le 21 janvier 1969. La réalisation était l'œuvre de Henri Soubeyran et les rôles étaient tenus par Pierre Delbon, Bernadette Lange, Pascal Mazzotti, Hubert Buthion, Jean Pemeja. Nous lui avons rendu, à la demande de l'auteur, son titre original.

BENJAMIN M. SCHUTZ

Auteur américain né en 1949. Après des études au Lafayette college (Pennsylvanie), puis à la Catholic University of America, dont il est sorti avec un doctorat en psychologie, il a travaillé comme expert psychologue.

En 1985, il signe son premier roman policier, *Embrace the Wolf*, qui met en scène un détective privé du nom de Leo Haggerty. Ce roman, traduit en France aux Presses de la Cité en 1988 sous le titre *Eaux troubles*, fut l'une des révélations de l'année : un livre noir, frénétique, impressionnant. On regrette vivement que les autres romans de l'auteur soient restés inédits chez nous. Il a signé depuis *All the Old Bargains* (1986), *A Tax in Blood* (1987), qui a obtenu le Shamus Award du meilleur roman décerné par les Private Eye Writers of America, *The Things We Do for Love* (1989), *A Fistful of Empty* (1991) et *Mexico is Forever* (1994).

« Mary, Mary, ferme la porte » a obtenu l'Edgar Poe Award 1993 et le Shamus Award 1993 de la meilleure nouvelle.

PETER TREMAYNE

Pseudonyme de Peter Beresford Ellis, écrivain anglais né en 1943. Sous son véritable nom, il a écrit une douzaine de livres sur l'histoire et la mythologie celtes dont *The Celtic Empire* (1990), *Celt and Saxon* (1993) et *A Dictionnary of Celtic Mythology* (1992). Sous le pseudonyme de Peter Tremayne, il a publié une trentaine de livres. D'abord dans le domaine de la fantasy. C'est le cas notamment de deux recueils de nouvelles d'horreur et de fantasy ayant l'Irlande pour décor : *My Lady of Hy-Brasil* (1987) et *Aisling* (1992). Il a figuré aussi au sommaire de l'anthologie de Mike Ashley, *The Merlin Chronicles*, avec « The Temptations of Merlin » (1995).

Depuis quelques années, il œuvre dans la veine du roman policier historique avec une série consacrée aux enquêtes de sœur Fidelma, avocate et détective, qui a été surnommée le « Perry Mason du Moyen Âge ».

Sœur Fidelma est apparue dans quatre romans : *Absolution by Murder* (1994), *Shroud for an Archbishop* (1995), *Suffer the Little Children* (1995) et *The Subtle Serpent* (1996).

Mais elle a figuré aussi dans quelques nouvelles : « Abbey sinister » dans l'anthologie de Mike Ashley *The Mammoth Book of Historical Detectives* (1995), « The high king's sword » dans l'anthologie de Mile Ashley *The Mammoth Book of Historicals Whodunit*, « Hemlock at vespers » dans l'anthologie *Midwinter Mysteries 3*, « Murder in repose » dans l'anthologie *Great Irish Detective Stories*, « A canticle for Wulfstan » dans *Midwinter Mysteries 4*, etc.

« Le miracle de la falaise », paru originellement dans l'anthologie de Maxim Jakubowski *Constable new crimes 2*, a été repris dans *The Year's Best Mystery and Suspense Stories 1994* d'Ed D. Hoch.

Tableau d'honneur

ROMANS

Un goût de cendres, d'Elizabeth George, Presses de la Cité
L'Aliéniste, de Caleb Carr, Presses de la Cité
Lumière noire, de Minette Walters, Stock
Strip-tease, de Carl Hiaasen, Denoël
La Mort des bois, de Brigitte Aubert, Le Seuil
Smilla et l'amour de la neige, de Peter Hoeg, Le Seuil
Souvenez-vous de Monte-Cristo, de René Reouven, Denoël
Nécropsie, de Hubert Corbin
Melchior, d'Alain Demouzon, Calmann-Levy
La Séquence des corps, de Patricia Cornwell, Le Masque
La Glace noire, de Michael Connelly, Le Seuil
Froid dans le dos, de John Sandford, Denoël
La Grand-mère de Sherlock Holmes, de Jean-Jacques Sirkis, Séguier

CINÉMA

Flesh and Bones, de Steve Kloves
The Last Seduction, de John Dahl
Seven, de David Fincher
Heat, de Michael Mann
Dernières heures à Denver, de Gary Fleder
Copycat, de Jon Amiel
The Glass Shield, de Charles Burnett

Fargo, de Joel et Ethan Cohen
Meurtre en suspens, de John Badham
Usual Suspects, de Bryan Singer
Jade, de William Friedkin
Dolorès Claiborne, de Taylor Hackford

TÉLÉVISION

Murder one : l'affaire Jessica, M 6, produit par Steven Bochco, Charles H. Eglee et Channing Gibson
Rencontre avec le docteur Freud, de Vittorio Baroni et *Herlock Sholmes s'en mêle* d'Alain Nahum, France 3, série « Les nouveaux exploits d'Arsène Lupin ».
L'Île des loups, de Michel Andrieu, France 2, série « Le R.I.F. »
Les Vacances de Maigret, de Pierre Joassin, série Maigret, France 2

Cet ouvrage a été composé par
I.G.S. - Charente Photogravure
et achevé d'imprimer sur Roto-Page
en avril 1997
par l'Imprimerie Floch à Mayenne.

D.L. : mai 1997.
Éditeur, n° 7924.
Imprimeur, n° 41500.
Imprimé en France.